LES BOURRIQUES

LES BOURRIQUES

Frédéric Tort

© Éditions Hélène Jacob, 2020. Collection *Humour*. Tous droits réservés.
ISBN : 978-2-37011-695-6
Éditions Hélène Jacob – 13 Impasse Victor Gesta – 31200 Toulouse
Imprimé par Ingram
15,45 €
Dépôt Légal Octobre 2020

Design couverture : Nino Bjalava

« Aime ton voisin, mais ne supprime pas ta clôture. »

Proverbe européen[1]

---

[1] Proverbe d'auteur inconnu et de possible origine anglaise, espagnole, allemande ou grecque.

Préface – Le Lauragais

Chère lectrice, cher lecteur,

Il est difficile de décrire avec objectivité la douce région qui m'a vu naître, grandir, vivre et qui me verra peut-être un jour mourir. Beaucoup de sentiments contraires, beaucoup de joies aux détours de ses nombreux chemins de campagnes, mais également de souffrances qui hantent des recoins de ma mémoire que je tente en vain d'enfouir sous l'épaisse couverture de l'oubli. Un territoire comme celui-ci, au caractère aussi marqué, est capable de prendre autant qu'il donne. Les esprits fragiles peuvent revenir blessés jusque dans l'âme d'un périple par nos terres.

Le petit voyage que je vous propose sur ces pages est un vaudeville familial qui a lieu dans le Lauragais, succession de bas vallons parsemés de grandes plaines battues par les vents et tapissées de cultures qui s'étendent à perte de vue au pied de la montagne Noire. L'accent du Sud-ouest chante dans presque toutes les bouches, procurant aux étrangers cette sensation agréable de bien-être, de vacances. « Tu as du soleil dans la voix » me suis-je entendu dire plus d'une fois par des touristes venant du Nord (c'est à dire, tout ce qui est localisé au-dessus de Toulouse).

Quelques anciens parlent encore un patois plein de douteuses sagesses, dont les mots ponctuent de caractère nos conversations quotidiennes, leur conférant une charmante authenticité.

« Écoute, *pitchou*[2], dans le Lauragais nous n'avons pas la prétention d'être fiers, mais nous avons la fierté d'être prétentieux », me dit un jour l'un des patriarches du village, à grand renfort de roulements de « r ».

---

[2] *Pitchou, –ne* : petit, –te.

Il est vrai que nous avons cet esprit, propre à toute la France, d'ailleurs, de croire que tout est mieux chez nous. Nous sommes bien souvent insatisfaits de nos découvertes et aucune nourriture ne sera jamais à la hauteur de la nôtre. On ne touche pas à la nourriture !

Comme tout peuple venant de la terre, les gens du Lauragais agissent selon un code de valeurs très saines. Ici, nous aimons le contact et la chaleur humaine. Nous ne fuyons jamais l'occasion de partager les plaisirs de la chère avec nos semblables. Ce plaisir, nous l'absorbons tel un élixir grisant qui nous emplit l'âme de pures sensations du terroir. Car l'habitant du Lauragais y est attaché à son terroir. Il le protège férocement des invasions mondiales et de cette modernité qui envahit tout et semble réduire la planète entière à l'esclavage d'une consommation incontrôlée et sans limites. Bien sûr, nos autochtones sont les premières victimes de cette globalisation, mais ils ne le reconnaîtront jamais. Après tout, nous avons la fierté d'être prétentieux n'est-ce pas ?

Bref, trêve de *galéjades*[3]. Maintenant que le décor est planté, entrons au cœur de cette histoire où vous trouverez peut-être une partie de vous-même qui traîne au coin d'une page et vous fera vous sentir bien. Je vous souhaite un excellent voyage.

Frédéric Tort

---

[3] *Galéjade* : plaisanterie, blague.

À toutes les familles que j'ai pu croiser. Déchirées, ravagées par trop d'ego et d'héritages, elles furent une grande source d'inspiration et il y a un peu de chacune dans cette histoire.

À tous ceux qui sont touchés par ce fléau, sachez ceci : « Rien n'est permanent, sauf le changement. » (Héraclite d'Éphèse). Les situations changent si les personnes en ont la volonté. Une famille brisée, c'est une société brisée, elles en sont le ciment et le reflet.

F.T.

1 – Fanny, Sylvain et Jean

30 juin 2017

En plein cœur du Lauragais, juste à la frontière entre le département de l'Aude et celui de la Haute-Garonne, trône un petit village qui répond au nom de Montferrand. Perché sur une colline verdoyante, il y érige avec fierté les restes d'un château médiéval où vivent maintenant une poignée de privilégiés qui peuvent profiter, par temps clair, d'une vue d'exception sur la chaîne des Pyrénées. Elle s'étend devant eux depuis la Méditerranée jusqu'à l'Atlantique, embouteillant l'horizon de sa majestueuse beauté. Au pied du village, le célèbre canal du Midi prend sa source au « Partage des eaux », dont la particularité attire plusieurs milliers de touristes par an qui viennent se gorger d'histoire et de splendeur lauragaise.

Aujourd'hui, cinq cent soixante-sept âmes peuplent le paisible petit patelin, mais seulement quelques-unes d'entre elles nous intéressent spécialement. Elles se situent non loin de là, dans le « Café-restaurant du Pas de Naurouze », unique commerce de la commune. C'est un samedi matin. À l'extérieur, le printemps et ses bourgeons viennent de laisser place à un été qui a fleuri la France entière. Les blés, presque secs, qui dansent sous les bourrasques font remonter cette odeur de la terre et du savoir-faire ancestral de nos bons paysans. Il est 11 heures, presque l'heure de l'apéritif, mais le bar est encore étrangement vide.

Fanny, le regard absent derrière son comptoir, essuie quelques verres avec un torchon. C'est une belle femme de 35 ans, plutôt mince. Ses avant-bras couverts de tatouages prêtent à penser que le reste de son corps l'est tout autant. Des cheveux blancs, coupés très courts, lui confèrent un caractère indéniablement spécial.

Elle pose ses yeux fatigués sur son petit frère, Sylvain, qui siège dans un coin de la salle, entouré d'appareils de musique. C'est un jeune homme de 32 ans qui respire la sympathie. Il branche sa guitare électrique à un amplificateur et prend place derrière un micro qu'il ajuste à la bonne hauteur. Avec son instrument en bandoulière, il regarde un instant la pièce presque vide. Seul un habitué du bar est présent, plongé dans une conversation des plus profondes avec son ballon de vin rouge.

En lançant un clin d'œil complice à sa sœur, Sylvain colle sa bouche sur le micro et parle d'une voix de crooner.

— Je voudrais dédier cette sympathique chansonnette aux dizaines d'habitants qui peuplent notre beau village… « Montferrand », dames et messieurs.

Après un petit raclement de gorge, les doigts de Sylvain commencent à se balader avec assurance sur sa guitare, faisant sonner les premières notes guillerettes de sa rengaine populaire. Un rythme rapide, deux ou trois accords bien trouvés qui présagent d'une ritournelle plutôt comique et parodique.

« Mont-fe ! Mont-fe-rrand !
Perdu au milieu des champs,
Connais-tu Montferrand ?
C'est un petit village
Peuplé de sauvages,
N'ayant pas de réseaux,
N'ayant que des chevaux,
Nous pour s'éclater,
On en fait du pâté ! »

Accoudée derrière le bar, Fanny le regarde en souriant et en secouant légèrement la tête.

Elle a toujours été impressionnée par la quantité de ridicule que son petit frère est capable d'assumer. Il arrive souvent qu'elle ressente un peu de pitié, voire de tristesse à son égard. En effet, c'est le poète de la famille, la brebis galeuse, celui qu'on ne prend jamais au sérieux, qui est constamment dans la lune, qui ne parviendra jamais à rien. Il faut savoir que, parfois, être artiste dans le Lauragais c'est presque comme être homosexuel ou drogué. C'est mal vu, ou assez mal compris par les autochtones. Le terroir est plutôt adepte des choses qui poussent, des métiers où l'on construit, où l'on fabrique du concret avec ses petites mains, et, si ce « concret » se mange, c'est le « Jacques pote », mon gars !

Bien sûr, ne généralisons pas. Il y a effectivement une grande quantité de gens ouverts de par chez nous, même si la dissemblance de mœurs et de pensées est plus souvent dérangeante qu'accommodante.

Sylvain est l'artiste de la famille, donc, un humble musicien, compositeur et interprète de modestes chansons populaires qui vous arrachent un sourire au détour d'une rime et peuvent vous émouvoir, à la croisée d'un alexandrin. Il accorde et discorde, trimbale sa guitare de troquet en troquet, il a des rêves plein la tête et tous ses proches doutent de son aptitude à les réaliser.

Tout en l'écoutant chanter, Fanny se rend compte qu'il est le seul à bien s'entendre avec tout le monde dans le clan des Charançon. Le seul susceptible de parler avec l'ensemble de la tribu sans générer un conflit improbable.

Et il y en a, des membres, dans cette famille ! Des organes de toutes tailles et proportions. Affichant une morphologie difforme incapable d'avancer dans la même direction sans se disloquer complètement. C'est un corps atteint de la « membrite », cette maladie qui fait que chacun de ses membres part dans un sens qui lui est propre, tout en essayant de démantibuler l'autre. C'est une affection fréquente chez les alcooliques, par exemple, qui, après quelques dizaines de verres, trimballent leur squelette désarticulé comme des zombies sur les chemins obscurs de nos campagnes et terminent souvent leur nuit dans les fossés confortables qui les bordent.

Tandis que Fanny se perd dans ses réflexions familiales et que la pittoresque chanson de Sylvain virevolte allègrement dans les airs, une histoire bien différente se déroule sur le parking du restaurant.

Yves, un jeune retraité d'une soixantaine d'années, regarde fixement devant lui. Sous son béret noir, la concentration extrême qui se lit dans ses yeux semble freiner le temps. Une gravité implacable, comme si le futur de cet homme dépendait du succès de la tâche qu'il est en train d'accomplir. Le soleil éclatant marque les traits de son visage, apportant du relief à de magnifiques rides.

Soudain, ses sourcils se froncent et, dans un mouvement très lent, il balance sa main en arrière. Ses genoux se plient pour donner de l'élan à la boule de pétanque qu'il va jeter devant lui. C'est un beau geste, splendide pour un homme de cet âge.

À ses côtés, ses trois compères, également flanqués d'une soixantaine d'années bien tassées, regardent l'objet circulaire s'échapper de la main d'Yves dans une lenteur théâtrale. Deux d'entre eux, Claude et Gilbert, retiennent leur souffle tandis que son coéquipier, Maurice, paraît extrêmement tendu. Le sort de la partie dépend de cette rondeur métallique qui file maintenant dans les airs. Il serre les poings au niveau de sa bouche comme si cela allait aider la petite sphère à atteindre son but.

Cette dernière termine sa course folle en rebondissant avec une grande vitesse à quelques centimètres de son objectif : la boule de leur adversaire qui se situe toujours à côté du cochonnet et leur fait marquer les points de la victoire !

Le visage d'Yves se désarticule soudainement, ses traits passent de la détermination à la surprise la plus totale en une fraction seconde.

— Non ! dit-il, plein de désespoir.

Maurice porte les mains à sa tête en signe d'incompréhension. Il se tourne vers son compagnon de jeu qui, maintenant, semble entrer dans une grosse colère. Non loin de là, assis à une table, trois autres retraités un peu plus âgés font retentir de joyeux applaudissements en guise de moquerie.

Claude pivote vers Yves, les yeux brillants.

— Eh bé ! On peut dire qu'on s'y attendait pas à celle-là !

— Je le rate jamais, ça ! répond Yves, visiblement très déçu.

Maurice lui assène une petite tape énergique sur l'épaule pour exprimer son mécontentement.

— C'est quoi, cette *cagade*[4] ? Qu'est ce qui t'est passé là, dis ?

Claude et Gilbert ramassent leurs boules en riant.

— Il s'est passé qu'on a gagné la partie, pardi ! réplique Gilbert, plein de repartie.

— Et surtout qu'on va boire l'apéro gratis ! renchérit Claude.

Yves a l'air de plus en plus irrité.

— Qu'est-ce qui m'est passé, qu'est-ce qui m'est passé ? explose-t-il, ignorant ses adversaires pour répondre à son équipier. Tu veux vraiment le savoir, ce qui m'est passé ?

Yves marque une pause pleine d'emphase en regardant ses compagnons dans les yeux tandis que la chanson de Sylvain continue en fond, égayant le moment de son refrain :

« Oh !! Oh !! Oh !! Montferrand !
De tous les villages c'est toi le plus grand !
Ah !! Ah !! Ah !! Montferrand !
Tes habitants sont tous des glands
Oh !! Oh !! Oh !! Montferrand !
De tous les villages c'est toi le plus sage !
Ah !! Ah !! Ah !! Montferrand !
Et vive le troisième âge ! »

— Eh bé, dis-le ! lance Maurice, exaspéré d'attendre.

— Il m'est passé que *me fas cagat*[5] ! Tu me fous trop de pression sur les épaules, voilà ! dit-il en se renfrognant.

Maurice se rapproche de lui.

— Comment ça, trop de pression ?

— *Macarel*[6] ! Des fois, on dirait qu'on fait le Championnat du monde, con !

---

[4] *Cagad* : (vulg.) chiure ; échec ; rater quelque chose, action très maladroite… « Il a fait une *cagade* ».
[5] *Me fas cagat* : (vulg.) tu me fais chier.
[6] *Macarel, macaréou* : exclamation de surprise occitane.

— Mais putain ! C'est de pétanque qu'on parle là, quand même, c'est plus important que le foot ça, *noundidiou*[7] !

— Tu vois ? répond Yves en désignant Maurice aux deux autres, moi, ça me déstabilise, ça. C'est trop de pression, c'est tout.

— C'est pas un peu des excuses, ça, des fois ? lui balance Claude en plaisantant.

— Mais *millo-dioùs*[8], vous ricanerez moins le jour où je péterai d'une crise cardiaque sur un terrain de boules.

Gilbert éclate de rire.

— Allons bon ! Ça fera joli comme épitaphe sur ta pierre tombale, ça.

— Je vais t'en foutre, moi, une épitaphe par la gueule, lui répond Yves.

— « Mort par *estress* d'une partie de pétanque », surenchérit Claude en rigolant de plus belle.

Les trois compagnons se marrent de bon cœur, même Yves se détend un peu et succombe à la blague de son ami.

— Au moins, c'est une mort moderne, dit-il.

Ce sont maintenant les quatre ensemble qui éclatent de rire.

— Allez va ! On va le boire, cet apéro ! conclut Yves en ramassant ses boules.

Pendant ce temps, à l'intérieur, Sylvain chantonne la fin de sa rengaine devant les regards souriants de Fanny et de l'unique client du bar, qui a laissé de côté la conversation qu'il menait avec son canon de rouge pour l'écouter avec attention.

« Si tu es du village d'à côté
T'es déjà un estranger
Ne t'y déplace même pas
Personne te tcharera
Les gens c'est des charognes
Ils ne parlent pas ils grognent

---

[7] *Noundidiou* : nom de Dieu !
[8] *Millo-dioùs* : exclamation d'énervement. Occitan « milla dius », « mille dieux ».

Ils sont ouverts d'esprit
Quand ils dorment la nuit
Ah !! Ah !! Ah !! Montferrand !
De tous les villages c'est toi le plus sage !
Oh ! Oh ! Oh ! Montferrand !
Les vieux sentent le fromage !
Sur la route y'a que des tracteurs !
Dans les bois y'a que des chasseurs ! »

Sylvain joue les dernières notes sur sa guitare. Fanny applaudit en riant, ainsi que le jeune homme qui a l'air réellement impressionné par la performance. Sylvain est tout sourire.

— Merci, Paris ! s'exclame-t-il en levant le bras triomphant comme s'il était à l'Olympia devant une salle comble.

Il range son instrument dans sa housse et va s'asseoir au bar devant Fanny qui lui pose un demi sur le comptoir.

— Tiens, tu l'as bien méritée, celle-là.

— Alors ? T'as aimé ?

— Mais oui.

— C'est tout ? demande Sylvain.

— Qu'est-ce que tu veux que je te dise ? Je vais pas te lécher les bottes, non plus !

Fanny sourit en voyant la mine renfrognée de son frère.

— Tu devrais la jouer à nos vieux, ils seront fiers de toi, continue-t-elle ironiquement.

Sylvain rigole de bon cœur.

— Ils le sont tellement déjà, dit-il en levant le verre comme pour trinquer.

— Allez, aux meilleurs parents du monde.

Sur la terrasse extérieure du restaurant, nos quatre pétanqueurs s'assoient à une table.

— Ah ! Il a fini de faire du bruit, le Michel Jaqueson du village ! dit Gilbert en pointant la bâtisse du regard.

Maurice se tourne également vers le bar en hurlant :

— Eh, Fanny ! Tu peux porter quatre jaunes, s'il te plaît ?

— Ça marche ! leur répond la voix de Fanny.

— Merci ! s'égosille presque Maurice.

— Elle est gentille, cette petite, quand même, dit-il à ses compagnons en pivotant vers eux. Même si elle ressemble à rien avec tous ces dessins sur les bras et ses cheveux blancs.

— L'essentiel, c'est qu'elle a pas pris le caractère de son cochon de père, rétorque Claude.

Entre alors comme une tornade sur le parking un gros tracteur qui dérape sèchement sur les gravillons. Tous les retraités présents sur la terrasse sont abasourdis.

Un agriculteur de 39 ans, habillé d'une combinaison de travail sort en trombe de la cabine de son engin pour s'engouffrer à l'intérieur, dans un silence de mort. Il paraît extrêmement contrarié. Il marche la tête basse, comme si sa barbe mal taillée pesait une tonne et lui faisait tomber la tête en avant. Ses cheveux en bataille donnent l'impression qu'il sort juste de son lit.

— Il a l'air bien pressé, le Jean, observe Gilbert en le voyant entrer dans le restaurant de la sorte.

— En voilà un autre qui a bien fait de pas prendre le caractère de son *coun de païre*[9], ajoute Claude.

À l'intérieur, Jean se dirige droit au comptoir sur lequel est accoudé Sylvain, qui le regarde s'approcher avec sa bière à la main.

— Eh bé, mon canard, tu viens au bar en tracteur, toi, maintenant ?

Jean, ignorant Sylvain, s'adresse directement à Fanny, qui est en train de préparer les apéritifs de nos vieux pétanqueurs.

— De la gnôle s'il te plaît, frangine, demande Jean.

— De la gnôle ? s'étonne Fanny en levant la tête vers son frère.

Sylvain consulte sa montre pour vérifier l'heure.

— 11 h 30 !

Jean ne relève pas, son regard triste semble perdu dans une douleur profonde.

---

[9] *Coun de païre* : con de père.

Sylvain le remarque et se tourne vers Fanny.

— Donnes-y sa gnôle, va ! lui dit-il avant de demander à Jean ce qui ne va pas.

— Y'a qu'elle est partie, répond Jean d'une voix cassée par l'émotion.

— Quoi ? Mamie est morte ? s'exclame Sylvain, visiblement affolé.

— Elle a tout pris... ses robes, ses affaires, mon bonheur... tout, continue Jean, perdu dans son monde.

— Elle t'a lourdé, la salope ! s'indigne Fanny tandis que Sylvain souffle de soulagement.

— Putain, tu m'as fait peur, j'ai cru que Mamie était morte, con !

Pour s'en remettre, Sylvain boit l'eau-de-vie que vient de servir Fanny.

— C'est pas une salope, objecte Jean en ignorant Sylvain.

— C'est pas ce que je voulais dire, tu le sais bien, se défend Fanny en remplissant à nouveau le verre.

— Sers-y une double dose, va, Fanny, commande Sylvain. Ça va lui faire du bien.

— Qu'est-ce qu'il s'est passé ? demande-t-elle.

Jean lève son verre, mais l'arrête à dix centimètres de sa bouche, les yeux rougis par l'émotion.

— Il s'est passé qu'elle m'a brisé le cœur, la salope.

Tandis que Jean boit son remontant d'un trait, le jeune homme qui était assis à une table derrière eux sort discrètement du bar. Il s'approche à pas de loups des pétanqueurs en secouant énergiquement les mains pour exagérer la gravité de ce qu'il se trame à l'intérieur.

— Oh con ! La Charlotte elle a quitté le Jean, dis ! annonce-t-il sur le ton de la confidence.

Claude, Yves, Gilbert et Maurice se regardent un instant avant de se retourner en même temps vers le tracteur.

— C'est pour ça qu'il est venu en tracteur, le pauvre bougre, remarque Yves.

— Elle a dû partir avec la voiture, suppose Maurice.

— Eh bé ! On peut pas dire qu'il va pas être content, le vieux Charançon, rajoute Claude. Il pouvait pas la voir en peinture.

— Et pourquoi elle a fait ça, dis ? demande Yves au jeune homme.

— Et comment tu veux que je le sache, moi, ça ?

— Tu viens de dedans, *macarel* !

— Je suis sorti dès que ça devenait intense, pour leur laisser l'intimité.

— Il l'aurait pas un petit peu trompée, peut-être ? suppose Gilbert.

— Penses-tu, lui répond Claude. C'est pas un coureur de jupons, le Jean.

Après un moment de réflexion, il rajoute :

— Non, il a peut-être hérité du sale caractère de son père, finalement.

— Quand je vais raconter ça à Germaine ! conclut Maurice.

2 – Charlotte et Madeleine

6 juin 2017

Pour comprendre l'histoire familiale qui va suivre, il faut revenir quelques semaines en arrière, vingt-quatre jours pour être plus exact. Nous nous trouvons chez Jean, tout est calme dans sa chambre à coucher. Le soleil entre par la fenêtre ouverte, baignant la pièce d'une fraîche lumière matinale. Un chat dort en ronronnant paisiblement sur un grand lit conjugal défait et vide de ses occupants.

Dehors, c'est juin ; la chaleur est déjà là et on prévoit un été caniculaire. Sur la table de nuit, un petit radio-réveil indique 6 h 45. À ses côtés, un modeste cadre en bois présente une photo de mariage de Jean et Charlotte.

C'est une jeune femme rousse et souriante. Jean a toujours été un éternel célibataire et, malgré son énorme intérêt pour la gent féminine, il n'avait tout bonnement pas les dons nécessaires pour les séduire. Trop de timidité, trop peu de confiance en lui, une émotion exacerbée, peut-être, dont il n'avait même pas conscience. C'est une personne simple, n'aimant pas encombrer sa vie de questions existentielles qui sont pour lui une perte de temps et d'énergie. C'est une âme au grand cœur, du genre qui ne vous laisserait jamais tomber. Il a de l'amour à revendre, qu'il dispense avec générosité à son entourage. Un beau jour, à la fête du village, il a enfin trouvé sa Charlotte, sa moitié, la femme de sa vie. Elle a su l'entreprendre et il a su la séduire. Ces deux-là avaient tout pour être heureux.

Sur le mur de la chambre sont accrochés d'autres cadres. La première photo montre Jean fièrement appuyé contre l'énorme roue d'un tracteur.

Il est le chanceux héritier de l'exploitation agricole créée par son arrière-grand-père, perpétuée par son grand-père, et puis par ses vieux qui sont représentés sur le prochain cliché. Un couple de sexagénaires assis côte à côte sur un banc avec la mine renfrognée de ceux qui posent pour la postérité. Ils s'appellent Bertrand et Louise Charançon, gérants du domaine des Charançon et fervents défenseurs des traditions et du profit.

La photographie suivante montre Charlotte à genoux dans un champ de salades. Elle fait une grimace et tient deux petites laitues au niveau de ses oreilles, imitant les rouleaux de la princesse Leia dans *Star Wars*. Les parents n'aiment pas cette fille, ne l'ont jamais aimée et ne donnent pas l'impression d'être capables de l'aimer un jour, d'ailleurs. Il faut comprendre que c'est une « verte », comme ils disent. Les écolos ne sont pas toujours bien vus dans le secteur agricole actuel, car ils bousculent un peu trop le statu quo, dénoncent et critiquent à l'excès. Charlotte fait partie de ces militants. C'est vous dire s'ils la détestent ! Pourtant, Dieu sait qu'elle a apporté la bonne humeur et la joie de vivre qui manquaient dans cette famille. Son beau sourire, son sens de la repartie, son ouverture d'esprit et sa jovialité naturelle contrastent fortement avec le sérieux pathologique des géniteurs.

La chambre de Jean et Charlotte se situe au premier étage. La fenêtre donne sur une petite cour qui s'étale devant la bâtisse. Non loin de là, à une centaine de mètres à peine, siège la villa des parents.

— À tout à l'heure, mon chou !

— Bonne journée, ma carotte, répond Charlotte à son mari.

Jean, vêtu du même bleu de travail que sur la photographie, marche tranquillement vers le hangar adjacent au corps de ferme pour y disparaître rapidement. Comme tous les matins, à cette époque de l'année, il part bosser, tandis que Charlotte et Madeleine prennent leur petit déjeuner sur la terrasse pour profiter de l'air frais qui survit encore un peu à la nuit. Madeleine est la grand-mère du côté paternel qui vit avec eux, enfin… il vaudrait mieux dire qu'ils vivent avec elle, vu que la demeure lui appartient.

La pauvre vieille a eu un AVC il y a trois ans. Après le mariage de Charlotte et Jean, elle leur a permis de vivre dans la maison, à la condition qu'elle puisse y rester jusqu'à sa mort. Madeleine ne voulait pas habiter avec son propre fils et encore moins avec sa belle-fille. Elle n'a jamais aimé cette femme ; par contre, elle adore Charlotte. Depuis son accident, la grand-mère a tout le côté droit paralysé et ne s'exprime que par onomatopées. Sylvain est le seul membre de la famille à comprendre plus ou moins ce qu'elle dit. Très certainement parce qu'il a l'oreille musicale et qu'il arrive à déchiffrer un semblant de français dans les sons qui sortent de sa bouche.

Madeleine est une belle personne qui a eu son lot de bonheurs et de chagrins dans la vie. Elle a perdu son mari il y a maintenant dix ans et elle commence à peine à en faire le deuil. Elle souffre énormément de la rivalité qui s'est créée entre ses deux fils, Bertrand et Pierre, au moment de l'héritage. On peut dire qu'ils se détestent, d'ailleurs.

Le porche de la maison est constitué d'une vigne montante, suspendue par une fine structure métallique qui pourvoit, durant tout l'été, d'une ombre agréable le seuil de la porte.

Charlotte est assise sur une chaise aux côtés de Madeleine, enfoncée dans un fauteuil roulant. Devant elles, deux tasses de café au lait fument sur une petite table d'extérieur. Les deux femmes regardent silencieusement le tracteur de Jean s'éloigner sur le chemin communal qui borde la propriété. Charlotte pose tendrement une main sur le genou de Madeleine.

— C'est le moment, Mamie, lui annonce-t-elle avec une voix tremblante d'émotion.

— Heuummfff ! répond Madeleine dans un soubresaut.

La grand-mère pivote difficilement vers celle qu'elle considère comme sa petite-fille, avec une expression soudaine d'angoisse mêlée à de la tristesse sur le visage. Elle pose sa main valide sur celle de Charlotte comme pour la retenir au cas où elle s'envolerait. La jeune femme ne perd pas le tracteur des yeux.

— Je vais le quitter, je vais partir bientôt.

Madeleine secoue légèrement la tête en signe de résignation, sa main valide tapote celle de Charlotte avec affection. Cette dernière lève un regard plein de chagrin vers la grande villa des parents, de l'autre côté de la cour.

—Je ne peux plus être la cinquième roue de la charrette, vous comprenez ?

Une larme coule sur la joue de la grand-mère.

3 – La naissance d'un ragot

7 juillet 2017

Nous voilà de retour dans le présent. Transportés dans la pénombre d'une ferme de campagne dont les volets sont entrebâillés pour garder un semblant de fraîcheur à l'intérieur.

Germaine, l'épouse de Maurice le pétanqueur, décroche son téléphone et compose un numéro en tournant le cadran de son antique appareil. Cela prend presque une minute pour arriver au bout des dix chiffres.

Germaine est une femme de petite taille, plutôt ronde, 70 ans récemment fêtés, elle a un air guilleret, tandis qu'elle attend impatiemment que sa copine réponde.

Un déclic s'entend à l'autre bout du fil. Germaine s'assoit un peu mieux sur sa chaise comme pour se préparer à annoncer une nouvelle importante.

— Allô ? résonne une voix tremblante d'âge à travers le combiné.

— Bonjour, Pierrette, c'est Germaine.

— Allô ? répond Pierrette en haussant la voix, visiblement dure d'oreille.

— C'est moi ! crie presque Germaine.

— Ah ! Germaine ! Je t'entendais pas !

— Tu deviens sourde comme un pot, ma pauvre.

— Quoi ?

— Rien.

— C'est pas la peine de me lancer des saloperies, s'énerve Pierrette, qui avait en fait entendu ce que lui disait sa vieille copine. Si c'est pour ça que tu appelles, tu peux raccrocher.

Ignorant complètement le reproche de son amie, Germaine marque un temps de pause pour donner un peu d'emphase à ce qu'elle va raconter.

— Le Jean Charançon vient de se faire larguer par sa femme, balance Germaine.

— Non ! s'exclame Pierrette, qui n'est plus sourde du tout.

****

*_**

Dans la pénombre d'une autre maison, Pierrette est debout et tient le combiné de son téléphone sur une oreille, elle attend avec une apparente impatience la réponse de son interlocutrice.

— Allô ? demande une voix fluette.

C'est mamie Jacquette qui vient de prendre l'appel. Elle est bien connue au village pour ses boudoirs aux arômes uniques qu'elle seule est capable de confectionner et pour lesquels elle recueille tout autant de louanges que de jalousies.

— C'est Pierrette.

— Tiens, tu penses à moi quand même, réplique Jacquette.

— Oh, arrête de faire des caprices, la Charlotte elle a quitté le petit Charançon, elle est partie avec sa voiture, dis, il est obligé de se déplacer en tracteur, le pauvre type ! ajoute-t-elle sur un ton de scandale.

— Eh bé ! Pour une surprise, c'est une surprise, ça, dis ! Et pourquoi elle a fait ça, cette bourrique ? *Sabes quicom*[10] ?

— Et pas trop, figure-toi ! Germaine est en train de fouiner, mais il se pourrait bien que ce soit pas sa faute, qu'il y aurait comme une affaire de jupons là-dessous.

*_**

Dans la pénombre d'une troisième maison, la sonnerie d'un téléphone retentit. Josette, une femme qui ne veut dire son âge à personne, mais qui a l'air d'avoir au moins 80 printemps derrière elle, se

---

[10] *Sabes quicom* : tu sais quelque chose ?

déplace en boitillant et en grimaçant de douleur. Elle est très mince et vêtue d'une robe à fleurs qui lui tombe jusqu'aux chevilles. Le téléphone sonne à nouveau.

— Oui, oui, j'arrive ! s'égosille-t-elle comme si la personne qui l'appelle allait l'entendre.

Elle décroche le combiné et le porte à son oreille.

— Allô ! brame-t-elle de mauvaise humeur.

Après une seconde d'attention, la vieille dame se détend.

— Bonjour, Jacquette, j'ai cru que c'étaient encore ces cons de publicité, j'allais te leur foutre une allumée qu'ils allaient s'en souvenir. Comment ça va, ta hanche ? Parce que, la mienne, elle me fait voir des étoiles.

Josette écoute la réponse de son interlocutrice tandis que son visage change littéralement d'expression. Sa bouche s'arrondit sous l'effet de la surprise et ses yeux s'agrandissent comme s'ils voulaient sortir de leurs orbites.

— Eh bé, dis donc, y en aura des trucs à dire, dimanche !

Et de fil en aiguille, la nouvelle passant de petites vieilles en petites vieilles, le tricot des vérités déformées et des semi-mensonges est enfin tissé et nous nous retrouvons sur le parvis de l'église de Montferrand, un dimanche matin à 10 h 45, quinze minutes avant le commencement de la messe. Jeannette Verrière, une jeune veuve de 78 ans qui a perdu son mari au début de l'année, se dirige d'un pas étonnamment alerte vers Louise Charançon, la mère de Jean. D'apparence mince et énergique, cette dernière est vêtue « en dimanche », comme la coutume l'exige. C'est une femme de traditions qui ne rate jamais une messe, plus pour s'y faire voir et glaner quelques croquantes nouvelles sur les habitants du village que par pure foi chrétienne.

Louise, remarquant Jeannette s'approcher, arbore son masque de bienveillance.

— Bonjour, Jeannette, comment allez-vous ?

— Oh ! Moi, vous savez ce qu'on dit, tant que le corps nous porte et que la tête le fait avancer, tout va bien. Mais c'est plutôt à vous qu'il faut le demander.

Louise, qui est loin d'être une imbécile, s'interpelle.

— Ah bon ? Mais tout va bien, s'empresse-t-elle d'ajouter. Pourquoi vous me demandez ça ?

— Non, ce n'est pas vous !

Jeannette se rapproche un peu plus de Louise, comme si elle allait lui faire une confidence.

— J'ai entendu dire que votre Jean ne va pas très bien.

Louise semble sincèrement étonnée. Mais consciente qu'il n'y a jamais de ragot sans feu, elle se dépêche de la questionner :

— Qu'est-ce que l'on dit de mon Jean dans le village que sa propre mère ne sache pas ?

C'est maintenant au tour de Jeannette d'être sincèrement étonnée.

— La Charlotte est partie, voilà ce qui se dit !

La maman de Jean ouvre de grands yeux, mais s'efforce de garder son sang-froid afin de ne pas laisser transparaître le flot de sentiments qui viennent de ravager l'intérieur de sa petite personne. Louise est une mère très protectrice, dotée d'un fort caractère. Jean est clairement le favori de ses trois enfants, car c'est le plus malléable, le plus facilement manipulable, mais ce n'est pas pour autant qu'elle n'y est pas très attachée, à son fils préféré. Le connaissant parfaitement, elle sait le profond désarroi qui doit l'agiter, si la nouvelle que vient de lui annoncer Jeannette est véridique.

D'un autre côté, elle déteste cette Charlotte qui lui a volé son petit Jean pour lui fourrer des idées écologiques dans le crâne et l'éloigner de son véritable travail à l'exploitation familiale. Louise est également consciente qu'une poitrine bien mise en valeur fait perdre la tête à n'importe quel homme. C'est la femme qui dirige dans un couple, c'est elle qui en a les moyens. Charlotte allait foutre en l'air le labeur de plusieurs dizaines d'années. La conne ! Une grande partie de Louise espère donc que cette nouvelle soit réelle, que sa belle-fille ait vraiment pris la poudre d'escampette pour qu'elle-même puisse reprendre le contrôle de son fils. Et, par-dessus tout cela, vient la colère contre son propre enfant qui a tenu secrète sa séparation, prétextant que Charlotte passait la semaine à un séminaire. Un mensonge que Louise ressent comme une trahison. Une somme de sentiments violents et contraires qui la contraignent maintenant au mutisme. Voyant que son interlocutrice ne réagit pas, Jeannette continue :

— Ça doit être dur pour Jean de savoir qu'elle est partie avec la femme avec qui lui-même l'avait trompée et qui, en plus, a une exploitation plus grande que la sienne.

— Pardon ? hurle presque Louise.

— C'est malheureux, tout ça, même ici en plein cœur du Lauragais, on n'est pas à l'abri des gouines.

La mère de Jean est complètement désarçonnée.

— Faut dire qu'elles sont du Nord aussi, elles viennent de Montauban, ajoute Jeannette qui semble savourer ce délicieux moment.

4 – La solitude et ses fantômes

5 août 2017

Jean, habillé en bleu de travail, est assis sur son lit. Presque deux mois sont passés depuis le départ de Charlotte. Il a les cheveux hirsutes et cache maintenant son chagrin derrière une barbe encore plus fournie et mal entretenue que d'habitude. Il regarde tristement une photo de Charlotte qu'il tient dans les mains. C'est celle de *Star Wars* sur laquelle elle imite la princesse Leia.

Jean n'a pas eu de nouvelles depuis la séparation. Il a pourtant essayé de joindre les quelques membres de sa famille qu'il connaissait, mais s'est toujours heurté à un mur de silence. Tous lui conseillant d'arrêter ses recherches et de la laisser tranquille. « Tu as assez fait de mal comme ça. Elle n'a rien à te dire », lui ont-ils dit. Jean s'est même déplacé jusqu'à Albi pour tenter de la surprendre parmi les siens, mais a été incapable de la trouver. C'est comme si Charlotte avait disparu. Si ce n'était pour ce mot qu'elle lui a laissé en partant et sur lequel était écrit : « Ne me cherche pas, oublie-moi », il serait allé voir la police pour lancer un mandat de recherche.

Avec un geste extrêmement nostalgique, Jean caresse le visage de sa femme sur la photo. Une modeste larme coule lentement sur sa joue, malgré le timide sourire que lui procure le souvenir du moment représenté sur le cliché.

Elle lui manque plus que tout au monde. Son quotidien n'a plus aucune saveur depuis son absence. Seule la bonne humeur contagieuse de son petit frère, Sylvain, arrive quelquefois à le distraire de sa détresse.

— Ça te manque ?

Assise sur le lit tout près de Jean, vient d'apparaître Charlotte, habillée comme sur la photo. Les deux salades sont posées sur ses genoux. Jean lui sourit tristement. Il s'est tellement renfermé sur lui-même ces derniers temps que son esprit erre souvent dans les limbes d'une étrange folie où il imagine son épouse se matérialiser à ses côtés pour parler avec lui. Elle apparaît toujours de façon inopinée et déconcertante dans des moments significatifs de son quotidien. Même si elles le surprennent, il ne lutte pas contre ces manifestations soudaines et surréalistes. C'est pour lui un moyen de maintenir un vif souvenir de sa femme. Bien que cela ne soit qu'une fabrication de son cerveau, c'est tout ce qui lui reste d'elle.

— Bien sûr que ça me manque, lui répond-il en calant ses yeux dans les siens. Tu me manques tellement.

Charlotte lui caresse tendrement les cheveux. Jean savoure le geste.

— Il faut que tu te fasses une raison, maintenant.

— Je peux pas.

Jean baisse la tête, il est seul sur le lit avec la photo de Charlotte dans les mains qu'il regarde une dernière fois avant de fondre en larmes pour la centième fois.

5 – Françoise

Françoise Gélabert regarde son reflet dans le miroir de sa chambre. Âgée de 36 ans, elle est la fille unique d'un couple d'agriculteurs qui exploitent la ferme adjacente à celle des Charançon. Malgré les quelques divergences que peut occasionner le voisinage, les deux familles ont toujours eu une relation courtoise et respectueuse. Françoise est vêtue d'une robe à fleurs aux couleurs plutôt gaies, mais qui la vieillit plus qu'autre chose. On peut dire qu'elle a cet air un peu coincé de celles qui seront encore célibataires à 40 ans. La jeune femme laisse ses mains caresser ses flancs pour en tâter la grosseur et se rend compte, avec détresse, qu'elle a pris du poids. Elle décide secrètement de commencer un régime drastique dès le lendemain. Il faut qu'elle soit belle et attirante pour son prince charmant, on ne sait jamais quand il va enfin se résoudre à agir, maintenant qu'il est libéré de « poils de carotte », comme elle l'appelle.

Une photo de Jean est coincée entre le miroir et son encadrement. Il pose, droit comme un « i », à côté de sa moissonneuse-batteuse. Françoise regarde l'image et la caresse doucement en souffrant d'une impatience amoureuse. Si seulement elle n'était pas si timide et pouvait déclarer sa flamme à son jeune et séduisant voisin. Elle le prendrait avec fougue sur le capot d'un tracteur, si besoin s'en fallait, au milieu des blés et du maïs, dans les champs de colza, enfoui dans les balles de paille de la grange familiale. Elle n'en peut plus de désir pour cet homme qui l'ignore, qui ne voit pas l'amour qu'elle lui porte. Depuis sa plus tendre enfance, elle a une obsession pour Jean. Depuis ce jour où, à l'école municipale, il l'a défendue contre Christian Delacourt. Un petit con de la ville dont les parents avaient dû déménager au village par nécessité.

Ils étaient au bord de la faillite et cela avait été un moyen pour eux de réduire les coûts du quotidien. Venant du monde citadin, le jeune Christian se croyait le caïd de la commune et terrorisait majoritairement les plus faibles que lui. Françoise était son souffre-douleur favori, jusqu'au jour où Jean avait violemment jeté son bourreau à terre.

— Si tu lui fais encore des misères, je te *bougne*[11] la gueule, avait-il dit avec courage en levant son poing devant lui.

Telle une princesse sauvée par son chevalier servant, Françoise lui réserve son amour depuis ce jour-là, attendant qu'il succombe à toutes les discrètes attentions qu'elle a à son égard.

Soudain, l'alarme de son téléphone portable résonne bruyamment dans la pièce, faisant sursauter la jeune femme et son reflet en même temps, l'extirpant avec violence de sa douce fantaisie.

— *Boudu*[12], il faut que je me dépêche, se dit-elle avant de sortir de sa chambre en courant, sans fermer la porte.

**

À l'intérieur de la voiture qui roule sur les chemins de notre belle campagne lauragaise, la température est de dix-huit degrés, dix de moins qu'à l'extérieur. Tout autour, les blés jaunissants ondulent comme une mer sous l'effet du vent d'autan, qui décoiffe le pays depuis trois jours déjà. C'est presque le moment de la moisson, qui arrivera plus tôt cette année, à cause de la canicule. Au volant est assise Sonia, une femme brune d'une trentaine d'années vêtue d'une blouse blanche. C'est l'infirmière qui vient aider mamie Madeleine, matin et soir, depuis son accident cardiaque. On peut dire qu'elle fait presque partie de la famille, maintenant.

---

[11] *Bougne, bugne* : bosse au front, grosseur, enflure. Dans le Midi, cela désigne une baffe, un coup de poing. « Tu veux que je te bougne ? » peut se traduire par « tu veux que je te mette un coup de poing ? »

[12] *Boudu* ou *Boudiu* : exclamation et expression de surprise ou d'agacement. « Boudu que calou aujourd'hui » : approximativement « bon Dieu qu'il fait chaud aujourd'hui », souvent renforcé par le célèbre « boudu con » ! De l'occitan « *bou Diu* » = « *bon Dieu* ».

Un peu plus loin sur le bord du chemin, Françoise patiente en plein soleil avec un panier au bout d'un bras et lui faisant signe de s'arrêter, de sa main libre. Sonia stoppe son véhicule à sa hauteur et ouvre la fenêtre côté passager.

— Bonjour, Françoise, qu'est-ce que vous faites toute seule sous ce soleil ?

— Bonjour, Sonia, je vous attendais, vous allez chez les Charançon, je suppose ?

Françoise a une voix douce et timide qui trahit un manque évident de confiance en soi. Il est vrai qu'elle a plutôt tendance à penser que sa présence peut être une gêne pour son entourage. Il y a tout de même quelque chose de touchant dans cette simplicité, dans ce manque de sophistication, comme un petit animal que l'on aurait envie de protéger.

— Oui, comme chaque matin, répond Sonia.

Françoise lève le panier devant les yeux de la jeune infirmière.

— Est-ce que vous pouvez porter ce panier à Jean de ma part, s'il vous plaît ? dit-elle en rougissant légèrement. C'est des madeleines avec un peu de confiture de figues que j'ai faite hier soir, ajoute-t-elle comme pour se justifier.

— Bien sûr, posez-le sur le siège, je vais lui donner tout ça, répond Sonia, attendrie par l'innocente timidité de Françoise qui ouvre déjà la portière de la voiture pour y déposer le panier.

— Merci beaucoup, Sonia, prenez une madeleine, dit-elle en refermant.

— Je n'y manquerai pas. J'y vais, je ne veux pas me mettre en retard ! Bonne journée, Françoise.

Sonia enclenche la première vitesse pour s'apprêter à partir.

— Bonne journée, Sonia… et le bonjour à Jean de ma part ! s'empresse-t-elle d'ajouter tandis que le véhicule s'éloigne rapidement, la laissant seule au milieu des champs.

La voiture blanche, farcie d'autocollants publicisant les services de sa propriétaire, s'arrête devant la maison de Jean. Sonia éteint le moteur au moment où Jean apparaît à sa porte.

Il est vêtu de son bleu de travail habituel.

— Bonjour, Sonia, comment allez-vous ce matin ? demande-t-il d'un ton accueillant.

— Chaudement !! Et vous-même ?

— Pareil, il est complètement *cabourd*[13], ce temps !

— Il va nous tuer, ce réchauffement climatique, heureusement qu'on a la clim ! dit-elle en faisant le tour du véhicule. J'ai des gourmandises pour vous de la part de Françoise Gélabert, continue-t-elle en brandissant le panier.

Jean semble légèrement contrarié, il se gratte la barbe tout en contemplant le cadeau comme s'il était empoisonné.

— Elle vous attendait sur le chemin ?

— Oui, répond Sonia en souriant. Elle vous aime bien, on dirait, pour poireauter comme ça sous ce *cagnas*[14].

Jean prend le panier et regarde son contenu.

— On dirait bien, oui, dit-il. Vous voulez une madeleine ?

— Françoise m'a autorisé à en manger et je ne me suis pas fait prier, avoue-t-elle en riant. Elles sont très bonnes ! Cuisinées avec beaucoup d'amour, ajoute-t-elle avec un clin d'œil complice.

Pour couper court à la conversation, Jean s'en enfourne une presque entièrement dans la bouche.

— Madame Charançon est réveillée ? demande Sonia.

— Je ne suis pas allé voir, répond-il en postillonnant quelques miettes. Je suis en retard, ce matin, mais je pense, oui... Elle est réglée comme une horloge, la mamie !

Sonia éclate de rire en remarquant que Jean s'étouffe presque avec la madeleine.

— J'ai oublié de vous dire qu'elles sont un peu sèches, s'amuse-t-elle en s'approchant de Jean pour lui prendre le panier des mains. Je vous le laisse dans la cuisine, si vous voulez.

---

[13] *Cabourd* : brute, dingue, une personne qui agit de façon brutale et irréfléchie. De l'occitan *capborn*.
[14] *Cagnas* : chaleur.

— Merci, c'est gentil… Bonne journée ! dit-il en s'étranglant.

— À ce soir.

Sonia entre dans la maison et referme la porte derrière elle. Jean se dirige vers le hangar duquel dépasse le « museau » de son tracteur. Dehors, tout est soudainement calme sous le soleil qui plombe la ferme. Seuls quelques moineaux posés sur les branches d'un platane se protègent de la chaleur tout en sifflant leur bonne humeur. Polka, la chienne, est affalée dans un trou qu'elle s'est creusé à l'ombre et surveille la cour sans grande conviction. Des poules se promènent, gloussant à tue-tête et cherchant inlassablement de la nourriture sur le sol.

6 – Bertrand

Il est 6 h 30. Dehors, le jour pointe timidement son nez et repousse les derniers vestiges de la nuit qui vient de passer. Bertrand, un homme chauve de presque 70 ans, est dans sa cuisine en train de se préparer un petit déjeuner suffisamment consistant pour tenir toute la matinée qui s'annonce chargée. Un bout de pain de campagne avec un peu de fromage de brebis et une tranche de jambon de pays bien épaisse, le tout arrosé d'un demi-verre de ce vin presque rouge qu'il produit fièrement lui-même chaque année. Pour terminer, il prendra une tasse de café bien fumante qui réveillera en lui une subite envie d'aller à la selle et, ce faisant, le libérera de toutes contraintes physiologiques durant la journée de labeur. Bertrand est un homme très attaché à ses habitudes. Ses petits rituels, accomplis avec la plus grande régularité, ont créé sa personnalité et lui ont permis de maintenir son empire agricole.

La « dynastie des Charançon », car c'est comme cela qu'il se plaît à l'appeler, a commencé avec son grand-père, qui avait jadis été le maréchal-ferrant du village. Son affaire allait bon train jusqu'à l'arrivée de l'industrialisation, au commencement du siècle dernier. À cause des machines à vapeur et des moteurs à combustion, il avait très vite compris que, s'il ne changeait pas de carrière, il se retrouverait bientôt dans une espèce de chômage technique qui serait désastreux pour sa famille. Plein de bon sens, avec cinquante printemps derrière lui et un enfant à charge, il avait décidé de se reconvertir dans l'agriculture. Il avait débuté en achetant les quelques hectares de terre adjacents à la ferme pour les travailler et été le premier à se procurer un de ces tracteurs qu'il avait d'abord maudits pour avoir mis en péril son précédent métier.

Ces opérations l'avaient accablé économiquement, mais lui avaient permis de commencer l'exploitation de son domaine avec un fort rendement. Malheureusement, le grand-père de Bertrand était mort à 60 ans d'une tumeur au cerveau, passant le flambeau à son unique héritier, Louis, qui avait bravement accepté le défi de solder les dettes et de faire prospérer la famille. En effet, le clan des Charançon était composé, à ce moment-là, de Louis, de sa mère Lucienne, de Madeleine, sa femme, et de leurs deux fils, Bertrand et Pierre. La troisième, Sylvette, allait venir quelques années plus tard. Petit à petit, le nouveau patriarche avait remboursé les crédits et étendu le domaine jusqu'à ce qu'il devienne la plus vaste exploitation agricole du village.

Bertrand a repris le flambeau à la mort de son père, malgré d'énormes divergences avec son frère Pierre lors de l'héritage. Ils ne se parlent d'ailleurs plus depuis ce moment-là.

Tout en pensant à cet impressionnant parcours familial, Bertrand observe la maison de son fils par la fenêtre. Jean en ouvre les volets, encore vêtu de son pyjama à rayures. Le patriarche jette un œil à la pendule suspendue dans la cuisine. Il est 7 heures.

— Mais il est *fadas*[15] de se lever si tard ! Il va traiter à quelle heure, ce con ?

Bertrand souffle de dépit. Tous ces efforts et sacrifices faits par ses aînés et lui-même pour maintenir l'exploitation familiale au sommet de son fonctionnement sont maintenant menacés par son propre fils qu'il pense incapable de gérer un domaine correctement. Depuis qu'il a pris sa retraite, il se voit obligé de continuer à travailler pour s'assurer du bon labeur de Jean. Non pas que cela lui déplaise : il adore son ancien métier et l'inaptitude de son successeur est également une excuse pour fuir sa femme, Louise, dont l'hyperactivité le fatigue. Il est en fait très inquiet pour le legs familial.

En finissant son café, Bertrand se demande ce qu'il a fait au Bon Dieu pour mériter ça. Est-ce qu'il n'a pas été assez dur avec son fils ? Ne lui a-t-il pas inculqué les bonnes valeurs ?

---

[15] *Fadas, −se* : fou, niais.

En plus de cela, voilà qu'il y a trois ans, il se marie avec une hippie écolo et révolutionnaire. Rousse, de surcroît ! Bertrand n'aime pas les rousses, il n'a jamais eu confiance en elles et croit superstitieusement qu'elles sont les descendantes directes des sorcières du Moyen Âge. En tout cas, cette Charlotte avait bien envoûté son Jean et l'avait convaincu de passer toute l'exploitation céréalière en maraîchage bio. Un scandale sans nom !

Bertrand souffle de soulagement en pensant qu'elle l'a enfin quitté et allume son vieux poste de télévision à tube. L'image apparaît lentement sur un reportage de *Télématin*, qui parle de la possible interdiction du glyphosate sur le sol français.

— On va tous couler avec toutes ces interdictions, *millo-diòus* ! peste Bertrand en changeant de chaîne avec dédain.

Il regarde par la fenêtre, visiblement très contrarié.

— Et maintenant, il faut que j'attende que monsieur se réveille.

Deux heures et quatre tasses de café plus tard, Bertrand voit enfin Jean saluer l'infirmière qui vient s'occuper de sa mère. Hors de lui, il éteint la télévision et se lève en *rouméguant*[16].

— *Macarel ! Es pas trop léu*[17] !

Le patriarche sort de chez lui et se dirige d'un pas décidé vers le grand hangar contigu à la maison de Jean. Ce dernier est en train de remplir d'eau une énorme cuve attelée au tracteur avec lequel il doit traiter les champs dans la matinée. Il a l'air triste.

Bertrand arrive aussi vite que ses vieilles jambes de 70 ans le lui permettent.

— T'es en retard !

— Je sais... Bonjour quand même.

— Faudrait pas que tu mettes le produit comme un salaud en te dépêchant.

Jean lève les yeux vers son père.

— Tu me prends pour qui ?

---

[16] *Rouméguer* : ronchonner.
[17] *Es pas trop léu* : c'est pas trop tôt.

— T'as vu l'heure ? insiste Bertrand en signalant sa montre. On dirait un fonctionnaire, con, t'es plus un *gafet*[18], maintenant, que je sache ! ajoute-t-il.

— Je finirai un peu plus tard, c'est tout, lui répond Jean, visiblement irrité par l'attitude de son paternel.

— Tu vas prendre le vent un peu plus tard, *couillonnét*[19] !

Conscient que son père n'a pas tort, Jean garde le silence.

Il est vrai que si l'épandage des substances phytosanitaires est effectué par trop de vent, le produit va déborder sur les parcelles alentour. Cela crée toujours des problèmes, à la longue. Les agriculteurs sont généralement la proie de rancunes haineuses de la part d'un voisinage dont les plantes meurent et les arbres fruitiers ne donnent plus, après leur passage.

— Je vais te préparer la bouillie, va, lui dit son père adoucissant le ton.

— Je vais le faire, te fatigue pas.

Mais Bertrand a déjà disparu dans une espèce de petite cave adjacente où ils gardent les produits toxiques au frais.

— Je me fatigue pas, *millo-dioùs*, je suis pas encore invalide ! Et puis ça te fera gagner un peu de temps.

Jean, visiblement agacé, regarde le niveau d'eau présente dans la cuve, tout en faisant bien attention que le tuyau ne la touche pas. Quelques instants plus tard, Bertrand sort de la cave avec un jerrican au bout du bras. Son corps est recouvert d'une blouse blanche, ses mains, de gants en plastique résistant, et son visage est caché derrière un masque. Le vieil homme ouvre le bouchon du bidon de produits phytosanitaires et s'approche de la citerne en le brandissant devant lui comme s'il allait prendre feu.

— *Gare, gare*[20] ! crie-t-il pour que son fils s'écarte.

Jean stoppe l'arrivée d'eau et fait place à son père.

---

[18] *Gafet, –te* : jeune enfant, gosse.
[19] *Couillonét* : petit couillon.
[20] *Gare* : attention.

Tout en le regardant verser la substance dans la cuve, un souvenir explose soudainement dans sa tête.

*
* *

Trois ans plus tôt, Charlotte et lui-même marchaient en bordure de l'un des champs du domaine familial. Bertrand venait juste de prendre sa retraite.

— Elle est morte, cette terre, avait affirmé Charlotte avec aplomb.

Surpris, Jean s'était retourné vers elle pour s'assurer que sa femme ne plaisantait pas.

— Comment morte ? Avec un peu d'azote, elle donne tous les ans !

— Elle donne parce que tu la gaves de produits, mais c'est pas naturel... c'est pas durable.

Charlotte était allée chercher une pelle qui se trouvait dans la remorque du tracteur avec lequel ils étaient venus jusque-là.

— Regarde.

Elle avait planté l'outil dans le sol pour en tirer un morceau de terre qu'elle avait déposé dans ses mains afin de l'examiner avec attention. Elle avait élevé l'échantillon de fortune jusque sous les yeux intéressés de Jean et l'avait brisé en deux.

— Tu vois, elle se casse en bloc, on dirait du plâtre... Y'a pas de vie dans cette terre, elle est morte... elle est dure, comment veux-tu que l'eau passe à travers ça ?

Charlotte avait pris la pelle et s'était dirigée vers la bordure du champ où commençait une petite forêt de chênes. Elle y avait récupéré un nouvel échantillon beaucoup plus foncé que le précédent.

— Tu vois la différence, rien que la couleur... et sens-moi ça !

Après l'avoir reniflé elle-même, elle avait tendu le morceau à Jean qui l'avait flairé avec sérieux. Il s'effritait un peu entre ses doigts.

— Ça sent le...

— Le champignon ! l'avait-elle coupé, pleine d'enthousiasme. Vois comme elle est aérée, toute la vie qu'il y a dedans... des bactéries, des champignons, des vers...

Encouragée par l'intérêt que Jean portait à ses propos, Charlotte avait continué :

— Ces organismes, surtout les racines des végétaux, agissent comme des locomotives du cycle nutritif et améliorent l'apport en nutriments des plantes qui vont soutenir la biodiversité hors-sol… Tu comprends ?

Jean la regardait en souriant, plein d'admiration. Elle lui avait souri en retour. Lorsqu'elle balançait son jargon technique de la sorte, Jean était toujours très excité par sa femme. Cette dernière s'en était aperçue et avait reposé la terre dans le trou d'où elle venait.

— Bref, tout pousse seul dans cette terre, elle n'a pas besoin de produits ! avait-elle dit en se frottant les mains sur les fesses. Et pourtant, elle en reçoit dans la gueule, elle est trop près du champ.

Jean regardait l'étendue de culture derrière lui.

— Si on ne traite pas ces champs, rien n'y poussera.

— Je sais, on a foutu en l'air la terre qui nous alimente, avait-elle conclu tristement.

Jean s'était tourné vers Charlotte et avait levé le bras vers l'est, en direction de la montagne Noire.

— On a deux petites parcelles, là-bas, vers Campanet, qui sont en jachère depuis huit ans. C'est un terrain qui est devenu constructible à l'époque et mon père a arrêté de les cultiver. Il voulait faire construire des maisons pour les mettre en location.

— Ça s'est jamais fait ?

— Non, quand mon grand-père est mort, le partage a été fait, mon père et son frère se sont fâchés au point qu'ils se parlent plus. Pour faire construire ces terrains, il faudrait la signature de tous les frères et sœurs.

Les yeux de Charlotte s'étaient illuminés d'un feu intense alors qu'elle regardait dans la direction indiquée par Jean.

— Bref, c'est pas gagné et ils ont pas pu encore construire, avait ajouté Jean.

Charlotte s'était tournée subitement vers son mari.

— Par contre, nous, on peut les cultiver, non ?

— En théorie, oui.

— C'est par ces deux champs qu'on peut commencer notre conversion, alors.

Elle lui avait pris le bras pour l'entraîner vers la forêt.

— Viens, on va baiser !

Soudain, la voix de Bertrand arrache Jean à ses souvenirs.

— Jean !

*
* *

Bertrand a le masque relevé et regarde son fils comme s'il regardait un extraterrestre. Comme ce dernier lui prête enfin attention, le patriarche montre la citerne d'un signe de tête.

— Elle va pas se remplir seule, la cuve.

Voyant que son père a déjà vidé quatre bidons dedans, Jean réagit et ouvre le robinet du tuyau qu'il tient toujours à bout de bras.

— Mais t'es dans la lune, *millo-dioùs !* Qu'est-ce qui t'arrive, ce matin ?

— Je réfléchissais.

— Tu réfléchissais à quoi ? Tu vas te faire mal si tu réfléchis autant !

Bertrand pose le dernier jerrican à côté des trois précédents.

— Ah, ça, pour rêvasser, y'a du monde !

— Oh ! C'est bon, là ! C'est pas l'armée non plus, s'énerve Jean.

Son père ne relève pas et s'éloigne vers la cave.

— Et puis, t'es pas à la retraite, toi ? marmonne Jean entre ses dents.

Bertrand se retourne alors subitement vers son fils.

— Quoi ?

— Rien, répond Jean en parlant plus fort.

Bertrand continue sa marche, la mine renfrognée.

— C'est pour t'aider que je fais ça, moi, tu sais, dit-il, apparemment vexé. Et puis l'armée, t'y es jamais allé !

Jean est dépité.

Avec le tuyau dans les mains, il regarde son père disparaître dans la cave.

— Si je le laissais faire, y'aurait plus d'exploitation, ajoute Bertrand se parlant à lui-même.

Jean arrête le robinet.

— Je l'ai entendu, ça, dit-il dans sa barbe avec irritation.

La communication n'est pas le fort de la famille. Marmonner dans son coin, lancer quelques semi-vérités tout en se cachant sous des apparences est la façon d'échanger commune à presque tous les membres du clan Charançon.

Jean se retourne, furieux, en serrant les poings et la mâchoire. Il inspire une profonde bouffée d'air pour se calmer. La dernière pique de son père l'a touché en plein cœur, réveillant une rage docile en lui, une espèce de colère éteinte et inexprimée. Opprimée, plutôt.

— Mon asperge !

Jean sursaute. En plein cœur de cette petite détresse matinale, Charlotte est soudainement apparue, assise sur la roue du tracteur.

— Il faudra bien lui parler un jour et lui dire de nous laisser faire.

— On va pas recommencer ! Il vient juste de prendre sa retraite, laisse-lui un peu de temps pour qu'il s'habitue et tu verras.

— Ça fait trois ans, quand même ! Quand j'étais là, je comprends, il ne voulait pas que je contrôle, mais maintenant je ne suis plus là. De quoi il a peur ?

Jean paraît soudain triste. Il referme le bouchon de la cuve et enlève le masque qui lui recouvre la moitié du visage.

— Je sais... je me sens comme un canard sans mare, dit-il piteusement.

— C'est ton père et je le respecte, mais il est casse-couilles quand même, non ? Il est temps que tu te fasses respecter un peu.

Jean donne un coup de pied presque comique dans le sol pour exprimer cette colère réprimée depuis longtemps, mais son geste est stérile, il soulève à peine un peu de poussière.

— Putain ! jure-t-il en contenant sa voix et en levant les yeux vers Charlotte, qui maintenant n'est plus là.

Jean monte dans le tracteur.

Il regarde avec tristesse une photo poussiéreuse de sa femme accrochée sur le tableau de bord.

— T'as pas eu assez de patience, dit-il plein de rancœur, avant de faire démarrer son engin.

7 – Louise

Si les moments de vie avaient une bande sonore, ce serait le thème de *La Panthère rose* qui enjoliverait de ses célèbres accords de jazz la scène qui va suivre. Nous nous trouvons dans la villa des parents. Une main écarte légèrement le rideau de la fenêtre du salon, révélant la cour de la maison de Jean à une centaine de mètres. Ce dernier la traverse aux commandes de son tracteur. Louise observe tout en restant en retrait, ne souhaitant visiblement pas être découverte. Un furtif trait de lumière éclaire son regard conspirateur, probablement une réflexion du soleil sur le pare-brise du véhicule qui est maintenant hors de vue.

Louise enfile une petite veste, se cache les yeux de lunettes noires avec l'air de ceux qui veulent passer incognito, prend son sac à main et ses clefs sur la table et ouvre délicatement la porte d'entrée. Son visage, camouflé derrière ses binocles, apparaît dans l'entrebâillement pour scruter les alentours. Comme tout est désert, Louise trotte en catimini jusqu'à sa voiture garée non loin de là. Une fois à l'intérieur, elle démarre en trombe et s'éloigne de la maison le plus rapidement possible. Il est très important que personne ne la surprenne, accomplissant la mission dont elle s'est investie, surtout pas Jean. Tandis qu'elle conduit, elle repasse mentalement tous les rouages du plan qu'elle est en train de mettre à exécution et se félicite de sa perfection. Louise est une personne très fière. Elle allume la radio pour se changer les idées et c'est justement la musique de *La Panthère rose* qui résonne dans l'habitacle, modeste espièglerie du destin qui a toujours cet à-propos dans les moments les plus inattendus.

Il faut absolument que son projet fonctionne. Le futur de son fils et donc de la famille en dépend.

On ne peut pas compter sur les deux autres zouaves pour cela. Fanny semble régie par ses seuls instincts, ce qui la rend impossible à gérer. Vivant au jour le jour, elle est incapable de planifier quoi que ce soit et n'a jamais écouté les conseils de ses propres parents, bien au contraire. Sylvain, quant à lui, que dire ? C'est un artiste. Mais bon, elle s'est toujours félicitée qu'il ne soit pas homosexuel. Comme si cette bénédiction était son bienfait. Sylvain est d'ailleurs le seul de ses deux garçons à ramener régulièrement des femmes chez lui. Contrairement à Jean, qui est embourbé dans la dépression provoquée par sa séparation. Louise n'a jamais compris ce que son fils préféré trouvait à la rouquine. Cette Charlotte l'exaspérait avec ses propos écolos et simplistes. Le problème avec ces gens-là, c'est que, dans leurs divagations écoresponsables, ils en oublient souvent le profit et restent enlisés dans une perspective de vie misérable au bout de laquelle ils n'auront aucun bien propre.

En tout cas, son plan à elle est sa petite contribution à l'expansion du patrimoine familial. Une pierre de plus apportée à l'édifice de la dynastie des Charançon.

Louise arrive à destination. Elle gare son véhicule sur une discrète aire de repos de la nationale qui relie Castelnaudary à Revel. Protégée par une allée d'arbres dont le couvert rend invisible sa présence aux yeux de ceux qui passent sur la route principale, Louise s'enfonce quand même dans son siège pour être sûre de ne pas être vue, sans avoir conscience que quiconque la connaissant pourrait facilement reconnaître sa voiture.

Après quelques longues minutes d'attente, un véhicule jaune du bureau des postes se gare juste à sa hauteur. Les deux vitres se baissent en même temps. La main ouverte du facteur apparaît par la fenêtre. Louise y dépose un petit paquet de lettres.

— Vous savez ce qu'il faut faire avec celle du dessus ?

— Vous êtes une belle connasse.

— Vous exagérez. Alors ?

— Oui, je sais ce qu'il faut faire. On oublie tout, après ça ?

— Vous recevrez tout par la poste, réplique Louise avec une pointe d'amusement dans la voix.

— Déconnez pas, putain !

— Vous n'avez pas d'humour.

— C'est dégueulasse.

— Fallait pas faire de bêtises en premier lieu. On se revoit ici la semaine prochaine à la même heure.

Le mystérieux postier ferme la vitre de sa voiture et part en trombe. C'est un homme marié qui trompe sa femme avec la fille d'une de ses amies. Par d'obscurs stratagèmes, la perfide Louise a mis le grappin sur une quantité de photographies compromettantes qui lui permettent de faire pression sur le pauvre type. Elle peut maintenant l'obliger à exécuter certaines tâches nécessaires au bon déroulement de son plan machiavélique.

C'est par de telles manigances que la lettre, dont nous allons bientôt découvrir le contenu, partira le jour même pour atterrir dans les mains de toute la famille dont quelques-uns des membres ne se parlent plus depuis la mort de pépé Louis.

8 – La lettre familiale… et la famille

6 août 2017

Sur les pentes sud de la montagne Noire, dans le Cabardès, se situe Montolieu. La charmante commune à l'architecture médiévale est connue pour être le « village du livre ». Elle propose en effet d'innombrables ouvrages aux visiteurs, avides de goûter un peu de ce savoir millénaire. Il est midi. Le facteur, qui est sur la fin de sa tournée quotidienne, s'arrête devant la porte des Charançon et klaxonne deux fois. C'est le signal lorsqu'il y a un paquet ou un courrier spécial à récupérer. Arrive bientôt un homme de presque 60 ans et plutôt bien portant. Il est employé des chemins de fer et ne fait pas grand-chose de ses journées, car il y a un important mouvement de grève. Par la vitre ouverte du véhicule des postes, une main tend une lettre sur laquelle est écrit « Pierre Charançon », suivi de l'adresse que nous garderons secrète pour le bien de la famille. Après un bref salut, Pierre, qui est donc le frère de Bertrand, prend la missive.

— Merci, dit-il en se retournant déjà pour retrouver au plus vite la fraîcheur de sa maison.

— Attendez, il faut signer ici, lui dit le facteur. C'est un courrier avec accusé de réception.

L'employé des postes tend un papier en pointant du doigt l'endroit où Pierre doit apposer sa signature.

— Ici, marquez votre nom, prénom, lu et approuvé, et signez, s'il vous plaît.

Pierre obéit sans réfléchir, gêné par la chaleur et pressé de rentrer chez lui. Il regardait *Les douze coups de midi* à la télévision et il est en train d'en rater la meilleure partie.

— Voilà, merci et bonne journée, dit-il en trottinant déjà pour se mettre à l'abri de la canicule.

Une fois à l'intérieur, il dépose le courrier sur un petit meuble et part finir son « jaune » devant la télé en espérant qu'il ne se soit pas réchauffé. La dose était parfaite et Pierre a horreur de rajouter des glaçons dans un Ricard impeccable. L'apport d'eau qu'ils représentent en ruinerait le savant mélange.

— C'était qui ? demande avec autorité une voix féminine.

— Le facteur, une lettre en recommandé ! crie Pierre du salon. Elle est sur le meuble à l'entrée.

Une main pleine de doigts boudinés s'empare de la missive. C'est une dame plutôt ronde, avec le regard vif de ceux qui scrutent les âmes à la recherche de faiblesses.

Marinette Charançon n'est pas une bonne personne. Très égoïste de nature, elle occupe une grande partie de ses journées à conspirer secrètement pour conserver coûte que coûte le bien-être de sa tribu et de ses proches. Elle n'hésitera pas une seconde à marcher sur la figure de son voisin, si cela doit apporter une plus-value quelconque à son très cher cocon familial. Elle maintient son matriarcat d'une main de fer, en pliant à ses bonnes volontés les deux hommes de sa vie.

Pierre, son mari, est une personne qui a été facile à contrôler en raison de son caractère faible et soumis. Il suit aveuglément la route tortueuse que lui trace sa femme et qui l'a mené à l'exil de sa propre famille.

Gustave, leur fils de 38 ans, est un peu plus compliqué à manipuler à cause de sa simplicité d'esprit. Il est en effet beaucoup plus proche d'un animal qui vivrait par instinct, sans réfléchir outre mesure aux conséquences de ses actions. Ce mode de fonctionnement peut créer parfois des réactions imprévisibles qui ont toujours exaspéré sa mère.

En attendant, Marinette est pincée par la curiosité et, tout en se dirigeant vers la cuisine où elle préparait le repas de midi, elle ouvre la mystérieuse lettre que son mari vient de recevoir, pour en commencer la lecture.

Bonjour,
Je vous écris à l'occasion des 40 ans de mon fils Jean.

***

Dans un autre coin de l'Aude, en plein cœur de la Piège, plus exactement à Gaja-la-Selve, un autre postier vient de laisser un courrier destiné à la famille Charrions.

Dans le pittoresque salon d'une maison de village, Raymond, un homme de presque 50 ans, lit la lettre à voix haute à sa femme Claire, qui est la sœur de Louise. Raymond est fonctionnaire. Il a le teint grisâtre et des cernes prononcés sous les yeux qui lui donnent un air de cocker abattu par une profonde dépression. Claire est plus jeune que lui de cinq ans, elle partage le même type de physique nerveux et mince que son aînée, en plus élancée et caractérielle. Elle est assise dans le canapé, écoutant avec attention les paroles de Louise à travers son mari.

Les 40 ans sont une bonne occasion de fête et, comme vous le savez, mon Jean a connu quelques difficultés de cœur, ces derniers mois passés.

***

À l'extrémité est de l'Aude, en bordure de l'étang de Bages, se situe Peyriac-de-Mer, un charmant petit village où l'on boit presque autant de litres de vin que ce que l'on en produit. Sur une table basse de salon est posée une enveloppe sur laquelle est écrit : « Sylvette Charançon ». Un bâton d'encens est allumé et remplit doucement l'atmosphère d'un nuage oriental. À même le sol, Sylvette est assise en tailleur et les pieds nus. C'est une femme très mince qui paraît sortir directement d'un mouvement hippie des années soixante-dix. Elle relit la lettre pour la quatrième fois tout en contenant son émotion.

Comme vous le savez tous, cette cabourde de Charlotte l'a bien couillonné en l'abandonnant lâchement malgré l'accueil que nous lui avons fait. Elle a quitté son mari sans laisser d'adresse ni donner de nouvelles depuis plus de deux mois maintenant.

Dans la cuisine des Charançon, Louise et Bertrand sont à table. Louise lit la lettre à son mari qui la regarde avec de grands yeux, immobile, agrippé à ses couverts comme à une réalité tangible.

Ce serait mentir que de dire que Jean va bien et nous pensons que ça lui fera bien plaisir et que ça lui remontera le moral de voir la famille et quelques vieux amis enfin réunis de nouveau.

Non loin de là, Françoise est en train de lire la lettre à ses parents, assis dans des fauteuils au coin d'une cheminée éteinte. Georges, le père de 60 ans, l'écoute d'un air distrait tandis qu'Aline, sa mère, ne perd pas un mot de ce que dit sa fille.

Cela remettrait un peu de bonheur dans sa vie. Vous êtes tous invités samedi prochain à venir partager un bon repas d'anniversaire surprise.

Dans le bar restaurant du Pas de Naurouze, Fanny continue la lecture de la lettre à Mathieu, son copain. C'est un homme de presque 40 ans, à l'allure décontractée, qui l'écoute d'un air amusé, avec un « jaune » dans les mains.

Nous serons quatorze personnes : moi-même et mon époux, Fanny, notre fille, et son compagnon Mathieu, mamie Madeleine, le cousin Gustave et ses parents, Pierre et Marinette, ma petite sœur Claire et son mari Raymond, tatie Sylvette, notre très chère voisine et amie Françoise Gélabert, Sylvain notre fils et, bien évidemment, son frère aîné, Jean.

*

De retour à Montolieu, Marinette est toujours dans sa cuisine, continuant la lecture de la lettre, à la recherche de quelque faille qui trahirait les véritables raisons poussant Louise à pareille entreprise. Elle ne peut croire que sa belle-sœur soit soudainement devenue altruiste et se préoccupe sans contrepartie du bien-être de son fils.

Je sais que bien des problèmes et malentendus ont ravagé notre famille par le passé, mais c'est l'occasion de laisser cela de côté, d'oublier nos rancunes et nos différences. Je suis sûre que la surprise de nous revoir tous réunis devant un bon repas, comme à l'époque, serait un beau cadeau d'anniversaire pour mon Jean qui verra que sa famille ne l'abandonne pas comme certaines et qu'il peut compter sur nous tous dans les moments difficiles.

Bien à vous, Louise et Bertrand Charançon.

Marinette, les yeux ronds de stupeur, prend une seconde de réflexion pour assimiler ce qu'elle vient de lire avant de se tourner vers la porte du salon.

— Pierre ! hurle-t-elle.

La voix de Pierre résonne à travers la maison.

— Quoi !?

— Y'a ta connasse de belle-sœur qui nous invite à l'anniversaire du Jean !

C'est maintenant la voix de Gustave qui arrive jusqu'à la cuisine.

— Moi, je viens pas à l'anniversaire de cet abruti !

Marinette, exaspérée par la stupide spontanéité de son fils sait exactement ce qu'elle doit lui dire pour le faire changer d'avis.

— Françoise sera là !

La tête de Gustave apparaît dans l'embrasure de la porte.

— Ah ouais ? demande-t-il, soudain intéressé.

De retour chez les Gélabert, Françoise a toujours la lettre dans les mains et observe ses parents, le cœur battant. Après quelques longues secondes de muette réflexion durant lesquelles les regards vaguent entre les membres de cette petite famille, Georges prend la parole :

— C'est peut-être l'occasion d'y mettre enfin le grappin dessus, au Charançon !

— Du temps est passé maintenant depuis la séparation, intervient Aline, les yeux brillants d'espoir. Un homme comme lui a besoin d'une femme, et, même si tu n'es pas très futée, tu es autant valable qu'une autre, ma fille, ajoute-t-elle avec un manque évident de finesse.

*

Au Pas de Naurouze, Fanny regarde Mathieu, éberluée, la lettre dressée devant elle comme si elle la lisait encore.

— Mais qu'est-ce qu'elle a dans la caboche, ma mère ?

— Ça, je peux pas te le dire, parce que personne ne le sait, mais ce que je peux te dire, c'est qu'on va bien s'marrer, conclut-il en se dirigeant vers la terrasse pour fumer une cigarette.

*

À Peyriac-de-Mer, tatie Sylvette est toujours assise en tailleur dans son salon. La lettre est posée sur ses cuisses et quelques larmes de bonheur ont coulé sur son visage illuminé par l'espoir et le cosmos.

On va enfin pouvoir la soigner, cette famille, se dit-elle.

Elle fait un geste avec les bras comme pour ramener l'énergie qui l'entoure vers elle-même, vers son ch'i intérieur, et entonne un « om » de méditation en fermant les yeux.

*

Dans la cuisine des Charançon, Bertrand est toujours agrippé à ses couverts tandis que sa femme le regarde, visiblement très fière d'avoir mis en marche une future succession d'événements qui vont probablement mener la famille à sa perte définitive. « Mais t'es complètement *fadorle*[21], ma pauvre ! » sont les seules paroles qu'il trouve à lui dire.

---

[21] *Fadorle* : quelqu'un d'un peu fou.

9 – Quand le destin s'en mêle

7 août 2017

Jean est habillé en bleu de travail et balaye sans grande conviction le sol de son salon. Madeleine est assise dans son fauteuil roulant et le regarde d'un air amusé. Depuis que Charlotte n'est plus là, l'agriculteur est revenu à la routine de sa vie de célibataire. Il effectue ses corvées domestiques à contrecœur, tout en se rendant compte de la somme de labeur que Charlotte investissait dans la maison. Mis à part l'évident manque affectif, il reconnaît honteusement que c'est l'un des aspects de sa relation qui lui fait le plus défaut. Il n'accomplit maintenant que des tâches absolument nécessaires au maintien d'un semblant de propreté, laissant le plus gros du nettoyage à une femme de ménage qu'il embauche une fois par semaine. Cela augmente ses dépenses mensuelles, mais c'est un sacrifice qu'il fait volontiers pour gagner un peu de liberté et de temps. La liberté de s'enfermer davantage dans cette prison de l'amour, et du temps pour pleurer un peu plus la perte de sa bien-aimée.

Tandis que Jean organise en petit tas la poussière accumulée, le chat, attiré par une boule de poils, sort en trombe de sous le canapé pour éparpiller les détritus d'un coup de patte.

— César ! hurle Jean en tentant de le frapper avec le balai, autant pour le faire fuir que pour l'éduquer un petit peu.

Madeleine se rit de lui en le pointant de son bras valide comme pour ajouter encore plus de gentille dérision à sa moquerie.

— Tuuueuu aavée kkaaa paaaa paaaati aaalot.

« Tu n'aurais pas dû laisser partir Charlotte », traduirait Sylvain, s'il était là. Jean, quant à lui, n'entend pas le même message.

— Ne rigole pas ! Si je le chope, ce con de chat, je le fous à la S.P.A. ! dit-il, irrité par l'amusement de sa grand-mère.

Madeleine, voyant qu'il n'a pas compris ce qu'elle vient d'exprimer, fait un geste de dépit de la main avant de se tourner vers la fenêtre au travers de laquelle elle aperçoit une fourgonnette blanche entrer dans la cour.

— Eehh !

Jean ne lui prête pas attention, accaparé par la dure besogne d'attraper le félin qui s'est réfugié sous le canapé et le regarde d'un air mauvais, les poils hérissés.

— Ah ça, je lui avais dit que j'en voulais pas de chat ! peste-t-il tout seul, se rappelant que c'est Charlotte qui l'avait ramené dans leur foyer.

La fourgonnette s'arrête devant la porte de la demeure.

— Eehh ! insiste sa grand-mère, aussi fort que ses petits poumons le lui permettent.

Jean, absorbé par la chasse au César, parodie maintenant la voix de Charlotte :

— Un chat nous tuera toutes les souris, ça fera du bien à la maison.

— Eehh !

Jean se tourne vers Madeleine, qui lève alors un bras vers la fenêtre.

— Quoi, qu'est-ce qu'y a ? demande-t-il, à la limite de la mauvaise humeur.

— Kekun.

Jean, comprenant enfin ce que lui dit sa grand-mère, va ouvrir la porte juste quand un livreur allait y frapper de son poing. Il a des cheveux bruns gominés à la façon de Johnny Depp dans *Cry baby*, le film de John Waters. Une paire de mèches insoumises tombent devant ses yeux avec la claire intention de conférer à son regard une dimension rebelle et sexy, définitivement kitsch. Un débardeur met en valeur les quelques tatouages qui recouvrent ses bras et ses épaules. Un ventre naissant donne une allure rebondie et comique au personnage. En effet, tous les efforts faits pour paraître « cool » sont finalement dévastés par cette protubérance abdominale.

Pour achever cette touche de mauvais goût, il mâche exagérément un chewing-gum avec la bouche ouverte, renvoyant presque l'image d'un cliché pornographique. Pris sur le fait alors qu'il allait toquer à la porte, il lève un peu plus la main avec laquelle il allait frapper et la déplie en guise de salut.

— Salut, dit-il avec un à-propos saisissant.

— Bonjour, c'est pour quoi ? demande Jean, sur la défensive.

Le livreur lui répond avec un accent très marqué d'un des pays de l'Est, probablement russe ou ukrainien.

— Avoir colis pour…

Il cherche les informations sur un petit appareil qu'il porte à la ceinture.

— Jean Charançon, 70 chemin de la Castagne, Montferrand.

Le coursier lève la tête vers Jean, attendant confirmation, tout en mordant bruyamment son chewing-gum.

— C'est bien moi.

Le singulier personnage arrête subitement de mâcher et l'observe un moment de ses yeux perçants. Un sourire se dessine au coin de ses lèvres d'étranger. Jean remarque sa curieuse attitude.

— C'est pour quoi ? demande-t-il, encore une fois avec gêne.

Après une inconfortable seconde de plus à contempler Jean, le livreur réagit.

— Avoir super colis pour vous, dit-il tout en se rapprochant familièrement de son interlocuteur pour lui mettre un léger coup de coude entendu dans le ventre.

— *Udachlyvyy* ! ajoute-t-il dans sa langue natale.

— Quoi ?

Le petit homme tapote de son index la poitrine de Jean.

— Toi, grand veinard !

Jean le regarde sans savoir comment réagir face à ce curieux comportement. Le livreur s'avance encore plus près de son visage, comme s'il allait lui conter un secret.

— Toi éclater ce soir, lui souffle-t-il doucement à l'oreille.

L'extravagant personnage recule pour exécuter un mouvement de déhanché qui se veut clairement sexuel. Jean s'écarte vivement, ce qui fait que Madeleine, qui est dans le salon derrière lui, entre dans le champ de vision du bonhomme. Ce dernier stoppe net son mime lascif en la voyant.

— Ça va pas, non ! s'indigne Jean.

Le jeune homme prend un air complice tout en regardant Madeleine qui ne le quitte pas des yeux. En effet, à cause de son handicap, les distractions sont rares et, lorsqu'elles se présentent, elle n'en perd pas une miette.

— OK ! Moi comprendre, dit le livreur d'un ton formel en levant le petit appareil vers Jean, tout en lui faisant un clin d'œil discret.

— Mais non, toi rien à comprendre, rétorque Jean en le pointant du doigt.

— Signature là, merci, répond le coursier en signalant l'écran.

Jean s'apprête à signer tandis que l'étranger hausse la voix pour se faire entendre de Madeleine comme s'il assumait qu'elle fût atteinte de surdité.

— Beaucoup chaleur, aujourd'hui !

— Euuu ! répond-elle.

— Voilà, dit Jean en tendant l'appareil sur lequel il vient de signer avec le bout de son index.

Le livreur regarde intensément le jeune agriculteur dans les yeux pendant deux ou trois gênantes secondes avant de lui prendre l'instrument. Il entre dans la partie arrière de son fourgon pour en ressortir avec un gros paquet de presque un mètre cube qu'il déplace à l'aide d'un diable jusqu'à Jean.

— Moi connaître ami avec une aussi, lui très très heureux, dit-il en roulant fortement tous les « r ».

— Je ne sais pas de quoi vous parlez, j'ai rien acheté, répond Jean comme pour se justifier d'un méfait qu'il aurait commis et dont il ignore la nature.

— Oui, oui, bien sûr… moi poser où ?

— Laissez-le ici devant la porte, ça sera bien.

Le livreur tire son diable et dépose le paquet devant Jean. Avant de partir, il tapote familièrement son épaule.

— Toi bonne journée ! lui dit-il avec un clin d'œil.

Jean ne répond pas. L'étranger s'en va vers sa fourgonnette en riant fortement, mais se retourne une dernière fois vers l'agriculteur avant d'y monter. Il désigne du doigt le gros carton aux pieds de Jean.

— Vous donner bonjour Dévora.

Le jeune homme mime encore une fois un geste sexuel en se passant lascivement la langue sur les lèvres. Jean, sidéré, le regarde s'installer dans son véhicule et démarrer en trombe.

— On laisse vraiment entrer n'importe qui dans ce pays !

Sous les yeux intéressés de Madeleine, qui a suivi toute la scène avec beaucoup d'attention, Jean se penche avec curiosité sur le gros carton. Il sort un Opinel qu'il garde toujours dans sa poche et l'utilise pour couper les morceaux de scotch scellant le couvercle du mystérieux paquet. Lorsque les montants de l'emballage s'entrouvrent, Jean se lève instantanément, poussé par un sentiment partagé de surprise totale et de peur.

— Oh ! Putain ! s'écrie-t-il en portant la main à sa bouche.

Madeleine se tortille pour tenter de voir ce qu'il y a dans le colis, lorsque la voix de Louise se fait entendre.

— *Qu'es aquo*[22] ?

Jean referme rapidement le paquet puis se retourne vivement vers sa mère, plantée juste derrière lui et chargée d'une petite casserole.

— Euh… C'est des outils. Je t'ai déjà dit de prévenir avant de venir ! lance-t-il pour changer de sujet tandis qu'il pousse le carton à l'intérieur.

Louise entre derrière lui et se dirige d'une démarche énergique vers la cuisine.

— Monsieur est susceptible, ce matin ?

Louise salue rapidement sa belle-mère en passant devant elle.

— Bonjour, Mamie !

---

[22] *Qu'es aquo ?* : qu'est-ce que c'est ?

— Aaloop, lui dit-elle d'un air mauvais tout en fixant son regard sur le gros paquet que Jean vient de laisser juste à côté d'elle.

Louise, ne faisant pas attention à Madeleine, ouvre la porte du réfrigérateur.

— Monsieur aimerait qu'on l'appelle avant de débarquer chez lui.

— Ah ! C'est la meilleure, celle-là ! répond sa mère en mettant la casserole au frais. Je te porte le repas de midi et c'est comme ça que tu me remercies ?

Louise excelle dans les retournements de situation et, plus précisément, dans l'art du chantage émotionnel. C'est une arme de manipulation dont elle abuse fréquemment.

— Et depuis quand une mère n'est plus la bienvenue chez son propre fils ? lui demande-t-elle avec une pointe de tristesse feinte dans la voix.

— C'est pas ça, tu le sais très bien !

— On dirait pas, à t'entendre.

Le carton s'ouvre légèrement, un bout de scotch vient de lâcher. Madeleine le remarque et se tortille sur sa chaise pour essayer de voir le contenu du paquet, tandis que Louise s'empare du balai et observe l'état de la pièce.

— Regarde ça ! T'as jamais été capable de tenir une maison.

— Maman.

— T'es bien comme ton père, tiens, ajoute-t-elle en commençant à balayer. Ah ça ! Les chiens ne font pas des chats.

— Maman, arrête un peu, lui répond Jean en lui enlevant le balai des mains.

— Des fois je me demande ce que j'ai fait au Bon Dieu pour avoir des hommes comme vous.

Tandis que Jean prend sa mère par les épaules pour l'entraîner vers la sortie, Madeleine, avec un effort surhumain, parvient à entrevoir ce qu'il y a dans le paquet et en reste bouche bée.

— Utin !

— Tu me fous dehors, maintenant !

— Il faut que j'aille travailler et l'infirmière va arriver pour s'occuper de Mamie, se justifie Jean en poussant sa génitrice hors de la maison. Merci pour le repas.

— Ah, quand même ! s'indigne-t-elle tout en se retournant vers son fils qui lui claque la porte à la figure.

Jean se tourne vers sa grand-mère qui fixe toujours avec des yeux ronds l'intérieur du gros colis. Il se précipite pour le soulever avec effort et le monter à l'étage. Madeleine lève le bras vers le carton, mais reste sans voix.

— C'est pas ce que tu crois, Mamie ! lui dit Jean, visiblement très gêné, tout en grimpant les escaliers. Je ne sais pas d'où ça vient !

La porte de la chambre s'ouvre, Jean pousse le gros paquet à l'intérieur et referme tout de suite derrière lui. Hésitant, il regarde un moment le carton pour finalement le bouger au fond de la pièce.

Dans le salon, Madeleine a les yeux rivés au plafond tandis que l'on entend clairement le colis déplacé par Jean glisser sur le sol. Après quelques secondes de silence, un grand bruit sourd résonne fortement à travers le plancher et fait sursauter la partie valide du corps de la grand-mère. Elle se demande ce que peut bien trafiquer son petit-fils. Que lui est-il passé par la tête pour en arriver à se procurer pareille aberration ? Décidément, elle ne comprend pas la jeunesse.

Dans la chambre, Jean observe le contenu du gros paquet en face de lui. Tout dans son visage et son attitude exprime la surprise.

Oh ! Bonne mère ! se dit-il.

Madeleine scrute le plafond, intriguée et inquiète à la fois. Elle suit du regard des bruits de pas qui vont vers la droite de la pièce avant de revenir en tirant quelque chose, comme si on déplaçait un meuble. Tout cela est bien mystérieux ! Elle n'ose imaginer ce que va bien pouvoir trafiquer son salace de petit-fils avec ce qu'elle a entrevu dans le colis ?

Jean vient de décaler le fauteuil qu'il avait dans un coin de la chambre vers son centre. Il se baisse pour attraper un corps par les aisselles et le dépose sur le siège sans trop d'efforts, avant de s'écarter un peu pour mieux le contempler. Assise, une poupée de taille humaine comme il n'en a jamais vu. C'est une femme brune faite de silicone qui semble observer Jean de ses yeux sombres et vides. Ses finitions sont parfaites, son réalisme est à couper le souffle. Quiconque regarderait cette poupée d'une certaine distance serait bluffé par la justesse de ses détails et la confondrait probablement avec une personne véritable. Très statique, certes, mais bien réelle. Elle est vêtue d'un corset rouge vif, très sexy, qui met en valeur de petits seins admirablement moulés, une jupe rouge et noire très courte type flamenco, des bas résille troués en plusieurs endroits et des chaussures noires à talons hauts. Une fleur rouge dans les cheveux amène un peu de douceur à cette créature très flamenco rock.

Après quelques secondes de contemplation, Jean, étonné par la qualité des finitions, touche du bout du doigt le visage pour en tâter la dureté. L'épiderme siliconé plie délicatement sous la pression, presque comme le ferait de la vraie peau. Jean recule, apeuré, comme si cette chose allait le mordre.

— Oh ! Putain !

Dans le salon, Madeleine souffle de dépit, visiblement embêtée de ne pas savoir ce qu'il se passe à l'étage. Elle rougit légèrement en pensant à ce que son petit-fils peut bien être en train de faire à cet objet. Lors de ses longs après-midi d'abrutissement devant le poste de télévision, elle a déjà vu des reportages traitant le sujet des femmes-objets, des poupées gonflables et sexuelles. Jean aurait-il remplacé la brave Charlotte par cette diablerie ?

Elle désespère de ne rien savoir et tente de se rassurer en se disant qu'elle connaît bien son petit-fils et qu'il ne ferait jamais une chose pareille. Jean est une bonne personne, elle le voit souffrir quotidiennement de la perte de sa femme. Madeleine le surprend souvent avec le regard de ces gens qui sont prisonniers de leurs douleurs. Elle remarque parfois ses yeux brillants et rougis par les pleurs lorsqu'il sort des toilettes. Aux repas, il ne finit pas toujours son assiette, contemplant avec peine la chaise vide où s'asseyait Charlotte.

Non, définitivement, Jean n'est pas de ceux qui fricoteraient avec une fille artificielle. Elle imaginerait plus volontiers Sylvain avec pareille compagnie, beaucoup plus libertin et ouvert que son frère aîné. Quoi qu'il en soit, un mystère vient de s'installer dans cette maison et Madeleine est bien décidée à le résoudre, malgré son handicap. Elle n'a pas dit son dernier mot.

Jean fouille maintenant le fond du carton et en sort quatre objets qu'il dépose sur le sol. Un éventail noir assorti à la tenue flamenco, un flacon de gel lubrifiant, un chargeur et un petit fascicule d'une trentaine de pages sur lequel est écrit : « Dévora mode d'emploi » ainsi que le nom de l'entreprise qui la fabrique, « Doll Factory ». Il se tourne vers la poupée qui semble poser sur lui ses charmants yeux obscurs.

— Dévora, dit-il, pensif, tandis que l'image du livreur lui demandant de passer le bonjour à Dévora lui revient en tête. Je comprends mieux, maintenant.

Soudain, un coucou quelque part dans la maison sonne l'heure, extirpant l'agriculteur de sa torpeur contemplative.

— Merde !

Il prend le guide d'utilisation et sort de la chambre en fermant la porte à clef.

10 – Dévora

Jean descend les escaliers en courant. Il s'arrête un moment pour plaquer un rapide baiser sur le front de sa grand-mère avant de sortir de la maison.

— Eeehh ! lui lance Madeleine pour essayer de le retenir, mais Jean est déjà dehors.

Elle veut entendre pourquoi son petit-fils a acheté une fausse femme. Est-ce qu'il souhaite remplacer Charlotte ? À quoi va lui servir cette abomination qu'elle a vue dans le carton ? C'est quoi ? C'est cela que les jeunes appellent la technologie ?

Elle ne les comprend plus, ces jeunes d'aujourd'hui, elle ne les a jamais compris, d'ailleurs, ni la technologie maintenant qu'elle y pense. Est-ce qu'ils ont inventé une femme robot ? Est-ce que cette poupée va descendre les escaliers et discuter avec elle ? Elle avait l'air tellement réelle.

Perdue dans ses questionnements, Madeleine pose son regard sur un fascicule de publicité qui est très certainement tombé du livre que Jean avait dans les mains lorsqu'il est sorti. Elle fronce les sourcils pour essayer de déchiffrer ce qui y est écrit, mais ses yeux fatigués par l'âge n'arrivent pas à faire le point, à cette distance. Elle tente donc de se pencher un peu plus pour se rapprocher de la petite brochure, mais ne distingue toujours rien.

Certaine que ce bout de papier est une pièce maîtresse du mystère qui entoure la nouvelle vie de Jean, elle pousse sur son bras valide pour s'incliner davantage et tomberait la tête la première si Sonia, qui vient d'entrer dans la maison, ne se précipitait pas pour retenir sa chute.

— Mais enfin, Madeleine ! Il ne faut pas faire ça, vous allez vous casser la figure !

— Euh ! lui répond la mamie en signalant de sa main bien portante la publicité sur le sol, tandis que Sonia la recale dans le fauteuil.

— Vous vous prenez pour une cascadeuse ou quoi ? Je suis arrivée juste à temps, on a évité une belle catastrophe, vous m'avez foutu une peur bleue, ajoute-t-elle.

— Euuhhh ! insiste Madeleine en montrant le papier par terre.

Sonia, comprenant ce que lui demande Madeleine, ramasse le prospectus pour le regarder de plus près. Ses yeux s'agrandissent de surprise en voyant la photo d'une poupée sexuelle dénudée posant de façon aguichante, voire indécente.

— Voyons, ce n'est plus de votre âge, ça, Madeleine, lui dit-elle, amusée, tout en approchant le fascicule de son visage.

Madeleine observe avec attention l'image de Dévora et, lorsqu'elle la reconnaît, lève subitement le bras vers le plafond.

— Ambr ! Ambr !

Sonia regarde vers le haut, incrédule.

— Je ne comprends pas ce que vous dites.

Madeleine pointe à nouveau la photo de Dévora, puis le plafond.

— Ean !

— Ah ! C'est pour Jean ? Vous voulez lui faire un cadeau, c'est ça ? suppose Sonia.

La grand-mère secoue vigoureusement la tête.

— Aooo ! bafouille-t-elle en signalant de plus belle le plafond, puis la photo.

— Je ne connais pas beaucoup votre petit-fils, mais je ne crois pas qu'il soit du genre à apprécier ce type de cadeau.

Voyant qu'il est inutile d'insister, Madeleine baisse le bras, visiblement déçue. Sonia le remarque.

— Ne vous en faites pas, vous trouverez bien quelque chose pour son anniversaire. C'est bien la semaine prochaine, non ?

Madeleine acquiesce d'un mouvement de tête résigné, tandis que l'infirmière la pousse vers la cuisine.

— Allez, on va prendre un petit déjeuner avant de faire la toilette.

Sur le mot toilette, la mamie se rebelle énergiquement.

— Nnooo !

— Ah, oui ! Vous n'allez pas commencer, dites !

*
**

Non loin de là, Jean est en train de labourer un champ. Tandis qu'il creuse un long et droit sillon avec la charrue, il prend le mode d'emploi de Dévora et l'ouvre sur le volant. Tout en surveillant fréquemment sa conduite, il épluche les pages du livre, lisant quelques passages au hasard.

Dévora est une poupée sexuelle qualité premium dotée d'un système de reconnaissance vocale et d'intelligence artificielle permettant des conversations simples.

— Oh ! Putain ! Elle parle ! s'exclame-t-il en levant la tête, impressionné.

Il tourne quelques pages de plus.

Un capteur sous la peau permet une mise en route automatique par simple toucher des zones érogènes...

Il tourne une page.

Relations sexuelles.

Avant le coït, le vagin de Dévora doit être lubrifié avec le gel fourni. Trois positions de massage vaginal sont possibles...

Tandis que Jean lit ces quelques lignes, le tracteur bifurque légèrement de sa trajectoire. Le remarquant, il rectifie d'un coup de volant sec pour revenir sur son tracé.

— Merde !

Constatant la déviation faite dans son sillon de labours, Jean peste en arrêtant son engin. Il va devoir faire demi-tour afin de reprendre la tranchée un peu plus bas. Si son père le voyait, il serait furieux.

— Et il aurait raison de l'être, d'ailleurs, pense-t-il à voix haute.

Mécontent, il décide de mettre de côté le perturbant mode d'emploi et de se concentrer sur la tâche qui va l'occuper une grande partie de la journée.

Il se dit néanmoins que, malgré les protestations de ses parents, il devrait se procurer un de ces tracteurs pilotés par GPS. Cela lui permettrait de sillonner ses champs à la perfection tout en faisant autre chose dans la cabine. « C'est un truc de fainéant, ça », lui dirait son père. N'empêche que la technologie n'est pas toujours aussi mauvaise que le prétendent les gens du coin.

Il est vrai, cependant, que l'on est loin du travail de labours effectué à l'époque avec les chevaux. Charlotte avait raison là-dessus, l'agriculteur n'a plus le même contact avec la terre. Ce n'est plus une relation amoureuse, c'est une relation de rendement et de profit. Pour la plupart des paysans du coin, il n'y a plus d'amour que pour l'argent. Le respect des bonnes choses s'évapore malheureusement trop vite, lorsqu'il met en péril le bien-être et le confort dans lequel nous nous sommes emprisonnés nous-mêmes.

En milieu d'après-midi, lorsque Jean n'a plus de champs à labourer, il remise le tracteur dans le hangar pour en sortir rapidement avec le guide d'utilisation de Dévora dans la main.

Tandis qu'il entre en trombe dans la maison, Madeleine est assise dans son fauteuil devant un reportage d'*Envoyé spécial*. C'est un débat sur l'usage du glyphosate montrant un agriculteur pestant contre les écolos :

« Je n'accepte pas qu'on puisse imaginer que le glyphosate est un produit nocif. On fait passer ce produit-là pour le pire des poisons... »

Madeleine détourne un moment son attention du documentaire pour observer Jean qui traverse le salon sans un mot, parfaitement consciente de ce que son cochon de petit-fils s'apprête à faire.

— Bonjour, Mamie ! lui dit-il en passant devant elle sans presque la regarder.

Madeleine ne répond pas. Elle préfère bouder devant sa télévision.

Le bruit d'une serrure que l'on déverrouille résonne dans la chambre de l'agriculteur. La porte s'ouvre tout doucement, timidement. Jean passe lentement la tête par l'entrebâillement pour scruter l'intérieur de la pièce.

Il ne sait pas si la crainte est plus forte que la curiosité, mais, en tout cas, ce sont ces deux sentiments qui agitent son âme tandis qu'il observe la splendide poupée toujours assise sur la chaise où il l'a laissée.

Elle est suffisamment réelle pour qu'il ait l'impression qu'elle le regarde de ses yeux brillants, vides de vie. Tout en refermant la porte derrière lui, Jean entre avec appréhension dans la chambre, comme si elle ne lui appartenait plus. Comme si cette créature inanimée se l'était appropriée.

Soudain, comme un souvenir, Charlotte surgit de la salle de bains. Elle est couverte d'un peignoir et se sèche les cheveux avec une serviette.

— C'est pas trop tôt, mon asperge, tu m'as enfin remplacée, dit-elle d'un ton amusé.

— Mais non, c'est pas ce que tu crois ! lui répond Jean, extrêmement gêné.

Le regard de Charlotte balance quelques instants entre Jean et la poupée, ne comprenant pas ce que son ex-mari lui raconte.

— Ah bon ?

— Je sais pas quoi te dire, dit-il, vide d'arguments, tandis que Charlotte s'assoit sur le lit.

— Au moins, elle te fera pas chier, celle-là.

— Comment ça ?

— Sexe quand tu veux et sans paroles… pas de reproches.

Jean, sans quitter la poupée des yeux, hausse légèrement les épaules.

— Ça, je n'en suis pas si sûr, il paraît qu'elle parle.

Jean se tourne vers sa femme, mais elle n'est plus là. Elle disparaît toujours comme elle vient : à l'improviste.

Il s'approche de la poupée avec un sentiment de tristesse au fond de l'âme et s'accroupit à sa hauteur pour la contempler de plus près. Ses yeux descendent inévitablement vers la parfaite poitrine cachée sous le corset. Avec l'air de ceux qui vont faire un mauvais coup, Jean regarde autour de lui pour s'assurer que personne ne le voit, avant de porter une main complexée sur l'un des seins afin d'en tester la consistance.

— Pardon, Charlotte, c'est pour la science.

Ses yeux s'arrondissent, tellement l'impression provoquée par ce toucher est incroyablement réelle.

— Oh con ! C'est fou, ce truc.

La texture est impressionnante. Ce n'est pas comme une vraie peau, évidemment, mais ce n'est pas non plus le ressenti de plastique auquel on pourrait s'attendre en palpant pareil objet. Cela fait trop longtemps qu'il n'a pas la chance de tripoter un corps féminin, pense-t-il, et cette poupée est en train d'engendrer un flot de sensations perturbantes au fond de ses entrailles. Ses fonctions primaires de mâle néandertalien sont sur le point de reprendre le dessus.

Jean avale sa salive, nerveux comme si c'était la première fois qu'il était en présence d'une femme. Il regarde à nouveau autour de lui avant de soulever la courte jupe de la jolie poupée. Elle n'a pas de culotte ! Il plonge lentement et délicatement sa main libre entre les jambes pour aller y toucher le sanctuaire sacré, le mont de Vénus.

— Mmmm ! s'extasie alors Dévora avec une voix artificielle.

Jean, surpris autant qu'apeuré, retire rapidement sa main et tombe à la renverse en poussant un petit cri ridicule.

— Oh, putain !

— Je suis *caliente*[23] ! gémit la belle poupée avec un accent espagnol très prononcé.

Jean s'éloigne d'elle en se traînant sur le sol, sans la quitter des yeux. Quelque chose vient de se passer, une lueur fugace qu'il a décelée dans ce regard supposément vide de vie. Comme une petite flamme qui a brillé, l'espace d'un clignement de paupières.

— Non… pardon… Je ne voulais pas, balbutie-t-il, extrêmement confus, tandis que le ton de Dévora se fait langoureux à souhait.

— Mmmmm… Vous m'avez réveillée.

— Non, je… ce n'est pas moi, enfin si, mais…

— Je m'appelle Dévora, et vous ? le coupe-t-elle.

Jean respire profondément pour reprendre ses esprits.

---

[23] *Caliente* : chaude.

La texture artificielle du son de sa voix le rassure un peu. Ce n'est qu'une machine après tout, un jouet.

— Je n'ai pas entendu votre prénom ? insiste-t-elle.

Jean se rapproche de la poupée pour l'inspecter de plus près. Il regarde plus particulièrement ses yeux.

— Tu... euh... Vous pouvez me voir ?

— Sssiii, acquiesce-t-elle avec volupté.

C'est un truc de fadorle, se dit-il.

— Je m'appelle Dévora, et vous ?

— Je m'appelle Jean, répond l'agriculteur en articulant comme s'il parlait à un nouveau-né.

— Ole ! s'exclame-t-elle d'un ton soudainement enjoué qui fait sursauter Jean. Je suis excitée de faire votre connaissance, Jean... mmhh... *caliente*, ajoute-t-elle avec son charmant accent espagnol.

Jean se calme un peu, mais reste tout de même bouche bée devant Dévora.

Il ne pensait pas qu'un tel engin puisse exister. Il estimait que les poupées gonflables étaient toutes, eh bien, gonflables. Alors qu'ici, nous sommes en présence d'un tout autre niveau d'objet sexuel, beaucoup plus évolué et sophistiqué.

— J'y crois pas, je suis en train de parler avec une poupée, songe-t-il tout haut.

— Je n'ai pas compris la question.

— Tu... Euh, vous comprenez ce que je dis ?

— Oui, répond-elle langoureusement.

— La vache ! s'exclame Jean, époustouflé.

— Je ne suis pas une vache, rétorque-t-elle après une seconde, ce qui arrache un petit rire à Jean.

— C'est une expression.

Silence.

— Une expression. Pour montrer la surprise, continue-t-il, voyant que Dévora ne réagit pas.

— Je ne comprends pas la question.

— C'est parce que ce n'est pas une question.

— Je ne comprends pas la question.

— C'est pas grave, va.

Visiblement, son vocabulaire est limité à un strict minimum.

— Pour configurer mon système opératif à vos goûts, vous devez répondre à un rapide questionnaire. Est-ce que je peux commencer ou bien voulez-vous baiser directement ?

Jean reste sans voix, pris de court par l'indécente et brutale proposition qui vient de lui être faite.

— D'après le taux de chargement de mes batteries, je peux pratiquer un coït de vingt-trois minutes en mode Ibiza, trente-cinq minutes en mode Mallorca.

Cette précision n'arrange pas les choses, Jean ne sait toujours pas quoi répondre.

— Ou une pipe de cinquante minutes.

Jean réagit enfin en secouant la tête de droite à gauche en signe de négation.

— Oh là... Non, non, non.

— Je suis *caliente* ! insiste Dévora.

— On se connaît pas assez.

— Je ne comprends pas la réponse. Questionnaire ou baise ?

— Euh... Questionnaire, balance Jean avec hâte avant qu'elle ne l'incommode davantage.

Voir une poupée aux finitions si réelles parler sans bouger la bouche a quelque chose de profondément perturbant.

— Ma configuration pourra être changée à tout moment en disant les mots « Dévora, changer configuration ». Est-ce que vous préférez que je vous vouvoie ou que je te tutoie ? poursuit-elle après un bref moment de pause.

— Vouvoie.

— D'accord.

— Non ! Non ! Tutoie ! Je préfère qu'on se tutoie, s'écrie-t-il en changeant soudainement d'avis.

— Je t'appelle Jean ou tu désires un autre nom ?

— Un autre nom ? Comment ça ?

— Je peux t'appeler mon lapin, ma bête, *mi bailarin, mi torero*[24], Maître.

Voyant que la conversation va durer, Jean s'assoit plus confortablement en se détendant un peu. Le mot « Maître » lui arrache un sourire.

— Maître, ça peut être bien.

— Tu préfères que je sois douce, espiègle, cochonne, bourgeoise, séductrice ou dominatrice ?

— Ben… Euh…, bafouille-t-il, une fois de plus, très gêné par la question.

— Je ne comprends pas la réponse. Tu préfères que je sois douce, espiègle…

— Dominatrice, la coupe-t-il, dans un sursaut de gaillardise.

— À quelle heure te lèves-tu normalement le matin, Maître ?

— 6 h 30, pourquoi ?

— Pour me réveiller en même temps que toi, Maître.

Jean est de plus en plus impressionné par ce nouveau jouet. Il est actuellement en train d'avoir une conversation, sommaire il est vrai, mais une conversation tout de même, avec un humanoïde sexuel.

— As-tu une érection au réveil ?

— Oh ! Ah ça, eh bien… Euh… Alors généralement… Enfin, bafouille encore une fois Jean, prisonnier d'une confusion et d'une gêne croissante.

— Je ne comprends pas la réponse.

Un souvenir pointe soudainement le bout de son nez. Jean est dans le lit avec Charlotte, ils viennent juste de se réveiller. Au niveau de l'entrejambe de l'agriculteur, les draps sont dressés. Charlotte le remarque.

— Oh ! Mais qu'avons-nous là ? Une belle asperge !

Jean sourit tandis qu'elle plonge lascivement vers son érection.

---

[24] *Mi bailarin, mi torero* : mon danseur, mon torero.

— Une belle courgette, tu veux dire.

— Il faut la cueillir tant qu'elle est belle.

— Je ne comprends pas la réponse.

La répétitive phrase de Dévora extirpe violemment Jean de son agréable souvenir.

— Moins depuis que ma femme est partie, dit-il tristement.

— Je ne comprends pas la réponse, oui ou non ?

— Oui.

— Combien de relations sexuelles veux-tu par semaine, Maître ?

Jean ne semble décidément pas à l'aise avec ce genre de questions qui heurtent sa pudeur de gentilhomme.

— Je ne sais pas… aucune.

— Réponse inacceptable qui rendrait ma présence inutile. Combien de relations sexuelles veux-tu par semaine, Maître ?

— Deux, trois.

— Deux ou trois ?

— Trois, décide-t-il après un bref instant de réflexion.

Le radio-réveil sur la table de chevet indique 18 h 32.

— À quel moment de la journée préfères-tu faire l'amour ? continue la poupée.

— Je sais pas, ça dépend de la journée, dit-il tandis que l'heure passe à 18 h 33.

— Je ne comprends pas la réponse. À quel moment de la journée préfères-tu faire l'amour ?

Jean, les yeux rivés sur le radio-réveil, se rend compte qu'il est en train de se faire tard.

— 18 h 33 ! s'exclame-t-il.

— Très bien. Quelle est ta position préférée, Maître ?

— On est obligé de faire ce questionnaire ?

— Je ne comprends pas la réponse.

— Questionnaire obligé ? articule-t-il exagérément.

— C'est pour mieux assouvir tes fantaisies sexuelles, Maître.

— Je n'ai pas de fantaisies sexuelles !

Quelques secondes de silence, durant lesquelles Dévora semble le dévisager de son regard vide.

— C'est biologiquement impossible.

— Levrette, dit-il, résigné, en soufflant profondément.

Le temps passe, question après question, réponse après réponse, le radio-réveil sur la table de chevet indique qu'il est 19 h 32. Jean est maintenant allongé sur le sol et fixe le plafond d'un air désespéré.

— Aimes-tu les mots d'amour durant la relation sexuelle ?

— Non.

— Veux-tu que je fasse des bruits durant la relation sexuelle ?

— Oui.

— Quand la relation sexuelle est terminée, tu préfères que je parle ou que je m'éteigne ?

Jean respire profondément comme pour exprimer son ras-le-bol.

— Que tu t'éteignes, tu parles trop.

— Le questionnaire de mise en service est maintenant terminé.

Jean se redresse soudainement sur les coudes, le sourire aux lèvres. Ce calvaire touche enfin au but, il se serait presque cru chez une sexologue.

— Heureusement qu'il devait être rapide, lance-t-il ironiquement.

— Ma base de données grandira avec le temps que nous passerons ensemble, Maître, et mes capacités de dialogue seront plus étendues, dit-elle, tandis que Jean se lève complètement. Il est conseillé de me laver au savon dans un bain avant de baiser pour la première fois. Pour une question d'hygiène, il faudra également me laver au savon après chaque relation sexuelle.

Jean, totalement désarmé, regarde la poupée.

— Mais d'où ça provient, ce truc ? demande-t-il tout bas.

— Ma batterie est faible, recharge-moi s'il te plaît, Maître.

Jean attrape le chargeur et le guide d'utilisation dont il commence à tourner les pages.

— Recharge, recharge…

— La prise de charge se trouve dans mon cul.

Jean lève soudainement les yeux vers Dévora, comme s'il n'était pas certain de ce qu'il vient d'entendre.

— Pardon ?

— La prise de charge se trouve dans mon cul.

— Dans ton cul ?

— Non, dans mon cul, pas dans mon cou.

Jean, comprenant la méprise, sourit et paraît soulagé.

— Tu as inversé les deux mots.

— Je n'ai pas compris la question.

— Où se trouve la prise de recharge ? Dans ton cul ? l'interroge-t-il en souriant d'avance.

— Oui, dans mon « cul », sous les cheveux.

Jean pose le guide d'utilisation tout en riant doucement. Il y a un défaut de vocabulaire dans la tête de cette machine. Tout en se demandant à combien de mots erronés il doit s'attendre, Jean inspecte la nuque de Dévora en lui soulevant les cheveux. Il y trouve son bonheur et branche le chargeur.

— Heureusement que c'est pas dans ton cou, lui dit-il en rigolant.

— Le cou n'est pas fait pour ça, Maître, lui répond-elle, pleine de repartie.

Étant trop loin d'une source électrique, il tire le fauteuil sur lequel est assise la poupée vers la prise la plus proche, dans un coin de la chambre. Il y branche le chargeur en souriant.

— Temps de charge, environ quatre heures et trente-quatre minutes. Veux-tu que je me mette en veille ?

— Oui.

— Bonne nuit, Maître.

— Bonne nuit.

Voyant que Dévora ne répond pas, Jean passe la main devant ses yeux.

— Dévora ?

Pas de réaction. Jean se redresse et recule un peu pour mieux regarder la poupée.

— C'est vraiment un truc de *fadorle*, ça, quand même, se dit-il à lui-même.

Après quelques secondes de contemplation, il se tourne vers le radio-réveil qui indique 19 h 40.

— Elle *tcharre*[25] plus qu'une bonne femme, celle-là, finalement.

---

[25] *Tcharrer* : parler, discuter.

11 – Le mercredi tout est permis

L'esprit encore ensuqué par le surréaliste questionnaire qu'il vient de subir, Jean descend les escaliers pour s'occuper de sa grand-mère, qui est toujours là où il l'a trouvée deux heures auparavant en revenant des champs : plantée devant le poste de télévision. Tandis qu'il s'approche d'elle, plein de remords, Madeleine l'observe d'un air mauvais, ne sachant que lui reprocher avec le plus de ferveur : qu'il la laisse moisir jusqu'à pas d'heure collée à l'écran ou bien ses fricotages avec une femme artificielle. Voyant la mine renfrognée de sa grand-mère et voulant assouplir toutes les remontrances qu'il devine dans son regard, Jean arbore son plus beau sourire.

— On va passer à table, Mamie, lui dit-il en exagérant sa joie.

— Pa to to, s'indigne Madeleine.

— Tu dois avoir faim, c'est un peu tard. Sonia va bientôt arriver, en plus.

Madeleine illustre son mécontentement d'un mouvement de bras, tandis que Jean pousse sa chaise roulante vers la cuisine.

— On va manger ce que maman a apporté ce matin.

— Aalooop ! s'exclame-t-elle.

— Non, pas des escalopes, lui répond Jean sans comprendre le véritable sens de ce que vient de dire sa grand-mère.

Il cale le fauteuil à la table de la cuisine avant de prendre le plat de sa mère dans le frigo. Il le découvre devant Madeleine.

— Mmmh !! Des lasagnes !

Jean dépose le tout dans le micro-ondes et règle le temps de cuisson sur cinq minutes. Le panier plein de madeleines que Françoise lui a offert le matin même est posé en plein milieu de la table. Il le penche vers sa grand-mère pour qu'elle puisse en voir le contenu.

— T'as vu ce qu'elle nous a donné, la Françoise Gélabert ?

Comme elle ne dit rien, il insiste.

Le docteur lui a effectivement conseillé de solliciter la partie de son cerveau qui traite le langage, pour que sa diction n'empire pas avec le temps.

— C'est quoi, ça ?

— Delènes ! répond sa grand-mère en souriant.

— Eh oui, des madeleines, comme toi.

Malgré sa rancœur, l'octogénaire rigole de bon cœur en essayant d'en attraper une au passage, mais Jean retire le panier à temps.

— Attends, Mamie ! T'en auras une au dessert, si tu es sage !

— Noo !

Jean s'approche d'elle et lui dépose un affectueux baiser sur le front. Cet élan de tendresse de la part de son petit-fils fait couler une maigre larme sur la joue de la vieille dame. Étant presque entièrement paralysée et ne pouvant pas parler, c'est sa façon à elle d'exprimer ses émotions, par les yeux et les larmes. Tandis qu'elle le regarde mettre les couverts et l'assiette sur la table, tout le ressentiment qu'elle éprouvait envers lui vient de s'évaporer. Jean est un homme bon qui fait de son mieux pour gérer l'énorme tristesse qui s'est approprié son âme. Il mérite le bonheur.

— Fraoise, dit-elle en levant le doigt vers Jean qui s'arrête un moment pour essayer de comprendre ce qu'elle veut lui dire.

— De quoi ?

Madeleine signale le panier offert par Françoise.

— Faoise ! insiste-t-elle.

— Ah ! Framboise ! Non, c'est pas de la confiture de framboise.

Jean prend un pot dans le panier pour le montrer de plus près à sa grand-mère. Il l'ouvre et le lui passe sous le nez pour qu'elle puisse en apprécier l'odeur.

— Tu vois ? De la confiture de figues, on dirait.

Madeleine fait un signe négatif de sa main valide puis signale la direction de la ferme des Gélabert où vit Françoise.

— Em bien a Fraoise ! dit-elle en faisant un visible effort d'articulation.

À cet instant, Sylvain entre dans la maison avec un pack de bières. Il arrive juste à temps pour comprendre ce que veut dire sa grand-mère.

— Elle te dit qu'elle t'aime bien, la Françoise.

— Ah ça ! répond Jean en refermant le pot de confiture qu'il dépose dans le panier. On dirait bien, oui.

— C'est vrai qu'elle t'a toujours kiffé, celle-là.

Madeleine rigole, soulagée d'être enfin comprise, tandis que Sylvain lui fait la bise.

— Je sais pas pourquoi tu l'as jamais chopée, d'ailleurs, ajoute-t-il sincèrement.

— Humf ! lui crie Madeleine en signe de réprobation.

— C'est mercredi, déjà ? demande Jean pour changer de sujet.

Sylvain soulève fièrement les bières sous les yeux de son frère.

— Eh oui, c'est notre soir.

— J'avais complètement oublié ! Tu tombes bien, tiens, il va falloir que tu m'aides avec un truc sur Internet, après.

C'est le moment que choisit le micro-ondes pour rappeler tout le monde à l'ordre par le tintement de sa petite cloche aiguë. Sylvain dépose les bières au frais dans le réfrigérateur pendant que Jean retire le plat du four en se brûlant les mains.

— Oh ! Putain, c'est chaud ! Sylvain, mets nos couverts sur la table pendant que je sers Mamie, s'il te plaît. Sonia arrive dans quinze minutes pour la coucher.

— T'es à la bourre, on dirait.

Les deux frères s'activent. Jean donne une petite portion de lasagnes à Madeleine, tandis que Sylvain dresse deux assiettes sur la table.

— Des lasagnes ! se réjouit ce dernier en voyant sa grand-mère se régaler.

— Maman nous a fait notre plat préféré, répond Jean.

— Elle a pas oublié notre mercredi, elle, lui reproche le musicien en insistant exagérément sur le « elle ».

Jean lui sourit dans un hochement d'épaules, comme pour dire « tu me connais », avant de s'asseoir et d'allumer la télé. Un documentaire de France Cinq sur les problèmes de contamination des nappes phréatiques débute. On y voit un enchaînement de magnifiques images de villages proches des châteaux de Lastours, dans le Carbardès. Succession de vallées et de vieilles montagnes érodées par les âges, tapissées de tons verts variés et reposants.

« *Un petit village de France comme il en existe des milliers, une campagne verte et vallonnée chargée d'histoire. Si l'on découvrait que ces charmants paysages sont en réalité des trompe-l'œil, que notre territoire est parsemé de terrains pollués depuis plus ou moins longtemps par des produits plus ou moins toxiques et à plus ou moins de profondeur. Bref, qu'aucun de nos jardins français n'est celui d'Éden.* »[26]

C'est en regardant cet intéressant petit reportage que nos trois acolytes mangent tranquillement leur repas.

À petits coups de fourchettes, les assiettes se finissent rapidement pour laisser la place au dessert que Jean pose sur la table. Plateau de fromage, pot de miel, madeleines et confiture de figues faites par Françoise. Sylvain fourre une madeleine de confiture avant de l'offrir à sa grand-mère. Elle la lui arrache presque des mains, de peur qu'il la lui retire, et se l'enfourne dans le bec lorsqu'une sonnerie retentit dans la maison. Jean se tourne vers Madeleine, dont la bouche déborde de gâteau.

— Ça, c'est Sonia qui vient te coucher, Mamie.

— Onia ! dit-elle en postillonnant quelques miettes.

Tandis que Jean va ouvrir la porte en riant de voir sa grand-mère si gourmande, cette dernière se hâte de finir son dessert sous les yeux effarés de Sylvain. Il pose une main sur son épaule pour calmer sa boulimie.

— Doucement, Mamie, ne va pas *t'escaner*[27] quand même.

---

[26] Texte extrait d'un reportage de France 5 de 2016 : *Pollution des sols, le scandale caché.*
[27] *S'escaner* : s'étrangler, s'étouffer, avaler de travers.

Elle le regarde avec cet air qu'ont les enfants pris sur le fait d'une mauvaise action. Depuis son accident vasculaire, la nourriture est l'un des rares plaisirs que son handicap lui permette d'apprécier pleinement et la vieille dame semble ne plus avoir de retenue quant à la quantité à absorber. Madeleine avale son énorme bouchée avec une facilité déconcertante quand Sonia entre dans la cuisine.

— Bonsoir, dit-elle poliment.

— Salut, Sonia, réplique Sylvain.

— Onsoi ! dit Madeleine presque en même temps.

— Alors, Madeleine, vous êtes prête à faire de beaux rêves ? demande l'infirmière en s'approchant de l'infirme.

— Oui ! répond la grand-mère en souriant et en tendant la main pour prendre une dernière madeleine. Delène ! s'écrie-t-elle, arrachant un petit rire à toute l'assistance.

— Eh bien, on va au lit, dites au revoir à tout le monde.

— Onne ui !

Jean et Sylvain lui donnent un baiser à tour de rôle en lui souhaitant bonne nuit.

Dès que les deux femmes disparaissent dans le modeste appartement aménagé pour Madeleine, dans la continuation du salon, Jean se tourne vivement vers son frère, les yeux brillants.

— Il m'est arrivé un truc de dingue ! dit-il en le tirant par le bras dans les escaliers.

— Et notre partie de PlayStation ? J'ai porté le dernier FIFA et...

— C'est plus important, ça, le coupe Jean, il m'est arrivé un truc de *fadas*[28], je te dis !

Sylvain marque un temps de pause pour soutenir son regard. Soudain son visage s'illumine.

— Toi, t'as rencontré une gonzesse !

Son visage s'illumine encore davantage devant l'hésitation de son grand frère.

— Oh putain, t'as rencontré une femme ! s'émerveille-t-il.

---

[28] *Fadas, fadasse* : fou, niais.

— C'est un peu plus compliqué que ça. Je sais pas si on peut appeler ça une gonzesse.

Jean monte les escaliers quatre à quatre. Sylvain le suit, mais s'arrête soudainement.

— Attends !

Vibrant d'impatience, l'agriculteur regarde son petit frère trottiner vers le frigo pour en sortir deux bières. Il revient rapidement et lui en donne une.

— Tu as réveillé ma curiosité !

12 – Une histoire de famille

À Montolieu, dans le salon de la famille Charançon, Pierre, Marinette et Gustave sont assis dans le canapé, devant le même programme télévisé sur les nappes phréatiques que regardaient Jean, Sylvain et Madeleine en mangeant. Cette branche de la tribu ne prête aucune attention à cet alarmant petit reportage, l'entièreté de leur esprit étant occupée à la prise d'une importante décision. En effet, l'arrivée de la lettre avec accusé de réception de Louise et son invitation inattendue aux 40 ans de Jean a fait l'effet d'une bombe et a perturbé la stabilité du foyer. Certaines actions sont à entreprendre et vont sceller de manière drastique le futur familial.

— J'ai bien réfléchi à la proposition de ta couille de belle-sœur, annonce Marinette.

— Moi, j'ai pas eu besoin d'y réfléchir autant, c'est hors de question ! déclare Pierre sur un ton qui se veut intransigeant, mais qui est à peine crédible.

— Oh, que si ! On va y aller, justement.

— Arrête tes conneries, ça fait huit ans qu'on est fâchés avec mon frère.

— Exactement ! Et tu ne trouves pas ça louche, Bertrand et Louise, qui nous invitent à bouffer ?

Marinette marque une longue pause pour observer le regard ahuri et dénué d'intelligence des deux hommes de sa famille.

— Y'a que moi qui réfléchis dans cette famille ou quoi ?

— On n'y va pas, un point c'est tout, insiste Pierre.

— *Boudu*[29] ! T'es aussi bête que bourrique !

— Moi, je veux y aller, intervient Gustave.

---

[29] *Boudu* : bon Dieu.

— On sait très bien pourquoi tu veux y aller, Gustave, mais, la Françoise, c'est pas toi qu'elle veut, tu le sais très bien.

— Elle me connaît pas bien encore. Et puis, lui, il s'en fout d'elle, ce con, putain !

— Et alors ? Tu vas ramasser les miettes que Jean te laisse ?

— Oui, c'est vrai, ça ! acquiesce Pierre.

— Lâchez-moi, con, je fais ce que je veux, putain.

— T'as pas d'orgueil ou quoi ? demande-t-elle en attendant une réponse qui ne viendra pas. Et parle mieux, merde !

— Je tchare comme je veux… con.

— De toute façon, c'est pas pour ça qu'on doit y aller. Si tu réussis à l'attraper, la Françoise, tant mieux, elle est gentille et elle est fille unique, elle va hériter de plein de terres. Enfin bref, c'est pour la famille qu'il faut y aller. Je la connais, la Louise, c'est une peau de vache et elle a quelque chose derrière le crâne, c'est sûr. Elle prépare un sale coup et j'ai pas envie qu'on se fasse baiser la gueule.

— Je vois pas quoi, dit Pierre après un moment de réflexion.

— Normal, t'es un homme, vous ne pensez à rien, les hommes !

Pierre, irrité par la pique de sa femme, baisse la tête en silence.

— Il va falloir se préparer. On va relire tous les papiers de l'héritage pour que rien nous échappe. On va aller là-bas, on sera tout gentils. Il nous a accusés d'avoir volé ta mère, quand même, et toute la famille pense la même chose.

— Mais on a volé ma mère ! éclate Pierre.

— On n'a pas volé ta mère, on a pris ce qui nous était dû avec un peu d'avance, c'est tout, répond Marinette en soulignant l'évidence.

Pierre, la bouche ouverte, ne dit rien.

— On sera tout gentils, donc, jusqu'à ce qu'ils crachent le morceau, insiste-t-elle en pesant bien ses mots pour que Pierre comprenne vraiment ce qu'elle tente de lui dire.

Ce dernier à l'air vexé qu'on lui parle comme à un enfant, il secoue la tête de gauche à droite.

— Non, c'est pas une bonne idée, je veux pas y aller.

Marinette souffle bruyamment son dépit pour faire entendre à ses deux hommes que la pression monte et qu'il ne faut pas la pousser beaucoup plus loin.

*
*

Au même instant, Bertrand est debout dans son salon avec la lettre de sa femme dans les mains. Il vient de la lire pour la dixième fois avec des yeux toujours aussi ronds de colère qu'à la première lecture.

— Je peux pas croire que tu aies fait ça ! dit-il, incrédule. T'es vraiment maboule, ma pauvre !

Louise est assise dans un fauteuil et l'observe d'un air détaché. Il fut un temps où elle aurait ressenti du mépris pour son mari, en cet instant. Il n'a jamais su voir la brillance de ses manigances, il n'a jamais apprécié cet esprit conspirateur qui la caractérise et qui a bien souvent tiré la famille de l'embarras.

— On va pas en faire un drame.

— Pas en faire un drame ? *Macarel*[30] ! Il a volé maman, quand même ! Et toi, tu veux le faire venir sous notre toit ? Tu veux tuer ma mère ou quoi ?

— Tiens ! Parlons-en de ta mère. On s'est bien débarrassés d'elle en laissant notre fils s'en occuper, non ?

— C'est pas pareil, il a gagné une maison en échange.

— Tu crois que ça me fait plaisir de les voir, tous ces cons ? Tu crois que ça me fait plaisir qu'ils viennent dans notre maison ?

— J'espère pas, non.

— On a besoin de la signature de ton frère et de ta sœur Sylvette pour que Jean puisse enfin faire construire les terrains de Campanet.

— Mais il veut pas les faire construire.

Louise remue négligemment sa main dans les airs pour souligner l'inconsistance de ce que vient de dire son mari.

— C'est des idées de son ex-femme, ça lui passera.

Elle plonge son regard dans celui de Bertrand, avant d'ajouter :

[30] *Macarel, macaréou* : exclamation de surprise.

— Je m'en charge. On les lui fera construire, ces terrains, et il nous en remerciera plus tard, va. C'est sa retraite, après tout.

— Et comment tu vas le faire signer à mon frère ?

— J'ai ma petite idée, mais il va falloir y mettre du tien.

— Ah, non ! Tu me mets pas dans tes manigances ! dit-il en ouvrant de grands yeux.

*
* *

Pierre, Marinette et Gustave sont toujours assis dans le salon, les tasses de tisane posées sur la table basse sont encore fumantes.

— Écoute, ça suffit, maintenant ! Je te dis qu'on va pas aller chez mon frère, déclare Pierre catégoriquement en se levant pour mettre un terme à la conversation.

Marinette prend une profonde inspiration avant de parler. Cet homme est en train de la faire sortir de ses gonds. Il a toujours eu le chic pour ça. Parfois, elle se demande pourquoi elle s'est mariée à un abruti pareil et se console en pensant à la confortable vie que cela lui a tout de même permis de mener.

— T'es con ou tu le fais exprès ?

— Ah ! Tu m'insultes, maintenant ? s'indigne Pierre.

— Quand tu le mérites, oui.

— Quelle partie de « on se parle plus avec mon frère » tu comprends pas ?

Ç'en est trop.

Marinette tape violemment du poing sur la table en se levant, surprenant tout le monde et faisant bondir toutes les tasses qui s'y trouvent. Pierre la regarde, soudain paralysé, tandis que Gustave se fait tout petit et baisse la tête pour qu'on l'oublie.

— C'est bon, c'est fini tes caprices de gosse, maintenant ?

La matriarche marque une pause de circonstance, savourant ce délicieux moment. En voyant cette fluette lueur de peur qui vient de s'allumer au fond des yeux de son mari, elle sait qu'elle a gagné la partie.

— Quand je te dis que ta conne de belle-sœur a un truc derrière la tête, c'est que c'est vrai. Alors, il va falloir qu'on sache ce que c'est avant qu'elle nous baise la gueule, tu le comprends, ça ? dit-elle en attendant une confirmation de son époux qui préfère baisser le regard.

— Alors, maintenant, tout le monde va faire ce que je dis, on va tous fêter l'anniversaire de Jean et on sera bien gentils jusqu'à ce qu'on découvre ce qu'elle trame, la connasse, t'as compris ? Ça rentre, ça, dans ta tête de mule ?

Marinette adore lorsqu'elle exerce un contrôle absolu sur les deux hommes de sa famille. Ces moments bénis durant lesquels elle sent que leur âme tient dans la paume de sa main et qu'elle pourrait la fermer si cela était son désir, détruisant leur vie en un instant. Cela lui procure une sensation de puissance et de bien-être que même un orgasme ne saurait égaler. La suprématie féminine dans toute sa splendeur.

*
* *

Au même instant, Bertrand et Louise poursuivent une discussion similaire. Ils sont toujours assis sur le canapé devant la cheminée éteinte.

— Et tu crois vraiment qu'ils vont venir ? On se parle plus depuis huit ans.

— Ton frère va pas vouloir, mais Marinette, elle, ne va pas supporter de pas savoir ce qu'il se passe, elle va venir, j'en suis presque sûre ! Et si elle vient, les deux autres andouilles vont suivre.

— Moi, j'en suis pas aussi sûr que toi, tu vois.

— On y a picoté la curiosité à la Marinette et une femme curieuse, c'est capable de bien des choses que vous ne comprenez pas, les hommes.

Bertrand se vexe de la pique de sa femme et se demande pourquoi il faut toujours qu'elle rabaisse les hommes. Elle a cette faculté de généraliser ses attaques tout en les rendant personnelles. Bertrand sait très bien que c'est de lui qu'elle parle lorsqu'elle dit « vous ne comprenez pas, les hommes ».

Ce qu'il ne comprend pas, c'est pourquoi son épouse lui manque fréquemment de respect. Il l'a pourtant toujours bien traitée, a toujours pourvu au pain quotidien, elle n'a jamais connu la misère, lui a fait trois enfants et il a même fait prospérer le patrimoine familial qui leur appartient, à elle autant qu'à lui.

— On va les brosser dans le sens du poil, leur faire croire que les rancunes ne sont plus là, on sera aux petits soins et tu feras l'effort pour le bien de notre famille, ajoute-t-elle.

Bertrand souffle profondément de dépit en imaginant la tâche à venir. Il ne se sent vraiment pas capable de faire comme si de rien n'était avec un frère qui a volé sa propre mère. Après tout, il est moins grave d'abandonner une mère que de la voler.

— Ça prendra le temps que ça prendra, mais ils vont les signer, ces papiers, même s'il faut les menacer avec un fusil ! annonce Louise pour conclure.

13 – Sylvain rencontre Dévora

La porte de la chambre s'ouvre doucement. La tête de Jean apparaît dans l'entrebâillement. Il regarde à l'intérieur avec appréhension, tandis que le timbre clair de la voix de Sylvain résonne dans son dos.

— Oh putain ! C'est quoi ton truc, un animal sauvage ? Tu commences à me foutre la peur, là.

Jean sourit tout en ouvrant la porte en grand pour permettre à Sylvain de voir la poupée.

La bouche du musicien s'agrandit de surprise. Après quelques secondes de contemplation, il tire machinalement sur la languette de la canette de bière, faisant retentir le « Pschitt » caractéristique. Jean se délecte une seconde de la réaction de son frère avant d'entrer dans la chambre, le sourire aux lèvres. Même si la venue de cette poupée dans cette maison n'est pas de son fait, il en éprouve tout autant de fierté que si cela l'avait été.

La satisfaction de surprendre Sylvain n'est pas courante. On ne surprend pas un artiste aussi facilement que cela. Ce sont des gens généralement curieux et ouverts à la vie qui ont déjà vu ou bien se sont intéressés à beaucoup de choses.

— Je sais, c'est fou, lui répond tout simplement Jean.

Sylvain entre dans la chambre derrière son frère sans quitter des yeux la magnifique poupée assise dans le fauteuil, telle une reine trônant sur son domaine.

— C'est quoi, ce truc, une poupée gonflable ?

— Non, ils appellent ça *Love Doll*. J'ai regardé sur Internet, ça veut dire…

— Poupée sexuelle, le coupe Sylvain en s'approchant de l'objet pour l'observer de plus près. Elle est putain de bien faite ! s'émerveille-t-il en lui touchant le visage du doigt pour en tester la consistance.

— Elle parle, annonce Jean à son frère qui se retourne vivement vers lui.

— Pardon ?

— Elle a un petit système d'intelligence locale et de reconnaissance artificielle ou un truc comme ça.

Sylvain rigole de bon cœur devant l'innocente maladresse de son frère.

— D'intelligence artificielle, le corrige-t-il.

— Oui, voilà, et de reconnaissance locale.

— Vocale.

— Peut-être. En tout cas, c'est un moulin à paroles.

— Comment elle s'allume ? demande Sylvain, ébahi.

Jean paraît subitement embarrassé et n'ose pas répondre. Voyant que l'explication n'arrive pas, Sylvain se tourne vers lui.

— Il y a un bouton quelque part ?

— Il faut lui toucher la chatte, voilà, balance Jean au comble de sa gêne.

Le temps d'assimiler ce que vient de lui révéler son frère, Sylvain pose sur Dévora un regard plein d'admiration.

— Tu permets ? demande-t-il sans la quitter des yeux.

— Vas-y.

Sylvain glisse avec une lascive timidité sa main entre les cuisses de la sensuelle poupée.

— Elle s'appelle Dévora.

— Elle a un nom ? s'étonne Sylvain tandis qu'il effleure doucement l'entrejambe.

Soudain, la poupée se réveille.

— Mmhhh, *caliente* ! gémit-elle.

— Oh putain ! dit-il en retirant vivement la main des parties intimes de celle-ci, arrachant par là même un large sourire à Jean qui attendait ce moment.

— C'est surprenant, la première fois.

— Bonjour, Maître.

— Elle m'appelle Maître ? le questionne Sylvain, les yeux brillants. Décidément, ce jouet lui plaît de plus en plus.

— Non c'est moi, rectifie Jean. Bonjour, Dévora.

— Qui est avec toi, Maître ?

— C'est mon frère, Sylvain.

— Elle a un accent espagnol trop mignon !

— *Hola*[31], Sylvain, lui dit-elle, mielleuse.

Sylvain est maintenant en extase devant la poupée.

— Hola, lui répond-il avec une prononciation à la française.

— Mmhh, *caliente* ! Vous allez me prendre à deux ou bien l'un après l'autre ?

Sylvain se retourne vers son frère, éberlué.

— Mais c'est la femme de ma vie ! dit-il dans un élan d'enthousiasme.

— Je ne comprends pas la réponse, *cariño*[32].

— Non, ce n'est pas une réponse.

— Je ne comprends pas la question.

— Dévora mettre en veille, intervient Jean.

— Bonne nuit, Maître.

La poupée s'éteint sous le regard mécontent de Sylvain qui se retourne vers son frère.

— Attends ! On vient juste de l'allumer.

— Elle a pas fini la charge, de toute façon. Et puis il faut que tu m'aides.

— Tu fais chier, merde !

— Je ne sais pas qui me l'a envoyée, Sylvain. Ça doit être une erreur.

— C'est pas toi qui l'as achetée ?

— Moi ?

Sylvain se rend compte de ce qu'il vient de dire.

---

[31] *Hola* : salut.
[32] *Cariño* : chéri.

— Oui, c'est vrai, c'est pas ton genre. Comment tu l'as eue, alors ? demande-t-il en tâtant les seins de Dévora.

— Un livreur super bizarre me l'a amenée, lui répond Jean en retirant la main de son frère.

— Qui te l'a envoyée ?

Sylvain ne peut pas quitter la poupée des yeux. Malgré l'interdiction de son aîné, il la touche, teste la flexibilité des bras, des poignets, des doigts et des jambes.

— Justement, rien, pas de mots, pas d'adresse, aucun nom. À un moment donné, j'ai même pensé que c'était toi pour me faire une de tes *cabourderies*[33].

— T'y es pas, fada, non ! Je le garderais pour moi, un jouet pareil !

Jean tend un papier à Sylvain qui le prend pour lire ce qui y est écrit, intrigué.

— Doll Story ?

— C'est le nom de l'entreprise qui la fabrique, je suppose, c'est tout ce qu'il y avait dans la boîte.

— Une grosse boîte quand même.

— Tu peux m'aider ? Tu sais que je suis nul, moi, avec tout ça, se plaint Jean tandis que Sylvain a déjà sorti son téléphone de sa poche et commence à pianoter dessus.

— Alors, Doll Story, marmonne-t-il en attendant que Google lui donne des informations.

Sur l'écran du portable apparaît le site Web de l'entreprise. Plusieurs poupées impressionnantes défilent sous les doigts de Sylvain qui siffle d'admiration, tandis que Jean se rapproche de lui pour regarder de plus près.

— Quoi ?

— Ils ont des super modèles, répond Sylvain en tournant le téléphone vers son frère pour qu'il voie plus facilement. Regarde ça !

— Eh ben, dis donc, dit-il, épaté. Qui a pu m'envoyer ça ?

— Je sais pas, en tout cas je veux bien croire maintenant que c'est

---

[33] *Cabourderies* : folies.

pas toi qui l'as achetée. T'as vu le prix ? dit-il en montrant l'écran.

— À partir de trois mille balles ! s'étrangle presque Jean.

— Il y a un numéro de téléphone en bas de page, j'appellerai demain si tu veux.

— Et comment que je veux, il faudrait pas qu'ils me réclament !

Sylvain finit sa canette de bière en regardant le super jouet.

— Bon ! On se la tape ou quoi ?

— Ça va pas, non !

— Quoi ? T'as le top des poupées sexuelles dans ta chambre et tu vas me dire que tu ne vas même pas la toucher ?

— Je suis pas prêt, tu le sais très bien.

— Ça a rien à voir quand même.

Sylvain prend son grand frère par les épaules comme pour mettre plus de poids sur ce qu'il va lui déclarer.

— Il faudra bien que tu ailles de l'avant, un jour ou l'autre.

Devant le silence de Jean, Sylvain souffle de désespoir en se tournant vers Dévora :

— Si toi tu la veux pas, je la prends.

— Non.

— Ah ! Tu vois que t'as quand même quelque idée dans la caboche.

— Tant que je ne sais pas de qui ça vient, personne ne la touche.

— Allez, juste deux, trois nuits ! insiste Sylvain.

Jean le regarde sans daigner lui répondre.

— Je la nettoierai.

— Arrête, va, conclut Jean d'un air dégoûté, tandis qu'il imagine son frère s'exciter tout seul sur la poupée.

Jean pousse Sylvain vers la porte de la chambre.

— Qu'est-ce que tu disais, au fait, du dernier FIFA ?

— Attends, change pas de sujet, là !

14 – La nuit où tout bascula

Dans la maison des Charançon, Louise s'endort paisiblement, fort contente d'elle-même, tandis que son mari laisse exploser sa fureur en faisant les cent pas dans le salon. Le reportage sur la pollution des nappes phréatiques est en train de s'achever sur une note plutôt négative pour les défenseurs de produits phytosanitaires.

— Ils vont finir par nous crever, tous ces beatniks ! éclate-t-il en prenant la télécommande pour « fermer le clapet » au présentateur.

Il paierait gros pour un dispositif du même genre qui contrôlerait sa chère épouse. Parfois, les idées incongrues de sa femme le mettent dans une rage telle qu'elle lui ôte le sommeil. Comme ce soir, où il se retrouve à tourner en rond dans son salon, alors que Louise dort confortablement dans leur lit.

Bertrand décide d'aller marcher au milieu des champs pour y trouver un peu d'apaisement.

*
* *

À Peyriac-de-Mer, dans la chaleur poisseuse des abords de l'étang de Bages, tatie Sylvette prépare sa chair aux attouchements nocturnes qu'elle pratique chaque nuit tombée depuis plusieurs années maintenant. La perspective d'une réconciliation familiale a bousculé ses hormones, lui provoquant une excitation que seule la puissance d'un orgasme pourra contenir.

Tandis que la sonorité tibétaine d'un redoutable mantra de transmutation sexuelle résonne dans tout l'appartement, Sylvette, nue sur son lit, s'enduit délicatement le corps d'une huile aux senteurs d'orient, tout en chantant doucement une incantation pour invoquer sa considérable énergie libidinale.

À Gaja-la-Selve, Raymond Charrions vient d'enfiler un léger pyjama avant de se glisser dans le lit auprès de Claire qu'il espère endormie. Il ne veut surtout pas la réveiller, car elle est en cette période du mois qui obligerait le pauvre mari à accomplir son devoir conjugal. En effet, il y a toujours quelques jours où la libido de sa femme est difficile à contenir, des jours où Raymond doit redoubler d'ingéniosité pour éviter le coït. Tandis qu'il se fond dans le lit centimètre par centimètre en retenant sa respiration, il se demande ce qui ne fonctionne pas chez lui. Combien d'hommes de son âge aimeraient être à sa place, en ce moment même, et avoir des relations sexuelles avec leur épouse ? *Aucun*, se dit-il intérieurement, *ils préfèrent tous l'adultère à la chasteté !* Il y a longtemps qu'il n'a plus de désir pour elle, la brutalité avec laquelle elle lui parle et sa façon de le commander sans cesse ont tout éteint en lui.

Perdu dans ses sombres pensées, il effleure à peine la jambe de Claire qui se réveille et se tourne langoureusement vers lui.

— Fais-moi l'amour, Raymond, lui dit-elle en se collant à lui, répandant sur son visage une haleine imbibée d'ail.

Raymond est dépité, il a raté son coup. Il aurait bien fait de s'endormir sur le canapé. Le mal au dos matinal est toujours mieux que la corvée sexuelle qui l'attend.

— Fais-moi me sentir belle, lui dit-elle avant d'enfoncer sa langue au plus profond de sa bouche comme si elle voulait y trouver quelque chose.

*

À Montolieu, tandis que les pages de dizaines de livres tournent sous le regard avide de lecteurs sommeillant, Pierre, quant à lui, tourne le dos à la forme rebondie du corps de Marinette. Il ne dort pas, ruminant sa défaite et se demandant comment il pourrait un jour reprendre le contrôle de son mariage. Il se demande aussi pourquoi il l'aime.

À ses côtés, Marinette ne roupille pas plus que lui, toute concentrée qu'elle est sur l'analyse du dossier de l'héritage. Des papiers sont éparpillés autour d'elle sur le lit. Elle se prépare pour le combat à venir, bien déterminée à ne pas se faire avoir. Dans la chambre voisine, Gustave s'endort paisiblement en regardant avec une réelle tendresse une photo de Françoise qu'il conserve sur sa table de chevet.

Chez les Gélabert, Françoise s'endort, les yeux rivés sur une photo de Jean, en priant intérieurement pour qu'il s'intéresse enfin à elle. Elle bouillonne de désir pour cet homme. Elle s'imagine presque tous les soirs tomber de sommeil entre ses bras, après avoir longuement fait l'amour. Elle se touche aussi parfois, dans un élan de lascivité coupable. Elle ne se rend pas forcément compte qu'il s'agit d'une idolâtrie, que sa passion pour Jean est peut-être une perversion de son esprit. Lorsqu'une personne s'attache à une autre autant d'années durant, il y a obligatoirement création d'un monde irréel autour de l'objet tellement convoité. Toutes ces pensées, ces envies, tous ces désirs inassouvis ne sont en général rien de plus que l'expression d'un manque profond, d'un traumatisme d'enfance. Françoise préfère en tout cas affronter ce problème avec les yeux de l'ignorance et se laisser aller à un amour imaginaire qui lui permet de souffrir en silence.

Et c'est justement dans un silence de célibat que Jean se dirige vers son lit tout en retirant son tee-shirt qu'il balance vers la corbeille du linge sale dans un coin de la pièce. L'habit tombe par terre, il faut dire qu'il est un peu ivre. La partie de FIFA avec Sylvain a duré plus que de raison et les bières ont coulé sans retenue jusqu'à la dernière. Il enlève ses pantoufles et s'apprête à baisser son pantalon, mais quelque chose le bloque. Comme une sensation d'être observé, une intuition soudaine. Il tourne légèrement la tête vers Dévora, toujours branchée dans un coin de la pièce ; elle le regarde de son visage inexpressif.

Jean, ne pouvant se résigner à retirer son froc devant cette créature siliconée, prend son pyjama et entre en grognant dans la salle de bains avant de fermer la porte derrière lui. Un coup de vent ouvre un petit peu plus la fenêtre de la chambre déjà entrebâillée. La soudaine brise s'immisce à l'intérieur, faisant tourner quelques pages du guide d'utilisation posé sur le sol aux pieds de la poupée et donnant vie à ses cheveux qui ondulent doucement. À l'extérieur, on peut voir de noirs nuages qui s'amoncellent au loin et vont bientôt cacher la pleine lune qui règne sur le ciel, étrangement grande pour la saison. De petites rafales font frémir les feuilles des arbres devant la maison.

Jean sort de la salle de bains vêtu de son pyjama et se met aussitôt au lit. Une trace de dentifrice lui balafre la joue droite, lui donnant un air enfantin. Il éteint la lumière sans quitter Dévora des yeux, souhaitant qu'elle disparaisse, mais elle est toujours là, assise dans la pénombre. Elle n'est alors éclairée que par la lueur de la pleine lune qui inonde ce recoin de la chambre de sa pâle clarté, lui conférant une apparence mystérieuse qui fait frissonner l'agriculteur. Son regard vitreux semble l'observer. Tel un enfant qui veut se cacher du monstre tapi dans son placard, Jean se retourne en s'enfouissant dans les draps comme si cela allait le rendre invisible.

Il se retrouve maintenant face à Charlotte, qui est étendue dans le lit à côté de lui et le contemple avec tendresse. Jean lui sourit tout en lui caressant le visage. Il adore quand Charlotte apparaît de la sorte dans sa couche. Cela allège un peu la détresse qu'il éprouve tous les soirs depuis la séparation.

— Si tu savais comme tu me manques, lui dit-il, au bord des larmes.

— Je sais… Toi aussi, tu me manques.

Jean sourit tristement tandis que son ex-femme lui dépose un tendre baiser sur la bouche. Apaisé, l'agriculteur s'endort presque instantanément, seul dans son lit. À l'extérieur, le vent se fait plus puissant, son chant résonne plus fort dans les branches. Les pages du mode d'emploi tournent plus vite, lorsqu'une ombre provoquée par de noirs nuages recouvrant la lune étale son inquiétant manteau sur

Dévora. Un éclair illumine brusquement son visage. L'espace d'un infime moment, juste une fraction de seconde, elle a l'air étrangement humaine.

Jean est déjà presque profondément endormi. Un nouvel éclair fulgurant lui fait froncer les sourcils, perturbant son rêve dans lequel Dévora est maintenant debout à l'autre bout de la pièce. La cadence et l'intensité des flashs provoqués par la foudre augmentent, tandis que la poupée fixe Jean d'un regard de braise. Tout dans sa posture est inquiétant : l'inclinaison de sa tête, la position de son corps. L'écartement de ses jambes et ses poings serrés lui donnent un air agressif. Jean, effrayé par cette présence surnaturelle, se redresse d'un coup pour s'apercevoir qu'il est nu sur son lit. Assailli par un profond sentiment de gêne, il se cache par réflexe les parties intimes avec les mains. Grâce à cette magie qui n'existe que dans les rêves et qui permet de bafouer les lois de l'espace et du temps, Dévora n'est maintenant plus debout de l'autre côté de la pièce, mais assise sur le matelas derrière lui. Dans un soubresaut provoqué par la terreur, l'agriculteur se retourne vers la porte de la chambre, cherchant inconsciemment une échappatoire. Dans l'embrasure apparaît Charlotte qui le regarde tristement. Animée d'un mouvement entrecoupé, un peu comme dans un vieux film d'animation, Dévora se redresse. Elle a un godemiché assez imposant dans une main, qu'elle brandit devant elle tel un trophée.

— Tu aimes les piqûres, Maître ? lui demande-t-elle avec une voix d'outre-tombe qui ne fait qu'ajouter à la frayeur du pauvre homme.

La poupée commence alors à marcher vers lui d'un pas saccadé et légèrement désarticulé. Son visage est soudain défiguré par une expression de violente lascivité, l'envie de pénétrer l'agriculteur avec son gode y est inscrite en grosses lettres. Jean pousse un petit cri ridicule tout en se retournant vers la porte de la chambre où l'attend Charlotte. Il essaye de courir de toutes ses forces pour fuir le danger, mais son avancée est ralentie par le plancher qui se met à glisser en sens inverse.

Probablement le fruit d'un subconscient surchargé de culpabilité. Il galope presque sur place en regardant avec désespoir comment Charlotte ferme lentement la porte sans le quitter des yeux. Jean lève la main vers elle comme si cela allait accélérer sa course ou retenir sa bien-aimée.

— Non ! Attends-moi ! Charlotte !

Pendant ce temps, Dévora continue son avancée comme dans un mauvais film de terreur, brandissant le godemiché devant elle et bringuebalant sa charnelle consistance de droite à gauche. Sous la lumière des éclairs de moins en moins espacés, elle semble de plus en plus humaine.

— Tu aimes les piqûres, Maître ? demande-t-elle plus fort qu'auparavant avec sa voix de possédée.

Jean s'efforce de courir plus vite, mais rien ne bouge, la poupée gagne dangereusement du terrain sur lui tandis que Charlotte a déjà presque refermé la porte. Il dégouline exagérément de sueur.

— Attends, Charlotte ! crie-t-il dans la détresse.

— J'en ai marre d'attendre, lui répond son ex-femme sèchement.

La porte de la chambre se ferme dans un bruit sourd. Jean regarde derrière lui pour s'apercevoir avec terreur que Dévora est juste sur ses talons. D'un mouvement incisif du bras, elle plante le godemiché dans l'arrière-train de l'agriculteur.

— Piqûre ! s'exclame-t-elle, triomphante.

Jean ouvre soudain de grands yeux effrayés en poussant un petit cri plaintif. Trempé de sueur, il respire fortement tout en tentant de récupérer ses esprits. Son premier réflexe est de localiser la poupée, mais il s'aperçoit avec horreur qu'elle n'est plus là où il l'avait laissée la veille. Une voix féminine colorée d'un accent espagnol résonne dans son dos.

— Bonjour, Maître.

Une décharge électrique vient de parcourir le corps entier de Jean. Sous les draps à ses côtés, est allongée une jeune femme ensommeillée qui ressemble étrangement à Dévora.

Son teint de peau est un peu spécial, comme plastifié, lisse, presque pas humain. Elle lui sourit tendrement, heureuse de voir qu'il se réveille enfin. Jean a l'esprit paralysé par une terreur profonde. De ces sentiments ancestraux et incontrôlables qui nous assaillent lorsque nous sommes confrontés au surnaturel. Dans un cri muet, il tombe littéralement du lit. Il est nu et recule en rampant au sol contre le mur pour s'éloigner le plus possible de cette diablerie. Le cœur battant la chamade, il se rend soudain compte de sa condition et tire sèchement les draps à lui pour couvrir sa nudité, dévoilant ainsi celle de la jeune femme. Cette dernière se redresse sans gêne sur le matelas. Ses jolis petits seins érigés semblent pointer l'agriculteur de leur téton.

— C'est moi, Dévora, lui dit-elle avec son charmant petit accent espagnol.

Jean, niant l'évidence, rampe maintenant sur le côté en couinant pour tenter d'échapper à ce cauchemar, tout en emportant le drap avec lui. Il refuse de poser les yeux sur cette femme, comme si le déni de son existence allait la faire disparaître.

— C'est ça, rampe, Maître, *me pones caliente*[34], tu vas souffrir de plaisir, ajoute-t-elle, dominatrice, tout en se mettant à quatre pattes sur le matelas.

Jean est subjugué par la situation, complètement dépassé, il se demande si tout cela est bien réel. Il souhaite se réveiller et continue à ramper vers la porte de la salle de bains pendant que Dévora descend du lit telle une chatte fondant sur sa proie.

— 6 h 30, heure du flamenco, dit-elle avec langueur tout en se levant soudainement, exposant sa nudité comme une arme à laquelle personne ne pourrait résister.

Elle se rapproche de Jean en esquissant un petit pas de danse qui se veut mi-rock, mi-flamenco. Ce dernier, sans la regarder, brandit sa main devant lui comme pour l'arrêter.

— Non, va-t'en ! hurle-t-il. Laisse-moi tranquille !

Dévora stoppe son avancée, incrédule.

---

[34] *Me pones caliente* : tu m'excites.

— Je ne vais pas te faire de mal, Maître.

— Ne m'appelle plus comme ça, putain ! vocifère l'agriculteur en se cachant les yeux comme si la seule vue de cette créature allait damner son âme.

— Je ne suis pas une putain, rétorque-t-elle interloquée et blessée par le langage de Jean. Je suis ta poupée et tu vas m'obéir, ajoute-t-elle en faisant semblant d'être insensible au rejet de cet homme.

Jean entre dans la salle de bains en criant et tirant le drap derrière lui avant de fermer sèchement la porte.

— J'ai rien demandé, moi ! hurle-t-il encore plus fort. C'est quoi ce bordel, merde !

Dévora, qui se retrouve seule et nue dans la chambre, ne comprend visiblement pas ce qu'il se passe.

— Mais c'est toi qui m'as réveillée !

Dans la salle de bains, Jean s'habille nerveusement des mêmes vêtements qu'il portait la veille.

— J'ai rien fait du tout, moi, laisse-moi tranquille !

La jeune femme, debout devant la porte, les bras ballants, semble tout à coup très triste. Une larme unique coule sur sa joue lisse. Elle actionne la poignée à plusieurs reprises.

— Ouvre la *puerta*[35] ! crie-t-elle dans un élan de colère.

Jean, qui vient d'enfiler son pantalon, s'approche du miroir pour se regarder bien en face. Il est très nerveux.

— C'est pas possible, c'est un cauchemar, je vais me réveiller, se dit-il avant de se baffer plusieurs fois le visage pour revenir à la réalité. Réveille-toi, réveille-toi !

Il se débarbouille à l'eau froide pour s'éclaircir les idées et se redresse vivement. Dégoulinant, il est à l'écoute du moindre bruit.

Voyant que la porte de la salle de bains ne s'ouvre pas, Dévora est soudain prise d'une urgente et inexplicable envie de danser. Elle lève les bras au-dessus de sa tête et, faisant claquer ses doigts, se laisse posséder par un puissant élan de flamenco qui guide tout son corps, lui

---

[35] *Puerta* : porte.

permettant de transformer en art toute la colère et la frustration qu'elle ressent. Elle ne sait pas pourquoi elle réagit ainsi, mais cela lui fait du bien. Elle bouge, remue sensuellement sa nudité dans le silence matinal qui règne dans la chambre. Ses pieds volent sur le sol, ses bras dansent autour d'elle avec une grâce rare. Un flot de larmes coule sur ses joues tandis qu'elle exprime son mécontentement.

Dans la salle de bains, Jean est debout face à la porte qu'il regarde fixement avec une crainte presque religieuse. Il a les marques rouges de ses gros doigts sur la figure, conséquence des coups qu'il s'est donnés pour tenter de fuir ce mauvais rêve.

— Y'a rien derrière cette porte, c'est un cauchemar, c'est tout, y'a rien, Jean, tu peux y aller.

Il prend une profonde inspiration en décrochant lentement le loquet et ouvre avec précipitation. Lorsqu'il se retrouve presque nez à nez avec Dévora nue en train de danser dans la pièce, il referme aussitôt et reste un moment immobile, comme pour digérer ce qu'il vient de voir. *Cette femme est donc bien dans ma chambre*, pense-t-il. Comment est-ce possible ? Comment est-ce qu'elle est entrée chez lui et s'est faufilée dans son lit en passant inaperçue de la sorte ? Toute cette situation est absurde, il n'y trouve aucune explication. Serait-ce une mauvaise blague de son frère ? Sûrement pas, il n'aurait pas eu le temps d'organiser pareille tromperie aussi rapidement. En tout cas, le surréalisme de cette conjoncture d'événements dépasse largement la capacité de compréhension du pauvre homme.

Dévora approche lentement de la porte qui la sépare de son bien-aimé pour écouter ce qu'il se passe à l'intérieur de la salle de bains. Lorsque son visage en touche presque le bois, elle s'ouvre violemment, propulsant la jeune femme au moins un mètre en arrière où son joli derrière percute le parquet dans un bruit sourd. Une douleur aiguë lui remonte dans toute la colonne vertébrale jusqu'aux cervicales, tandis que Jean sort de son abri en criant.

— Laisse-moi tranquille ! Laisse-moi tranquille ! hurle-t-il en se précipitant hors de la chambre et refermant derrière lui.

— Viens ici ! ordonne Dévora en frappant farouchement le sol de son poing.

Mais un bruit de serrure suivi d'un bruit de pas rapides qui descendent les escaliers est la seule réponse qu'elle obtiendra.

— *Cabrón*[36] !

---

[36] *Cabrón* : connard.

15 – Le premier jour du reste de ta vie

Jean sort en trombe de chez lui. Il prend plusieurs bouffées d'air frais matinal pour calmer son hystérie, tout en tournant en rond dans la cour devant la maison. Il ne fait pas beau, l'orage de la veille a laissé derrière lui un sombre couvercle qui voile tout le paysage d'une mélancolique tristesse. Une journée de répit qui permettra de supporter avec plus de facilité les hautes chaleurs caniculaires à venir.

Jean, qui n'arrive toujours pas à croire en l'existence de cette jeune femme, lève la tête vers la fenêtre de sa chambre. Il aperçoit avec horreur la présence de Dévora dans l'encadrement, qui l'observe d'un air chagriné teinté de défi. Son torse nu retient l'attention de l'agriculteur, les petits seins parfaitement moulés pointent vers lui un désir inassouvi qui le sort un moment du désarroi dans lequel il baigne. Mais il est vite rattrapé par la réalité de sa situation extraordinaire et recommence à tourner en rond nerveusement. *Ce n'est pas possible*, se répète-t-il sans cesse.

— Eh ben, dis donc ! s'étonne son père qui vient d'apparaître derrière lui, le faisant sursauter d'une façon comique. T'es tombé du lit, ce matin ? demande-t-il, tandis que son fils pivote vers lui, apeuré.

— Je...

Jean jette un rapide et discret regard vers la fenêtre de sa chambre. Soulagement, Dévora n'y est plus !

— J'ai plutôt mal dormi, bredouille-t-il, mal à l'aise.

— C'est l'orage de la nuit dernière, ça. Il était bizarre, cet orage, quand même pour la saison.

— Oui, ça doit être ça, réplique distraitement Jean en zieutant fréquemment la fenêtre, craignant d'y voir réapparaître la jeune étrangère.

— Je vais semer les champs des Endibats, aujourd'hui, avec le vieux tracteur, pour t'avancer un peu.

— Oui, tu peux faire ça, lui répond son fils tout en le poussant fermement vers le hangar. Allez, moi, je vais prendre un petit café avant et je te rejoins.

Jean trottine vers la porte de sa maison dans laquelle il s'engouffre prestement sous le regard étonné de son père. *Non merci, j'en veux pas, moi, de ton café,* se dit ce dernier, visiblement déçu que son fils ne l'ait pas invité.

Bertrand a toujours été sidéré par la blessante ingratitude dont sont capables les enfants. Les parents sacrifient énormément pour leur éducation, beaucoup d'argent, beaucoup de temps et d'énergie. Et qu'obtiennent-ils en retour ? De l'ingratitude pure et dure. Même pas un petit café à 7 heures pour aider son pauvre vieux à commencer la journée. *En plus, je vais semer les champs à sa place,* pense-t-il en s'éloignant vers le hangar où sont garés les tracteurs. *Faites des gosses. Et pourquoi ? Pour de l'amour ? Quelle connerie !*

**

Dans l'un des placards de sa cuisine, Jean prend une tasse blanche sur laquelle est dessiné Mickey et se verse un peu du sombre breuvage que la cafetière vient de passer. Au milieu de bruits sourds et répétés provenant de sa chambre à l'étage, la voix de Charlotte résonne clairement dans la pièce.

— J'apprécie son aide, mais il ne devrait plus faire ça.

Jean sucre sa boisson et commence à touiller avec une petite cuillère avant de s'asseoir à table devant son ex-femme. La tasse de café qu'elle tient dans ses mains comme pour se réchauffer arbore le dessin de Daisy. Elle attend visiblement que Jean entre dans la conversation. Les bruits venant de l'étage empêchent l'agriculteur de penser clairement.

— C'est pas trop le moment, là, dit-il en regardant le plafond avec préoccupation tout en se demandant ce que peut bien fabriquer l'inconnue dans sa chambre pour faire un tel boucan.

— C'est jamais le moment, avec toi, pour parler de ça, lui balance-t-elle du tac au tac.

— Mon père fait ça pour aider, tu le sais très bien, en plus ça le maintient en forme.

— Oui, mais il ne veut pas planter à notre façon.

Jean plonge son regard dans celui de son ex-femme.

— Il se fatiguera, dit-il, conciliant. Laissons-le finir sa vie active tranquillement.

— Et nous ?

Les coups venant de l'étage se font plus fréquents et augmentent en intensité.

— Et nous, quoi ? s'énerve Jean en élevant la voix. Tu ne vois pas que j'ai d'autres problèmes, là ? ajoute-t-il en montrant le plafond du doigt.

— Il faut bien qu'on fasse notre vie, nous aussi, tu ne crois pas ? insiste-t-elle.

— Juste un peu de patience, répond-il en regardant vers le haut, visiblement très inquiet. C'est pas le moment, je te dis.

Mais lorsque Jean pose à nouveau les yeux sur sa bien-aimée, elle n'est plus là. Comme chaque matin, depuis deux mois, il est assis tout seul à la table, comme un con, avec une tasse de Mickey Mouse encore fumante entre les mains et ce raisonnement de Charlotte qui flotte dans sa tête telle une litanie :

— C'est jamais le moment.

Jean souffle profondément puis boit son café d'un trait. Les bruits sourds venant de l'étage sont à leur paroxysme. L'agriculteur se lève avec une grimace et prend, dans un placard, une boîte blanche fardée d'une croix verte sur son couvercle. Il la dépose sur le plan de travail de la cuisine et l'observe un instant avant de l'ouvrir avec hésitation. Elle est pleine de médicaments, et, après une rapide recherche, Jean en sort une plaquette de somnifères. *Putain, qu'est-ce que tu fais là, mon con ?* se dit-il tout en remplissant une tasse de café dans laquelle il jette quatre pastilles avant de touiller nerveusement.

Alors qu'il monte les escaliers avec le fumant breuvage allongé de quelque méchanceté, les coups répétés de Dévora se font de plus en plus forts et fréquents.

— Oh ! C'est bon, j'arrive ! hurle-t-il au comble de son irritation.

Les chocs cessent immédiatement. L'agriculteur s'arrête devant la porte et y approche une oreille lentement. Lorsqu'elle y est presque collée, un impact violent le fait sursauter. Il renverse un peu de café par terre et se brûle les doigts.

— Merde ! peste-t-il en grimaçant de douleur, ça va tacher le parquet, putain !

Après une petite seconde, il se reprend en se calant bien sur ses deux jambes. Il veut tenter quelque chose d'imprévu. Il s'éclaircit la voix avant d'articuler le plus clairement possible la formule suivante :

— Dévora mettre en veille !

Rien. Pas de réponse. Pendant un court instant, plein de magie et d'espérance, Jean considère le succès de sa démarche. Il se voit enfin libéré de ce cauchemar endiablé et va pouvoir reprendre une vie normale et monotone dans laquelle les poupées ensorcelées n'ont pas de place. *Ce n'était peut-être rien de plus*, songe-t-il, *un simple cauchemar.*

— Ouvre-moi ! Je suis castrophobique ! hurle soudain la jeune femme, au grand désarroi de son maître.

— Éloigne-toi de la porte d'abord, dit-il, angoissé. Et habille-toi, merde !

— Je suis habillée !

Jean regarde un instant le bois qui le sépare de la chambre comme s'il y voyait à travers, cherchant en lui cette parcelle de courage qui lui fait régulièrement défaut à l'heure d'affronter des situations de stress ou de conflit. Il prend une profonde bouffée d'air qui lui paraît soudainement vicié.

— D'accord, va t'asseoir sur le lit et j'entre.

Des pas résonnent doucement sur le plancher et, après avoir entendu le grincement caractéristique de son lit, Jean tourne la clef dans la serrure. Une grande partie de lui croit encore qu'il va se réveiller à tout moment et que toute cette histoire ne sera qu'une sympathique anecdote qu'il racontera avec bonne humeur à son frère, un peu plus tard dans la journée. Mais c'est tout de même en tremblant qu'il actionne la poignée.

Dévora est assise sur le lit, le regard triste. Elle est vêtue de sa tenue flamenco sexy, les mains posées sur les genoux à l'image d'une enfant qui aurait fait une bêtise et que l'on serait en train de gronder. Elle est blessée par le comportement de Jean qui l'a enfermée dans cette chambre, la laissant seule au monde. Elle déteste la solitude. Depuis le réveil, un sentiment de colère s'est emparé d'elle. Elle est bien décidée à en découdre avec cet idiot, bien décidée à lui faire comprendre que ce n'est pas une façon de traiter sa bien-aimée. Mais lorsque la porte s'ouvre et que le visage inquiet de l'agriculteur apparaît dans l'embrasure, une vague d'amour, comme une décharge électrique, lui parcourt le corps des pieds jusqu'à la tête et elle sait à ce moment-là que tout ressentiment vient de disparaître et qu'elle ne pourrait jamais tenir rancœur à cet homme.

— Bonjour, Maître ! dit-elle simplement en montrant son plus beau sourire.

Jean, maintenant la tasse de café d'une main, se faufile à l'intérieur de la chambre et ferme à clef, par mesure de sécurité. Il va falloir qu'il fasse preuve de fermeté, s'il veut tirer toute cette situation au clair.

— Ne m'appelle plus comme ça, dit-il sèchement tout en restant éloigné par prudence.

— C'est toi qui m'as demandé de t'appeler comme ça, lui répond-elle, étonnée.

— Oui, bon, j'ai changé d'avis.

Dévora baisse la tête. L'amour qu'elle a ressenti si soudainement vient de se transformer tout aussi soudainement en cette angoisse que l'on éprouve parfois lorsque l'on est réprimé par une personne, alors que nous ne voulions que son bien. Comme une boule au fond du ventre qui gêne et fait souffrir discrètement.

— D'accord, dit-elle avec résignation.

Jean s'approche d'elle tout doucement en tendant la tasse de café devant lui comme s'il s'agissait d'un bouclier. Tout en avançant, il observe la jeune femme avec attention, les traits de son visage, la rondeur de ses petits seins sous son corset, les jambes, les vêtements. Cette femme ressemble trait pour trait à la poupée sexuelle qu'il a reçue deux jours auparavant et qui maintenant a disparu de sa chambre.

— Elle est pareille, dit-il.

— Quoi ?

Jean tend le café à Dévora.

— Tiens, c'est du café, j'ai pensé que ça te ferait du bien.

— C'est pour quoi faire ? demande-t-elle tout en prenant la tasse.

— Tu ne connais pas le café ?

— Non.

— C'est pour boire, le matin ça réveille.

Dévora renifle le breuvage.

— Ça sent bon.

— Oui, c'est ça, vas-y, bois !

La jeune femme porte la tasse à sa bouche et en ingurgite la moitié d'un trait avec une grimace, tandis que Jean l'observe avec angoisse, mettant en doute la vertu de son stratagème. Il est quand même en train d'endormir une personne à son insu, ce qui est, en soi, un délit grave qui pourrait lui causer d'énormes problèmes. Égoïstement prisonnier de sa peur, il n'a pas pensé aux possibles conséquences de son acte. Mais tout de même, la ressemblance avec la poupée est extraordinaire. Il y a forcément quelque chose d'anormal dans cette situation qui justifie l'extrémisme de sa réaction.

— C'est chaud ! s'exclame Dévora innocemment, sortant l'agriculteur de ses réflexions.

— Tu es exactement comme elle, c'est dingue !

— Comme qui ?

— La poupée qui était assise sur cette chaise derrière toi, dit-il en la montrant du doigt.

— J'avais froid et mal au dos là-dessus, c'est pour ça que je suis venue au lit avec toi.

— C'est pas possible, ça, lui répond Jean contrarié, les poupées ne prennent pas vie.

— Quelle poupée ?

— Comment tu t'appelles ?

— Dévora.

— Ah ! s'exclame Jean en levant un doigt accusateur vers son interlocutrice tandis qu'elle boit un peu plus de café. Dévora, comme la poupée ! Tu l'as planquée où ?

Jean ouvre l'unique armoire présente dans la chambre pour y jeter un rapide coup d'œil. La poupée n'y est pas. Tandis que Dévora finit son breuvage empoisonné, il cherche tout aussi rapidement dans la salle de bains et puis sous le lit.

— C'est une mauvaise blague ! dit-il en regardant autour de lui, c'est une caméra cachée ou quoi !

— Mais de quoi tu parles, *mi amor*[37] ?

Jean montre maintenant du doigt le gros carton qui traîne encore dans un coin de la chambre.

— Je parle de celle que j'ai reçue dans ce carton il y a deux jours, je parle de la poupée sexuelle qui te ressemble. Où tu l'as cachée ?

Dévora semble confuse, elle ne comprend visiblement pas l'accusation de son maître. Elle ne saisit pas sa colère.

Un simple sentiment d'impuissance et de panique s'empare peu à peu d'elle.

— Je ne sais pas, je te l'ai dit, j'étais sur la…

— Oui je sais, sur la chaise, la coupe-t-il. Tu es qui ? Tu viens d'où ? demande-t-il sèchement.

La jeune femme réfléchit un instant, elle a la tête qui tourne. Jean observe la tasse dans ses mains et comprend que les somnifères commencent à faire leur effet.

— Ça va pas ?

---

[37] *Mi amor* : mon amour.

— J'avais froid, j'ai voulu me réchauffer auprès de toi, dit-elle, la voix tremblante.

Jean prend le guide d'utilisation posé sur la table de nuit pour le montrer à Dévora.

— Regarde, « Dévora : guide d'utilisation ».

Il ouvre une page sur laquelle est imprimée une photo de la poupée vêtue exactement comme la jeune femme et la lui met sous les yeux.

— Regarde bien, dit-il en rapprochant davantage le fascicule du visage de son interlocutrice.

Après avoir observé avec attention l'image que lui montre Jean, Dévora lève le regard vers son reflet dans le miroir en face d'elle. C'est vrai qu'elle lui ressemble, pense-t-elle avec douleur tandis que l'agriculteur pointe du doigt la photo sur le guide d'utilisation.

— Elle est où, cette poupée-là ? demande-t-il encore plus sèchement qu'auparavant.

— Elle est sexy ! rétorque-t-elle, pleine de défi, en le toisant de ses yeux rougis par l'émotion.

Malgré les efforts qu'elle fait pour l'éviter, une larme coule sur sa joue. Jean la remarque et se rend compte de la brutalité de son propre comportement.

— Oui, elle est sexy, admet-il.

Dévora pleure maintenant. Elle laisse aller ce flot de sentiments nouveaux qu'elle éprouve. L'agriculteur s'attendrit et s'assoit presque à contrecœur à ses côtés. Elle cligne des yeux, luttant visiblement pour rester éveillée.

— Il faut que tu me comprennes, lui dit-il d'un ton conciliant, c'est pas possible qu'une poupée prenne vie comme ça, tu comprends ? Ça n'existe pas dans la réalité, au cinéma, peut-être, ou dans les livres, mais pas ici. Pas à Montferrand !

— Et alors ! Je suis peut-être cette poupée, réplique-t-elle en essuyant ses larmes avec les draps du lit. En tout cas, je suis là, maintenant, ajoute-t-elle, c'est toi qui m'as réveillée. Quand je te vois, j'ai chaud partout dedans.

Dévora plonge ses yeux marron, clignotants de sommeil, dans ceux de Jean.

— Je t'aime.

Jean, comme monté sur ressort, se lève d'un bond.

— Ne dis pas ça, malheureuse ! Tu ne me connais même pas !

— Je sais que je suis faite pour ça, pour t'aimer !

— Mais pas moi, voyons.

La jeune femme laisse échapper la tasse qui se brise sur le sol avant de se jeter dramatiquement aux pieds de son amour pour lui enlacer les jambes.

— Aime-moi, Maître... Jean... Je serai toujours là pour toi, je te donnerai du *sexo*[38], je cuisinerai, je te donnerai du *sexo* en cuisinant... Marie-toi avec moi !!!

Jean, abasourdi par ce qu'elle vient de lui dire, essaye tant bien que mal de se débarrasser de son emprise en agitant énergiquement les jambes, mais la force de cette femme est surprenante. Voyant que son bien-aimé ne réagit pas à sa déclaration, elle joue sa dernière carte.

— Je chanterai mon amour pour toi tous les soirs !

Soudain, Dévora lâche prise et se lève subitement en titubant un peu. Tout en dansant, elle entonne le refrain d'une chanson de Las Grecas, *Te estoy amando locamente*[39], mais, à cause des somnifères, son élocution est balbutiante et sa chorégraphie disgracieuse, plutôt comique même.

— Arrête tout de suite ! la coupe Jean, ahuri.

Dévora fait mine de ne pas l'avoir entendu et continue dans sa transe, chantant de plus belle.

L'agriculteur lui attrape brutalement le bras pour attirer son attention.

— Dévora, arrête !

La poupée obtempère et le regarde en chancelant sur ses jambes, attendant avec résignation la suite des événements.

---

[38] *Sexo* : sexe.
[39] *Te estoy amando locamente* : je t'aime comme un fou.

— Je ne peux pas me marier avec toi, j'aime une autre femme, tu comprends, dit-il tandis que le visage de Dévora passe de la soumission à la colère.

— *Puta*[40] ! explose-t-elle en crachant par terre. C'est qui cette femme qui me vole mon *marido*[41] ?

Voyant que Jean ne répond pas, elle prend la photo du couple sur la table de nuit pour la lui montrer. Elle titube de plus en plus et porte sa main libre à sa tête.

— C'est celle-là ?

— Oui ! Je suis déjà marié avec elle. Enfin je crois, ajoute-t-il tristement.

— Je vais la tuer la *zorra, hija de puta*[42] ! hurle-t-elle tout en lançant le cadre par terre, qui se brise en morceaux sous le regard effaré de Jean.

— T'es *cabourde*[43] ou quoi ? Ça va pas bien, non, dans ta tête !

— C'est moi que tu dois aimer ! Pourquoi tu m'as réveillée, sinon ? demande-t-elle en vacillant dangereusement.

Voyant qu'il ne répond pas, elle se jette subitement sur lui en criant.

— *Cabrón* ! Traître ! C'est moi que tu dois aimer ! rugit-elle tout en frappant le torse de l'agriculteur de son poing.

Jean se protège comme il le peut de ses attaques qui s'affaiblissent rapidement sous l'effet de la drogue. Elle finit par s'effondrer de sommeil dans ses bras. Toute cette situation est complètement absurde et prend des proportions hallucinantes. Après quelques secondes d'hébétement, Jean dépose le corps inerte de Dévora sur le lit en soufflant profondément.

Dans quelle merde je me suis encore foutu ? se dit-il tout en se penchant sur la jeune femme pour lui tâter le pouls.

Au moins, elle est vivante.

---

[40] *Puta* : pute.
[41] *Marido* : mari.
[42] *Zorra, hija de puta* : salope, fille de pute.
[43] *Cabourd-e* : brute, dingue, une personne qui agit de façon brutale et irréfléchie.

Dépassé par la situation, Jean porte des mains tremblantes à son visage. Durant quelques secondes, il promène son regard tout autour de lui, comme si la solution à ses problèmes se trouvait dans la pièce, pour finalement se diriger vers la fenêtre et s'apercevoir avec soulagement que tout est calme à l'extérieur. Le monde réel est toujours là, qui attend son retour. L'extravagante intégralité de la scène précédente repasse dans sa tête à toute vitesse. Tout en tournant en rond dans la chambre, il pense à ce qu'il doit faire. Quels seront ses prochains pas ? Quelles mesures doit-il mettre en place ? Doit-il aller à la police ? À un hôpital psychiatrique ? Tandis qu'il regarde le corps inerte de Dévora étendue sur le lit, Jean prend une décision qu'il regrettera très vite et sort rapidement de la pièce.

16 – La routine de l'artiste

8 août 2017

Sur la table de nuit, un téléphone portable s'allume et tremble à intervalles réguliers. Sur l'écran est inscrit « Jeannot Brother – appel entrant ». Dans le lit, Sylvain est imperturbable. Le sourire aux lèvres, dans les bras de Morphée, il jouit tranquillement d'un repos bienvenu et mérité.

Le musicien s'est couché tard la veille, après avoir composé une nouvelle chanson qui l'a grandement satisfait. Lorsque la muse se présente à sa porte, un artiste ne peut lui refuser le passage, au risque de la froisser et de la perdre, peut-être même à jamais. La muse est capricieuse et n'aime pas être rejetée. Elle peut s'offusquer facilement et il faudra ensuite redoubler d'efforts pour la conjurer à nouveau. Mais lorsqu'elle se montre, lorsqu'elle peut s'introduire sans retenue ni tabous, une fièvre inventive s'empare alors du créateur. Une espèce de transe excitante et enivrante qui le pousse à engendrer convulsivement les fondations de sa prochaine œuvre. Il s'agit souvent d'une ébauche, une idée, une esquisse qu'il devra retravailler ultérieurement pour lui donner sa forme définitive. L'artiste, finalement, devient le passeur au travers duquel semble s'exprimer une énergie supérieure. Une fois sous l'emprise de cette espèce de drogue, comme c'était le cas la veille, Sylvain ne compte plus les heures et il est toujours très tard lorsqu'il reprend pied dans la réalité.

Ces comportements lui ont coûté plusieurs relations, d'ailleurs. Ses compagnes, qui trouvent au début la démarche romantique et attirante, se lassent vite de ne pas être le centre d'attention et ce qui fut premièrement encensé est promptement vilipendé.

C'est l'une des raisons pour lesquelles Sylvain est célibataire. Il faut avouer que, malgré son gros cœur et sa grande sensibilité, il est aussi un peu égoïste. En effet, pour rien au monde il ne compromettrait sa carrière et se voit souvent obligé de sacrifier des moments de vie importants, créant ainsi une incompréhension chez ses compagnes et les gens de son entourage.

Le téléphone tremble à nouveau, faisant vibrer la table de nuit. Cette fois, Sylvain se réveille en clignant des yeux pour regarder qui l'appelle si tôt le matin.

— Putain ! râle-t-il en décrochant après avoir vu le nom de son frère sur l'écran.

— Allô, Sylvain ?

La voix de Jean est un peu altérée, nerveuse. Le bruit du tracteur résonne dans le combiné, il doit être en train de labourer ou de semer.

— C'est 9 h 30, merde ! balance Sylvain en guise de salut.

— Et alors ?

— Et alors, il y en a qui dorment, figure-toi !

— T'as appelé la boîte de la poupée ? répond Jean sans relever la remarque de son frère.

Sylvain s'étire dans son lit.

— Oui, j'ai appelé hier, répond-il en bâillant. Tu peux croire qu'ils n'ont aucune trace de toi ni de ta Dévora dans leurs fichiers ?

— Je sais pas pourquoi, ça m'étonne qu'à moitié.

— Qu'est-ce qu'y se passe ? Y'a un problème ? demande Sylvain en remarquant l'angoisse de son frère.

— C'est un peu la merde, mais je t'expliquerai plus tard, t'as rien trouvé d'autre ?

— Ils ont bien un modèle Dévora, de style flamenco espagnol rock, donc ça colle, mais ils n'ont rien sur ta Dévora à toi ! Leurs stocks sont intacts ! On peut pas savoir qui te l'a envoyée. T'as essayé la poupée ou quoi ?

Après quelques secondes de silence Jean répond par la négative, ce qui arrache un sourire à son petit frère.

— Allez, tu peux me raconter à moi, vieux cochon ! Alors elle est bonne ou quoi ?

— Mais non je te dis ! Grandis un peu, merde.

Jean vient de raccrocher. Sylvain, abasourdi, jette son portable sur la table de nuit.

— Il a bouffé un con, ce con, ou quoi ? s'énerve-t-il en se dirigeant vers les toilettes. Si j'avais su que ça le rendrait aussi con ! peste-t-il en remarquant que son frère ne l'a même pas remercié pour les recherches qu'il a faites.

De toute façon, il a bien d'autres chats à fouetter dans la journée. Il faut qu'il renouvelle son dossier d'intermittent du spectacle et qu'il parte préparer les nouveaux morceaux avec son groupe pour pouvoir enregistrer la semaine prochaine en studio. Mais avant, Sylvain va commencer la matinée par une petite méditation durant laquelle il va se visualiser sur scène devant plusieurs centaines de spectateurs qui chantent les paroles de ses chansons à l'unisson. Il est très important d'avoir une vision claire de là où on veut aller lorsque l'on a une passion ou un projet de vie particulier. Il faut aussi se protéger des jugements extérieurs, s'armer contre le déni et la jalousie des autres qui ne perdront pas une occasion de mettre à bas les résolutions les plus fortes. Sylvain a tardé plusieurs années à comprendre cela.

Si seulement il avait pu venir au monde dans une famille qui lui aurait inculqué ces valeurs dès la naissance, il n'aurait pas gaspillé tout ce temps à lutter contre ses propres démons intérieurs. Vous savez ? Cette maigre voix nasillarde et sournoise qui nous dit que nous ne sommes bons à rien, incapables d'arriver au bout de nos rêves. Qu'il vaut mieux laisser tomber, abandonner et rentrer dans le rang des petites gens qui se résignent et plient l'échine. Pour Sylvain, entrer dans le rang est synonyme d'une mort certaine. On devient esclave d'un système de pensée. On devient esclave tout court. On a une existence, un boulot, on fait des gosses, on paye un crédit qui a payé une maison qui nous emprisonne sous prétexte de foyer ou de cocon familial. Illusion de sécurité, alors que rien ne nous appartient jamais.

Sylvain a presque toujours été en décalage par rapport aux autres. Il est souvent obligé de jouer le rôle que ses congénères veulent voir en lui pour ne pas les braquer ni les incommoder. Les gens n'aiment pas la différence et se complaisent de conformité. Nous n'avons qu'à voir les fruits et légumes que produisent maintenant nos sociétés. Tous identiques, tous reluisants, tous fabriqués pour entrer dans des normes qui rassurent l'être humain, mais de plus en plus désertés par la vie et le goût. *C'est quand même fou,* pense Sylvain, *de devoir paraître plus con que ce que l'on est, juste pour donner l'illusion de rentrer dans un moule.* Mais c'est le masque qu'il a décidé de porter pour être accepté socialement et on peut dire que Sylvain excelle dans cette pratique.

17 – De ces choses que l'on regrette

La porte de la chambre de Jean s'ouvre lentement, peureusement. La tête de l'agriculteur apparaît dans l'embrasure, il regarde avec angoisse l'intérieur de la pièce et constate que Dévora est toujours allongée sur le lit, inerte. Il remarque avec soulagement la magnifique poitrine de la jeune femme qui se soulève à intervalles réguliers.

Jean s'approche d'elle sans faire de bruits. Il va lui tâter le pouls afin d'être complètement sûr de son bien-être.

— Elle est vivante, marmonne-t-il, apaisé.

Sur la table de nuit, le radio-réveil indique 22 h 30. Madeleine est au lit depuis plus d'une heure et devrait maintenant dormir profondément. À travers les rideaux, il observe la maison de ses parents. Aucune lumière, aucune activité. Ses géniteurs se sont toujours couchés très tôt et roupillent probablement depuis un bon moment déjà. Jean va pouvoir commettre le crime qu'il prépare depuis le matin sans que personne ne le surprenne. Il est trempé de sueur. *Putain de canicule*, pense-t-il, *ce n'est quand même pas normal, autant de chaleur*. Le radio-réveil affiche 22 h 31.

D'un revers de manche, Jean essuie les gouttes qui perlent sur son front avant d'attraper délicatement Dévora pour la charger sur ses bras. Il la soulève dans une grimace. Son dos n'est plus ce qu'il était, remarque-t-il. *Pourquoi est-ce que je pense à des conneries pareilles ? Concentre-toi, merde !* Jean est très nerveux, il sait au fond de lui que ce qu'il s'apprête à faire est dégueulasse. *Qu'elle ne se réveille pas*, demande-t-il secrètement à l'univers, conscient qu'il serait sans recours si Dévora s'éveillait avant qu'il ait terminé sa tâche. *Elle serait bien contente de se réveiller dans mes bras, ceci dit.*

Devant la porte de la maison, la voiture est en marche. La malle est ouverte. Jean, dégoulinant maintenant de sueur, sort de chez lui avec, dans les bras, le corps endormi de la jeune femme, qu'il dépose rapidement dans le coffre avant de le fermer. Il monte ensuite dans la bagnole et part en trombe. Il conduit nerveusement, l'esprit plein de doutes, la conscience pleine de reproches qu'il se fait à lui-même. *Pourquoi diable ai-je mis Dévora dans la malle ?* se demande-t-il. *Pourquoi ne pas l'avoir allongée bien confortablement sur la banquette arrière ? Si je me fais choper, c'est la taule assurée !* Il regarde souvent le rétroviseur comme s'il craignait d'être suivi. Comme un coupable qui fuirait la scène d'un crime.

— Qu'est-ce que tu fous, bordel ? se questionne-t-il comme s'il tentait d'ébranler sa volonté pour se convaincre d'abandonner ses plans démoniaques.

Dans le rétroviseur apparaît le reflet de Charlotte qui secoue la tête de droite à gauche en signe de désapprobation. Cela l'irrite terriblement, il n'a pas besoin des remontrances de son ex-femme imaginaire en plus des siennes propres.

— Quoi ? Qu'est-ce que tu veux que je fasse ? demande-t-il en crachant sa colère au rétro, mais Charlotte a disparu.

La voiture arrive aux abords d'une forêt de grands épineux et se gare en bord de route. Jean en sort précipitamment, laissant les phares allumés pour pouvoir éclairer son méfait. Il ouvre le coffre et attrape Dévora, toujours profondément endormie. Plutôt que de la porter, il décide de la traîner jusque dans le bois en la tirant par les bras. Son dos lui en sera reconnaissant. Les talons de la jeune femme marquent le sol de deux sombres sillons. Il n'a rien d'un malfaiteur, il n'est certainement pas fait de ce bois-là, et commettre une telle action le pousse dans des retranchements de lui-même qu'il n'avait jamais explorés et qui le rendent malade.

Au pied d'un arbre, Jean dépose délicatement le corps de Dévora. Il ressent la sueur qui coule littéralement dans son dos et respire fort, comme si l'air lui manquait.

Il enveloppe d'une fine couverture la jeune femme pour qu'elle n'ait pas froid. *Une attention hypocrite*, pense-t-il, tandis qu'il s'en retourne vers sa voiture, la tête basse et une boule acide au creux de l'estomac. Ce qu'il commet là est un crime grave. Mais que pouvait-il faire ? Comment expliquer à la police ou à ses proches qu'une poupée sexuelle apparaissant de nulle part vient comme par enchantement de prendre vie par une orageuse nuit d'été ? Il a du mal à y croire lui-même. C'est pour cela qu'il a décidé de la perdre, comme les connards perdent leur chien avant de partir en vacances.

Jean est tout simplement en train de fuir le problème. Il dissimule ce cauchemar sous une couverture amère, lâche et hypocrite, espérant un autre miracle, souhaitant enfin se réveiller de cette horrible et surréaliste réalité.

Le cœur au bord des lèvres, Jean conduit dangereusement sur les petites routes lauragaises. Sur le pare-brise, quelques gouttes éclatent, l'obligeant à actionner les essuie-glaces.

— Merde, il manquait plus que ça !

Il est déjà rongé par les remords et la vision qu'il a de lui-même lui donne la nausée.

— Qu'est-ce que tu fous, putain, mais qu'est-ce que tu fous ? se demande-t-il, comme s'il n'était toujours pas sûr de la véracité des événements qui viennent de se dérouler.

Il frappe du poing sur le tableau de bord en criant.

— Tu vois, si tu avais fait pareil avec tes parents, je serais restée, lui dit ironiquement Charlotte, qui est apparue sur le siège du passager.

Jean sursaute de peur en donnant un coup de volant qui fait presque chavirer la voiture.

— Putain, Charlotte !

— C'est comme ça que tu traites les femmes, maintenant ? demande-t-elle sans faire attention aux états d'âme de son ex-mari.

— Qu'est-ce que tu veux dire ?

— Quand elles te gênent, tu les attaches à un arbre.

— Je ne l'ai pas attachée, n'exagère pas non plus.

Le silence de Charlotte qu'elle ponctue d'un petit geste de la tête pour marquer l'évidence de son propos en dit long sur ce qu'elle pense.

— Mais pourquoi il faut toujours que tu me fasses la morale ?

Jean regarde Charlotte, mais elle n'est plus là. Le siège passager est vide. Énervé, Jean frappe violemment sur le volant, faisant sonner un coup de klaxon ridicule au milieu de la campagne. Et soudain, il ne tient plus. Il arrête la voiture en bord de route et vomit par la portière ouverte tout le dégoût de lui-même qu'il ressent depuis qu'il a drogué Dévora.

18 – Le second jour du reste de sa vie

9 août 2017

Dehors il pleut des cordes, un bruit de tonnerre fait sursauter Jean dans son lit. Le radio-réveil affiche 8 h 32 lorsque la voix de Dévora résonne dans la pièce.

— Bonjour, Maître.

Jean se redresse d'un bond en jetant des regards affolés aux quatre coins de sa chambre. Il est tout seul. Il se passe une main sur le visage en soufflant tandis que défilent dans sa tête les souvenirs de la veille. Quelques bribes de mémoire douloureuses et désagréables le mettent tout de suite mal à l'aise et le ramènent à cette sensation de dégoût qu'il a ressentie la nuit précédente.

— Qu'est-ce que j'ai fait, putain ? s'offusque-t-il en regardant la pluie qui s'écrase sur la fenêtre. Elle va choper la mort avec ce temps, la pauvre petite.

Perdu dans ses pensées, Jean se lève, s'habille et descend machinalement à la cuisine pour se préparer un petit déjeuner. Ses gestes sont imprécis, comme guidés par un cerveau vaquant à d'autres préoccupations beaucoup moins triviales. Jean est complètement détaché de lui-même. Ses muscles s'activent, ses mains prennent la tasse de café presque pleine pour la porter sur la table, à côté d'une assiette de charcuterie et de fromage, mais son esprit est resté avec Dévora, près de cet arbre, la nuit dernière.

Assis devant son petit déjeuner, il a le regard perdu de ceux qui ne sont plus sûrs de leurs actes et remettent tout en question. Prisonnier de ses remords, le bruit constant de l'orage et de la pluie pèse sur sa conscience, lorsque Louise fait irruption par la porte d'entrée, coupant net cette malsaine torpeur qui le ronge, pour le ramener à la réalité. Elle a un tupperware dans les mains et est recouverte d'un imperméable ruisselant d'eau beaucoup trop grand pour elle. Accoutrée de la sorte, elle ressemble à une cosmonaute de mauvais film de série Z.

— Eh bé, dis donc ! Il en fait un temps, aujourd'hui, dit-elle en s'avançant vers Jean d'une démarche ankylosée. En même temps il y en avait besoin, ajoute-t-elle.

— Maman, frappe avant d'entrer, s'il te plaît, lui reproche Jean, qui ne semble pas très content de la voir.

— Pourquoi tu me donnes la clef, alors ?

Jean regarde le plafond en soufflant tandis que Louise dépose le tupperware dans le frigo. Elle a toujours le dernier mot, toujours cette repartie désagréable contre laquelle il devient ridicule de lutter. Quoi que l'on dise, on passe systématiquement pour un con avec sa mère.

— T'es jamais content de me voir, de toute façon, moi qui te porte le repas. Il pleut comme vache qui pisse dehors, et toi, tu veux me faire poireauter sur le pas de la porte ? Et que je me trempe comme une soupe en attendant que monsieur m'autorise à entrer ?

— Mais c'est pas ça, maman.

— Quoi ? C'est quoi alors ? T'as peur que je te voie tout nu ? Je suis ta mère, j'en ai vu d'autres, tu sais.

Étant évident qu'il ne sert à rien de lutter, Jean décide de changer d'attitude.

— OK, d'accord, tu as raison, merci pour le repas, maman.

— C'est de la daube avec des patates bouillies.

— Tu me gâtes, dis.

— Ah ! Quand même, tu le reconnais !

— Mais oui bien sûr, la prochaine fois appelle-moi et je viendrai le chercher.

Louise se dirige vers la porte d'entrée.

— Il faut que je parte, dit-elle en se retournant vers son fils. Je prendrais bien un café avec toi, mais j'ai rendez-vous chez le coiffeur, tu sais comment c'est, il vaut mieux y aller tôt. Au fait, tu n'oublies pas le repas demain ? ajoute-t-elle avant de sortir. Tu te rappelles que tu manges avec nous ?

Devant la mine perplexe de son enfant, elle continue :

— Tu te rappelles que c'est ton anniversaire, quand même ?

— Ah oui, c'est vrai ! J'avais complètement zappé.

— Je sais, c'est pour ça que je te le dis, ne sois pas en retard, midi pile.

— D'accord, dit-il alors que Louise est déjà partie.

La porte se ferme.

— Quarante balais, putain !

Comment la vie peut-elle se consumer aussi vite ? se demande-t-il. Il n'y a pas si longtemps, il était encore au lycée agricole, lui semble-t-il. En un clin d'œil, vingt ans se sont volatilisés. Où s'envolent donc les minutes ? Pourquoi le passage du temps est-il exponentiel ? Plus nous vieillissons et plus il se passe vite. Ce n'est pas juste. Le temps devrait ralentir en pleine force de l'âge pour profiter au mieux des meilleures années de notre existence.

Quelques secondes se sont écoulées sur cette réflexion lorsque quelqu'un toque à la porte. Jean se lève pour aller ouvrir en souriant, ce doit être sa mère qui a oublié de lui dire quelque chose et revient pour s'en acquitter.

— Eh bé, voilà ! C'est pas compliqué, dit-il tout en ouvrant. Tu vois que tu peux frapper quand…

Ce n'est pas Louise, comme il le pensait, mais Dévora, trempée des pieds à la tête. Son maquillage dégouline sur ses joues, elle tremble de froid et ses dents claquent. Ses petits seins pointent allègrement leur jeunesse vers le visage stupéfait de Jean qui ne peut éviter de les regarder lascivement. Décidément, cette femme est vraiment faite pour l'amour.

— Bonjour, Maître, dit-elle dans un claquement de mâchoire.

Jean, bouche bée, ne sait que dire.

— Je crois que je suis somnambuliste, ajoute-t-elle comme pour s'excuser.

— Oh, bonne mère !

Partagé entre le soulagement de la retrouver saine et sauve et les problèmes que suppose son retour, l'agriculteur se dépêche de la faire passer dans le salon et s'assure que personne ne les a vus, avant d'entrer à son tour et de fermer la porte à clef derrière lui.

— Mon Dieu, je suis vraiment désolé ! s'empresse de dire Jean. Tu vas bien, tu n'es pas blessée ?

Jean la touche en différents endroits de son corps pour vérifier qu'elle va bien. Dévora semble apprécier l'attention que lui porte enfin son maître.

— Oui, tout va bien, le rassure-t-elle, j'ai juste un peu froid et je suis toute mouillée, j'ai dû me perdre en dormant.

La jeune femme se déshabille complètement sous le regard de Jean qui trépigne de gêne. Les vêtements s'écrasent sur le sol et dégoulinent sur le carrelage. Décidément, le fréquent manque de pudeur de cette femme met l'agriculteur vraiment mal à l'aise. Il va chercher une fine couverture sur le canapé et la tend à la poupée incarnée sans poser les yeux sur elle.

— Tu sais, tu devrais perdre cette habitude de te foutre à poil devant les gens.

Tout en s'enveloppant du chaud tissu, Dévora regarde autour d'elle.

— Quelles gens ?

— C'est une façon de parler, lui répond-il, agacé. On ne se déshabille pas devant des inconnus, c'est tout.

— Mais tu es mon homme.

— Ne recommence pas avec ça, s'il te plaît, je ne suis pas ton homme, dit-il en haussant le ton.

La jeune femme baisse le regard tristement.

— Je suis désolée, je ne sais pas ce qu'il s'est passé, je me rappelle t'avoir aimé très fort et je me suis réveillée sous l'eau au milieu des arbres.

Dévora fond en larmes. Jean s'affale sur le canapé en se massant les tempes.

Les souvenirs de la veille reviennent derechef au premier plan de sa conscience, lui faisant sentir encore une fois la gravité de ses actes, la lourdeur de son remords et un sentiment de désarroi face à la certitude de ne plus être une bonne personne. Jean va porter cette culpabilité le reste de sa vie. Même s'il est le seul à le savoir et que Dévora est réapparue saine et sauve, il sera toujours celui qui abandonna une jeune femme splendide et sans défense au cœur d'un bois de la montagne Noire. En l'observant maintenant, nue sous sa mince couverture, en pleurs, belle comme le jour, il prend pleinement conscience de l'extrême fragilité de cette créature. Il se rend également compte de la monstruosité de son acte et éprouve tout à coup une très grande fatigue.

— Comment t'as fait pour revenir jusqu'ici ?

— J'ai marché dans la direction où mon cœur battait le plus, répond-elle dans un sourire.

— Quoi ?

— J'ai senti *mi amor*, dit-elle en se jetant au cou de l'agriculteur pour essayer de l'embrasser.

— Mais *macarel* ! s'exclame-t-il en l'écartant. Tu te rends compte de ce que tu me dis ?

— *Es verdad*[44] ! Pourquoi tu ne me crois pas, je ne te mentirai jamais ! s'indigne-t-elle en tremblant de froid tandis que Jean la maintient à distance d'une main pour qu'elle n'envahisse plus son espace vital.

— Je vais te préparer un chocolat chaud, il faut que tu arrêtes d'essayer de m'embrasser ou de me toucher. Ça ne se fait pas et ça me gêne.

Jean se lève tout en réfléchissant, tandis que Dévora reste tranquillement assise dans le canapé, emmitouflée dans la couverture. Elle est comme une enfant qui réagit aux désirs du moment présent, pense-t-il. Elle n'a aucun contrôle sur ses pulsions et semble ne pas comprendre la situation.

---

[44] *Es verdad* : c'est vrai.

Il a beau lui expliquer qu'il est marié et qu'il en aime une autre, on dirait qu'elle n'assimile pas cette information. Que va-t-il bien pouvoir faire d'elle ? Il sait très bien pourquoi il ne peut recourir aux gendarmes. Personne ne va le croire et il sera très vite le sujet des prochains ragots de la région. Le fils Charançon s'est acheté une prostituée, une sans-papiers espagnole pour surmonter le départ de sa femme avec une lesbienne. La perspective d'un tel commérage ne l'enchante évidemment pas, mais c'est surtout la réaction de ses parents qu'il redoute le plus dans cette histoire. Déjà qu'ils le prennent pour un moins que rien, sa situation actuelle n'arrangerait pas l'affaire. Ils le lui reprocheraient des années durant, soulignant sa propre incapacité à gérer sa vie en plus de l'exploitation.

D'un autre côté, Dévora n'a aucun document qui puisse prouver son identité. Identité qu'elle ne semble pas connaître plus que cela, d'ailleurs. Elle est sûre de son nom, Dévora, et qu'elle est apparemment folle amoureuse de lui, mais rien de plus. Jean pourrait profiter de cela, car, devant un tel discours, les autorités seraient obligées de la mettre en garde à vue, et, faute de solutions, devraient la renvoyer à l'ambassade espagnole pour se défaire du problème.

Jean ne sait d'ailleurs toujours pas d'où vient cette personne. Où a-t-elle caché la vraie poupée ? Et si tout cela n'était qu'un sale complot ? Il ne connaît pas l'identité de l'individu qui lui a envoyé le paquet en premier lieu. Juste cette espèce d'hurluberlu de livreur qui doit être maintenant introuvable. Ne seraient-ils pas de mèche, tous les deux ? Toute cette histoire ne pourrait-elle pas être une nouvelle sorte d'escroquerie ? Une façon moderne d'entrer dans le quotidien des gens pour mieux les arnaquer. Profiter du désarroi d'un récent séparé comme lui, jouer la carte de la sexualité avec la poupée, faire croire qu'elle a pris vie par magie tandis que la jeune femme repère les lieux, étudie les mœurs de la victime et prépare le vol. Comment a-t-elle retrouvé son chemin jusqu'à la ferme, la nuit dernière, autrement qu'avec une aide extérieure ?

Le lait déborde soudain de la casserole, ramenant Jean à la réalité.

Il surprend le regard plein de triste bonté que Dévora pose sur lui et toutes ses théories de complot tombent à l'eau. L'innocence qui se dégage de toute sa personne semble véritablement sincère. Tout en lui portant son chocolat chaud, il se demande si tout ceci n'est pas un miracle. La magie existe peut-être dans ce monde, après tout. Et pourquoi pas ? Et si la poupée siliconée qu'il a reçue deux jours auparavant s'était réellement transformée en sublime jeune femme ?

— C'est bon, dit-elle avec surprise après avoir bu une gorgée du breuvage que vient de lui donner Jean.

— Tu ne connaissais pas le chocolat chaud ?

— Non, ça me donne envie de dormir et de t'aimer.

— Je vais te faire couler un bain chaud, lui répond-il en s'éloignant vers les escaliers, exaspéré par son insistance à vouloir lui faire l'amour.

Décidément, c'est bien la première fois que la gent féminine lui porte autant d'attention. Alors qu'il devrait se délecter de la sublime sensation d'être à ce point désiré, il n'en est rien. À cet instant précis, Jean n'est qu'un ramassis de tensions, tracas et préoccupations.

19 – Une longue journée

La journée va être longue, pense Jean tout en réglant la température de l'eau qui coule dans la baignoire. La pluie de cette nuit, qui va se prolonger sur une bonne partie de la matinée, va rendre la terre trop boueuse pour être travaillée.

Il va être coincé ici avec Dévora et la grand-mère qui ne doivent absolument pas se croiser. Jean est persuadé qu'il doit tenir la présence de la jeune femme secrète tant qu'il n'a pas éclairci le mystère qui l'entoure.

Devrait-il l'endormir à nouveau ? Rien que d'y penser lui hérisse tous les poils qu'il a sur le corps. Jean s'était promis de ne pas tomber dans les mêmes travers et il compte bien tenir parole. Après le bain, il décidera de la marche à suivre.

Lorsqu'il redescend dans son salon, Jean trouve la jeune femme assoupie dans le canapé, enveloppée d'une fine couverture pleine de poils de chat.

— Dévora, viens avec moi, lui demande-t-il doucement.

Elle se lève lentement. La fatigue transparaît dans tous ses gestes, alors qu'elle talonne son homme dans un silence religieux jusqu'à la salle de bains. Voyant la baignoire fumante, elle laisse instinctivement tomber la mince couverture au sol et se glisse dans l'eau chaude.

— Ça va te réchauffer, lui dit-il. Prends ton temps surtout, tu as une serviette sur la chaise, là.

— Merci, lui répond-elle simplement tandis qu'il ferme la porte pour lui donner plus d'intimité.

En descendant les escaliers, Jean regarde sa montre. Il est 9 h 15. Heureusement que Sonia l'infirmière est en retard.

Bon, maintenant, la grand-mère ! se dit-il pour s'encourager.

Il entre dans la chambre de Madeleine qui est déjà bien réveillée dans son lit.

— Bonjour, Mamie ! s'empresse-t-il de dire, voyant sa mine renfrognée.

— À é qui u arlé ?

— De quoi ?

Madeleine lève une main vers le plafond pour tenter de lui faire comprendre ce qu'elle veut dire.

— Qui ? le questionne-t-elle avec un effort énorme de prononciation.

Comprenant qu'elle l'a très certainement écouté parler et qu'elle souhaite savoir avec qui, Jean décide de mentir.

— Tu as entendu du bruit, c'est ça ?

— Ui ! acquiesce-t-elle.

— C'était maman qui portait le repas de midi. J'espère qu'on t'a pas réveillée, quand même.

Madeleine n'est pas dupe et lève à nouveau son bras valide vers le plafond.

— Qui ?

Cette fois, Jean élude complètement la question.

— Allez, on est en retard et Sonia va arriver, il faut préparer la chambre et le petit déjeuner !

Voyant que Jean ne dira rien, Madeleine baisse le bras et n'insiste pas. Elle trouvera bien un moyen de savoir ce qu'il se passe dans cette maison. La patience, tellement haïe par la jeunesse, devient la meilleure alliée des gens âgés. D'autant plus s'ils sont handicapés. Elle tardera le temps qu'il faudra, mais elle le découvrira son secret au Jean. Il ne pourra pas le lui dissimuler éternellement, pense-t-elle en observant son petit-fils tandis qu'il ouvre les volets pour aérer la pièce.

Madeleine ne le quitte pas des yeux, scrutant le moindre de ses mouvements, analysant, cherchant une faille, un indice qui dévoilerait une parcelle de ses cachotteries ou tout simplement pour l'incommoder.

— T'as vu, il pleut des cordes.

— Ui ! s'exclame-t-elle.

— Ça fait du bien.

La sonnerie retentit.

— Ça doit être Sonia ! dit Jean en se précipitant hors de la chambre.

Jean ouvre rapidement après avoir déverrouillé la serrure. Sonia attend devant la porte sous un parapluie.

— Bonjour, Sonia !

— Bonjour.

— Venez vite avant de vous tremper complètement.

— Quel temps ! se plaint la jeune infirmière en se jetant à l'intérieur tout en refermant son parapluie.

— Il y en avait besoin, ceci dit.

— C'est bien vrai, mais vous avez vu l'inondation à la nationale ?

— Non, qu'est-ce qu'il se passe ?

— Les fossés sont bouchés et toute la terre qui dégouline des champs a bloqué la circulation.

— Ah merde ! Je le savais pas. J'irai proposer mon aide.

— C'est pour ça que je suis en retard, s'excuse-t-elle. Madeleine n'est pas trop énervée ?

— Non, pas du tout, je suis un peu en retard moi-même. Elle vous attend. Vous voulez un café ?

— Je veux bien, merci, répond Sonia en se dirigeant vers la chambre de la grand-mère.

— Je prépare tout ça.

Comme chaque matin depuis la séparation, Jean s'affaire à la confection du petit déjeuner pour tout le monde.

— Tu te rappelles comme on aimait préparer le déjeuner ensemble ?

Charlotte vient d'apparaître, assise sur le plan de travail de la cuisine, faisant sursauter une fois de plus son ex-mari qui renverse un peu de lait par terre. César, le chat, s'empresse de le lécher.

— Évidemment que je me souviens, répond-il, légèrement irrité. Tu en doutes ?

— Bien sûr que non ! s'exclame Charlotte en se plaçant derrière Jean. Ça me manque, dit-elle tandis qu'elle le prend dans ses bras et se colle contre lui.

Jean n'a même pas le temps de se délecter de cette proximité imaginaire. Un bruit d'eau coulant dans les canalisations de la maison le tire de sa rêverie.

— Déjà ? se plaint-il en levant la tête.

Dévora a fini son bain et ne va pas tarder à pointer le bout de son nez. L'agriculteur s'empresse de mettre une paire de tartines, un peu de confiture et du café au lait sur un plateau qu'il se dépêche de monter à l'étage en faisant bien attention de ne rien renverser. Il va la cloîtrer dans sa chambre le temps qu'elle déjeune et jusqu'à ce que Sonia soit partie.

Arrivé devant la porte, il se demande s'il doit frapper ou entrer directement. Il décide de frapper. *C'est la moindre des choses,* pense-t-il. Toc toc.

— *Si ?*

— Je peux ?

Des bruits de pas s'approchant avec légèreté résonnent sur le plancher en bois et la porte s'ouvre doucement sur Dévora. Une serviette recouvre son torse jusqu'à mi-cuisse, et une autre enturbannée sur ses cheveux lui donne un air de starlette effarouchée. *Tout lui va bien, à cette fille*, pense Jean en entrant dans la chambre. Dévora s'allonge directement sur le lit, elle semble totalement relaxée après le bain.

— Je suis *fatigada*[45], dit-elle d'une voix menue.

— Tu ne veux pas déjeuner ?

Mais la réponse ne vient pas. La jeune femme dort déjà profondément. Le retour, à pied et sous l'orage, du bois où Jean l'avait abandonnée a dû être éreintant. *Pauvre petite, elle s'est tapé au moins vingt-cinq kilomètres.* Le sentiment de culpabilité refait surface, mais il décide de ne pas l'alimenter.

---

[45] *Fatigada* : fatiguée.

Après avoir déposé le plateau sur la table de nuit, il recouvre le frêle corps d'une fine couette pour qu'elle n'attrape pas froid et l'observe un moment. Une vague de soulagement le parcourt des pieds à la tête. *Enfin un coup de chance*, pense-t-il, *pourvu qu'elle dorme longtemps afin que je puisse gérer Mamie en toute tranquillité. Elle est mignonne quand même, cette petite, lorsqu'elle ne fait pas de scandale.*

— Pourquoi tu ne l'acceptes pas dans ta vie ? demande Charlotte qui vient d'apparaître à ses côtés.

— Parce que je t'aime, répond Jean sans détourner le regard de la jeune femme allongée dans son lit.

— Moi aussi, je t'aime, répond Dévora dans son sommeil.

Jean se tourne vers Charlotte, les yeux pleins de larmes.

— C'est toi que je veux dans ma vie, et personne d'autre.

— Et elle, qu'est-ce que tu vas en faire ?

L'angoisse revient instantanément, lui parcourant l'échine et laissant derrière elle cet amer sentiment de claustrophobie, de piège, d'impasse. Qu'est-ce qu'il va bien pouvoir en faire, de cette femme, bordel ?

— Je pense que je vais aller au commissariat, répond-il.

Mais Charlotte a disparu. Il sort de la chambre en essayant de ne pas faire de bruit et ferme la porte à clef avec une sensation étrange de malhonnêteté. En claquemurant Dévora de la sorte, c'est comme s'il la gardait captive contre sa volonté, alors que la seule chose qu'elle désire est partager sa vie. Il l'expulse symboliquement hors de son existence, tout en la séquestrant dans sa propre maison. C'est contradictoirement malsain. En attendant, dès qu'elle se réveillera, c'est décidé : il l'amène à la gendarmerie !

20 – Les préparatifs

10 août 2017

Dans l'appartement suffocant de Peyriac-de-Mer, un briquet allume un bâton d'encens. La main de tatie Sylvette apporte la fumée qui s'en dégage jusqu'à son visage pour l'en imprégner tout en respirant profondément.

Elle est heureuse.

— Aujourd'hui est un grand jour ! s'exclame-t-elle en rejetant l'air de ses poumons.

Sylvette inspire à nouveau, fortement, un sourire de béatitude sur la figure.

La journée qui va suivre marquera un point d'inflexion dans l'histoire familiale. Il n'y a que deux possibilités : la guérison absolue ou bien un éclatement total et irréversible.

Tout en s'envoyant encore plus de fumée au visage, elle décide de faire tout ce qui est en son pouvoir pour sauver ses frères intoxiqués par l'absurdité et le profit. Elle est déterminée à prendre le taureau par les cornes et ne laissera à personne l'occasion d'empirer les choses. Cette décision la rend nerveuse.

Elle regarde la pendule suspendue au mur de son salon et comprend qu'elle va pouvoir s'adonner un peu plus tôt à ses attouchements quotidiens afin de soulager la tension grandissante qui s'empare de son être et menace de paralyser son karma. Elle aura besoin de toute sa tête, aujourd'hui, et ne pourra se permettre le luxe d'être distraite par une libido insatisfaite et insistante.

Elle décide donc que c'est un travail pour « Big Captain », le plus gros et le plus avancé technologiquement de ses godemichés.

**

Au même moment, à Montolieu, un rouge à lèvres dessine des babines charnues. Marinette se contemple un instant dans le miroir, visiblement heureuse du résultat. L'impatience de découvrir ce que trame la mère de Jean la consume. Elle n'a jamais aimé attendre.

— Va savoir ce qu'elle nous mijote, ta connasse de belle-sœur, balance-t-elle à Pierre, qui est juste derrière elle et boutonne sa chemise.

Elle regarde son reflet dans la glace tout en prenant son petit flacon de Rimmel.

— Tu le verras bien assez tôt, va, répond Pierre.

Quelle impatience, pense-t-il ! Pierre se souvient soudain de cette expérience qu'il a lue dans une revue, il y a quelques jours à peine. « Le test du Chamallow », ils appelaient ça. Il consiste à enfermer des enfants à tour de rôle dans une pièce avec un bonbon sur une table. Le professeur leur disait avant de sortir que s'ils ne le touchaient pas jusqu'à son retour, ils en auraient bien plus après. Une fois seuls, la plupart des gosses, consumés par une gourmandise apparemment incontrôlable, ne pouvaient attendre et se jetaient sur la friandise. Marinette serait de ceux-là.

— Il faut s'en méfier comme de la peste de la Louise, ajoute-t-il.

— La peste a le mérite d'être franche, philosophe son épouse, tout en s'appliquant un peu de mascara sur des cils déjà épais. La Louise, si elle peut te la mettre par-derrière, elle hésitera pas une seconde.

**

Dans la chambre de Françoise Gélabert, un *jingle* de Radio Transparence présente une session *reggae music* juste avant le titre *Le progrès* de Devi Reed. La jeune femme, le sourire aux lèvres, n'y prête aucune attention. Elle est en sous-vêtements devant le miroir et regarde quelle est la tenue qui lui siéra le mieux. Sur un coin de la glace, non loin du reflet de son propre visage, est accrochée une photo de Jean assis sur son tracteur d'un air triomphant.

Le choix vestimentaire est important. Elle n'a pas souvent l'opportunité de côtoyer le sauveur de son enfance dans des conditions qui lui permettraient de le séduire. D'après ce qu'elle a lu, il y a peu, dans la revue *Femme actuelle,* il faut qu'elle soit sexy, sans faire pouffiasse, qu'elle fasse preuve de maturité tout en gardant la fraîcheur de la jeunesse, être espiègle, mais raisonnée, troublante tout autant que rassurante. Tant de choses contradictoires tellement éloignées d'elle-même.

Elle contemple un moment les formes de son corps. Françoise ne s'est jamais plu, malgré un physique parfaitement formé. Elle trouve ses lignes trop grossières, trop terroir. Elle souhaiterait avoir la silhouette d'une Brigitte Bardot de l'époque et se sentir femme chaque fois qu'elle surprendrait son reflet dans une glace. Elle désirerait arborer des hanches féminines et ressentir le feu des regards masculins dans son dos. Allumer les passions, rendre fou d'amour le sexe opposé, jouer de ses atouts sans jamais perdre le contrôle de son propre personnage. Elle se veut femme fatale, mais son miroir lui renvoie quotidiennement l'image flétrie et décevante d'une quelconque dame de la campagne.

Gustave, le cousin maudissant de Jean, est également en train d'observer son reflet dans la glace de sa salle de bains, visiblement satisfait de ce qu'il y voit. Contrairement à Françoise, Gustave a toujours été imbu de sa personne. Seul un slip blanc Dolce & Gabbana recouvre ses parties intimes, lui permettant de contempler avec plus de facilité son corps filiforme. C'est un rituel auquel s'adonne le jeune homme au sortir de la douche, sans aucune retenue ni complexe. Ses petits muscles bien dessinés sont saillants et les veines apparentes sur ses biceps lui procurent un sentiment de suffisance dans lequel il se complaît. Il n'a jamais envié tous ces balaises qu'il fréquente à la salle de gym. Les types qui se goinfrent de protéines pour grossir de quelques grammes supplémentaires par mois sont pour lui des imbéciles. Des êtres gonflables, oui !

Tandis que lui est bien fait, son physique est fin, sa peau bien tendue ne laisse entrevoir aucune boursouflure graisseuse sur son abdomen. Gustave penche légèrement la tête avant de prendre une ridicule pose de vainqueur.

— Aujourd'hui, c'est ton jour, mon gars, dit-il plein de conviction en se signalant de l'index.

Il se rapproche de son reflet comme s'il allait l'embrasser.

— C'est toi, le tueur, t'es un tueur, mon Gustavo ! clame-t-il, imitant grotesquement un accent italien, probablement symbole pour lui de pouvoir masculin.

Il contemple alors la photo de Françoise, collée avec de la super glu sur un coin du miroir. Le cliché montre une femme dans ses 30 ans affublée d'un tablier de cuisine et portant un panier en osier plein de bons fruits de saison dans les bras. Elle a ce regard aigre-doux qui lui est caractéristique, pas joyeux, mais pas triste non plus. Gustave l'observe comme un prédateur observerait sa proie et pointe son doigt tendu vers elle, la main simulant un pistolet.

— Ce soir, tu seras mienne, Petite ! dit-il en appuyant sur la gâchette imaginaire et en imitant le bruit de la détonation.

Son attention est soudain attirée par ses doigts, dont les ongles sont encore pleins de cambouis. Étant mécanicien chez le garagiste de Montolieu, Gustave a toujours les paluches fourrées dans les moteurs et carcasses des voitures qui s'y trouvent en réparation. La graisse s'immisce partout au niveau des ongles, dessous et dessus, à la jointure de l'ongle avec la peau, dans les minuscules rides qui recouvrent les mains. Parfaitement conscient que les femmes ne supportent pas ce genre de malpropreté chez un homme, il court à la cuisine pour se laver avec une brosse de nettoyage plus performante que celle qu'il a dans sa salle de bains. Il ne faudrait pas que les chances d'enlever la fille qu'il convoite depuis tant d'années s'envolent pour une stupide question de saloperie sur ses doigts. Voyant que la graisse ne part toujours pas et soudain pris par une sourde angoisse, il redouble d'efforts dans un grognement, frottant de plus belle ses mains abîmées par le labeur.

Car Gustave est comme cela, un grand sensible, qui, pour être accepté socialement, se mure sous des apparences de dur à cuire un peu débile.

*\
**

Claire, la sœur de Louise, se peigne dans sa salle de bains. Elle esquisse un beau sourire, tout en pensant au courage dont a fait preuve sa frangine en prenant l'initiative d'un tel repas d'anniversaire. Quel magnifique cadeau pour les 40 ans de Jean ! Claire est bien évidemment au courant de tous les problèmes qui ont secoué les Charançons. Elle ne comprend d'ailleurs pas les agissements des principaux acteurs de tout ce mélodrame. Jamais pareils tracas ne viendraient perturber la paix qui règne dans sa propre famille. Jamais une telle mésentente ne se serait entremise entre les deux frangines. Elles n'ont tout simplement pas été éduquées de la sorte. Quel fantastique exemple est en train de donner son aînée aux futures générations ! Un parangon de réconciliation, d'audace et de bravoure.

— Elle a quand même pris une belle initiative, ma sœur, sur ce coup-là ! dit-elle tout haut afin que son mari, qui se prépare dans la chambre, puisse l'écouter.

Voyant que la réponse ne vient pas, Claire tend la tête vers la porte de la salle de bains. Elle ne supporte pas quand Raymond ne réagit pas.

— Tu ne crois pas, mon chéri ?

Dans la pièce adjacente, Raymond s'habille en se regardant tristement dans le miroir. En entendant les paroles de sa femme, il souffle de dépit le plus silencieusement possible. Il y a plusieurs années maintenant qu'elle le fatigue au plus haut point. Plusieurs années qu'il supporte une routine malsaine d'esclavagisme et de maltraitance psychique. Car, pour Raymond, la situation en est à ce point dramatique. Il se sent l'objet utilisé par Claire pour exhiber sa parfaite petite vie aux yeux de la société extérieure, aux yeux de son cercle d'amis. Claire a le souci de la perfection dans la perception des autres. Il ne faut surtout pas que les lacunes du quotidien soient décelées par son entourage. Leur mariage est à l'image de ces maisons témoins que les acheteurs visitent pleins d'espoir, remplies de magnifiques meubles dont les tiroirs sont vides et les couloirs désertés d'existence. Il y a bien des années que Raymond ne ressent plus rien pour cette personne qui partage et contrôle sa vie. C'est de sa faute aussi, n'ayant jamais su défendre ses propres intérêts, il a toujours succombé à ceux de sa femme, créant ainsi une dynamique de couple qui est maintenant la fondation de cette prison infernale dans laquelle il est cloîtré.

Tout en boutonnant sa chemise, il observe l'absence de bonheur de son visage. Des yeux vides et tristes surplombent des cernes profonds qui marquent un faciès tiré par la fatigue et le ressentiment. Il a vraiment une tête de fonctionnaire !

— Raymond ? Tu es là ? demande Claire en haussant un peu la voix.

— Oui, Claire, je suis là, répond Raymond avec lassitude.

— Tu ne crois pas que c'est une belle initiative, mon chéri ?

— Oui, Claire ! On va passer une journée d'enfer, ajoute-t-il tout bas, ironiquement.

— Qu'est-ce que tu dis ?

— Qu'on va bien s'amuser !

Raymond vient de finir de boutonner sa chemise. Il continue d'observer son reflet dans le miroir face à lui. L'envie soudaine le prend de mettre un coup de poing dans la glace pour y briser ce qu'il y voit. Mais, comme d'habitude, il se retient et avale sa pulsion.

Mathieu et Fanny sommeillent profondément dans leur lit. Sur la table de nuit, un téléphone est en train d'entonner la marche impériale de *Star Wars* tout en vibrant. Sur l'écran, une photo de Louise est affichée avec le mot « Maman » écrit juste en dessous. Fanny se réveille en râlant et raccroche pour se rendormir tranquillement. Elle a toujours considéré sa mère comme la représentante officielle du côté obscur de la force dans la famille. Les manigances, manipulations et méchancetés déguisées sous des dehors de chasteté prennent trop souvent naissance dans le cerveau de sa vieille. Mais elle est sa mère, sa génitrice, cette personne qui nous donne la vie et que l'on est obligé d'aimer, malgré toutes les différences qui peuvent nous opposer. De toute façon, il est bien trop tôt pour répondre au téléphone et entendre des élucubrations interminables.

La marche impériale retentit à nouveau. La photo de Louise apparaissant une fois de plus sur l'écran. Au bout de quelques secondes, Fanny attrape son portable en pestant de plus belle pour envoyer paître sa maman, lorsqu'elle s'aperçoit qu'il est 11 h 40. Cela lui fait l'effet d'une douche froide. Elle vient de se souvenir du repas d'anniversaire surprise chez ses parents en l'honneur de son frère.

— Putain ! râle-t-elle d'une voix rauque.

Afin de dissimuler son endormissement, Fanny s'éclaircit la gorge avant de prendre l'appel.

— Bonjour, mère ! dit-elle avec une pointe exagérée de jovialité.

— Ah ! Vous êtes réveillés, c'est bien, remarque Louise.

— Mais, bien sûr, c'est presque midi, j'étais sous la douche… T'avais peur qu'on roupille ou quoi ?

— Oh ! Tu sais, ça ne serait pas la première fois, et puis une mère connaît sa fille, quand même.

— On va pas rater les 40 ans du frangin, t'inquiète pas !

— Bon, on se voit à la maison dans trente minutes alors, tu m'aideras à finir les préparations.

— D'accord on sera là, bisous.

Fanny raccroche et saute sur Mathieu pour le ressusciter le plus rapidement possible.

— Mathieu, réveille-toi, il faut qu'on parte dans dix minutes !

Mathieu se redresse d'un coup, il a l'air hébété et perdu.

— Je suis prêt, je suis prêt ! dit-il, complètement endormi.

*

Louise pose son téléphone mobile sur le beau meuble bas en chêne qui traîne dans leur salon tout en regardant, satisfaite, la table dressée trônant au milieu de la pièce. La décoration est parfaite, pense-t-elle, pas trop luxuriante pour ne pas donner une impression d'opulence, mais suffisamment généreuse pour créer cette ambiance de convivialité que Louise recherche afin d'accommoder toute la famille. Elle a besoin de ce bien-être familial pour mettre en branle le plan qu'elle a en tête.

— Alors qu'est-ce que t'en dis, elle est bien dressée, cette table, non ? demande-t-elle à son mari, qui ouvre machinalement une bouteille de rouge, le regard vide.

— Oui, c'est bien, répond-il en observant la banderole accrochée au mur derrière lui et sur laquelle est écrit : « On n'a pas 40 ans tous les jours ! » Très bien, ajoute-t-il sans trop d'enthousiasme. Il va être content, le Jean.

— J'espère ! s'exclame Louise tandis que Bertrand attrape une autre bouteille dans laquelle il enfonce son tire-bouchon. Et toi, n'oublie pas ce qu'on a dit... Tu feras l'effort, d'accord ?

— Oui, je le ferai, répond-il en soufflant de dépit devant la perspective du repas à venir en compagnie de son frère et de sa conne de femme.

Bertrand cale la bouteille entre ses jambes et retire avec force le bouchon, faisant résonner dans toute la pièce ce bruit caractéristique que les Français aiment tellement.

— Au moins, il y a du pinard.

**
*

Tandis que Sylvain s'apprête à sonner à la porte de Jean, il choisit intérieurement les mots qu'il va utiliser pour ne pas estropier la surprise de son anniversaire. Sa mère le tuerait si c'était le cas. Il en est parfaitement conscient, tout comme il est conscient qu'il ne sait pas garder un secret. Il a toujours la parole de trop, la gaffe qui dévoile, qui démasque les mystères.

Après un moment de réflexion, ou plutôt de non-réflexion durant lequel il se vide la tête, Sylvain lève la main pour taper à la porte lorsqu'elle s'ouvre sous son nez.

— Oh, putain ! s'exclame Jean, qui ne s'attendait pas à trouver son frère juste devant chez lui. Tu m'as fait peur, con ! ajoute-t-il en rigolant.

— C'est toi qui m'as fait peur !

Sentant des effluves de la douce Cologne de sa grand-mère, Sylvain se décale un peu pour regarder à l'intérieur de la maison. Voyant Madeleine bien vêtue et bien peignée, il comprend que Jean partait déjà chez leurs parents.

Merde ! C'est trop tôt, pense-t-il dans un éclair.

— Tu pars déjà chez les vieux ? demande-t-il nerveusement, ne sachant trop quoi dire pour gagner du temps.

— Comment tu sais que je vais chez eux ?

— Euh… c'est maman qui me l'a dit, répond Sylvain après un imperceptible moment de panique durant lequel son cerveau cherchait l'excuse parfaite.

— De toute façon, on peut pas péter sans que tout le village soit au courant, remarque Jean ironiquement. J'allais amener Mamie pour ne pas la faire attendre, le temps que je me prépare. Je suis un peu à la bourre.

— Je vais l'amener, moi, comme ça, tu peux te pomponner tranquille.

— Ça serait bien, ça ! répond Jean en s'écartant pour laisser passer son frère. Avec un peu de chance, tu restes manger avec nous et je suis pas tout seul à supporter les vieux.

— Ça sera sans moi, va ! ment Sylvain. Sinon ils vont encore essayer de me convaincre de travailler avec toi.

Jean esquisse un sourire.

— Dans l'exploitation familiale, ajoute Sylvain en parodiant leur père, ce qui arrache carrément un rire à l'agriculteur.

— C'est mon anniversaire, tu peux bien faire ça.

— Oh putain ! J'avais oublié ! Bon anniversaire, canard ! s'exclame Sylvain en faisant la bise à son frère pour le féliciter.

— Bon, tu restes, alors ?

— J'ai plus le choix, maintenant, réplique Sylvain, tout sourire, en s'approchant de sa grand-mère.

— Onjour ! s'écrie joyeusement Madeleine en voyant son petit-fils.

— Bonjour, Mamie, répond Sylvain en lui baisant la joue. J'ai un cadeau pour toi, ajoute-t-il, soulagé par la tournure que prennent les événements.

Il s'écarte un peu de sa grand-mère pour la regarder d'un air malicieux. Dans un geste théâtral qui se veut plein de mystères, il sort d'un petit sac en toile ce qui ressemble à un collier pour chien. Une enceinte connectée de taille moyenne y est fixée et pendouille en son centre. Un câble relie une étrange ventouse attachée à l'intérieur du collier à une tablette de huit pouces que Sylvain dépose sur les genoux de Madeleine. Cette dernière l'observe avec un air de méfiance teinté de curiosité.

— C'est un cadeau pour toi, Mamie ! la rassure-t-il.

Sylvain est sincèrement heureux d'offrir cet énigmatique appareil à sa grand-mère qu'il considère et respecte au plus haut point. Il se tourne vers Jean, qui regarde la scène avec attention, se demandant quelle singulière blague est en train de faire Sylvain à leur aïeule. Son frère a toujours été déconneur et adore se jouer de ses proches. C'est probablement une façon à lui de leur dire qu'il les aime.

— C'est un ami à moi qui m'a donné ce truc, c'est un *geek*, explique-t-il en attachant le gros collier au cou de Madeleine. Il est un peu défectueux, mais mon pote m'a garanti que ça devrait faire le job.

— Quel job ? demande Jean de plus en plus curieux.

— Tu vas voir, répond le musicien en savourant fièrement le mystère qu'il est en train de créer.

Après s'être assuré que la ventouse est bien collée au cou de sa grand-mère, il branche le câble à la tablette qu'il allume dans la foulée. Affublée d'un tel objet, la vieille dame ressemble à une sado maso ultra retraitée qui n'assumerait pas encore son retrait de la vie active.

— Ke ako ! s'exclame-t-elle, tirant, de sa main valide, sur le collier qui lui irrite la peau.

— Attends, tu vas tout arracher ! Un peu de patience.

La tablette est maintenant allumée, Sylvain lance une application avant de s'accroupir face à Madeleine, les yeux brillants.

— C'est un cadeau pour toi, Mamie, je crois que tu vas adorer.

Sylvain se relève et se place à côté de Jean, qui est de plus en plus intrigué par tout ce mystère.

— Dis-nous quelque chose, Mamie, mais parle lentement.

La grand-mère regarde ses deux petits-fils, l'un après l'autre. Elle se sent observée comme un animal de laboratoire, mais décide d'obtempérer.

— Ou ets on kan mem ou lé eu !

Soudain, plusieurs lignes de codes incompréhensibles s'affichent sur la tablette et le son d'une voix masculine nasillarde et métallique résonne à travers l'enceinte qui pendouille sur le torse de la vieille dame.

— Vous êtes cons, quand même, tous les deux.

Sous l'effet de la surprise, Madeleine touche le petit baffle comme pour s'assurer de son existence, tandis que Jean en tombe presque par terre de stupéfaction.

— T'as vu, Mamie ?

Sylvain se rapproche d'elle.

Un flot d'émotion la submerge, elle ne peut retenir les larmes de son œil droit. Elle prend la main du musicien dans la sienne et la tapote avec une douceur infinie, le regardant avec tout l'amour dont une grand-mère est capable pour son petit-fils.

— Merci, annonce la voix robotique, tandis que Madeleine pleure de plus belle.

La voix masculine, nasillarde et grésillante, générée par l'appareil, contraste fortement avec l'émoi qu'éprouve la mamie. Il y a quelque chose d'inévitablement comique dans cette dissemblance. Touché par la beauté et la pureté du sentiment que ressentent les deux personnes les plus proches de sa famille, Jean s'accroupit devant le fauteuil roulant.

— C'est magnifique, Mamie, parvient-il à articuler, malgré sa gorge nouée par les sentiments.

— Je vais pouvoir redire des conneries, plaisante-t-elle de sa défectueuse voix de robot.

Madeleine rit. Un de ses rires sincères, qui arrachent obligatoirement un sourire à quiconque en est témoin. Surtout lorsqu'il est traduit par l'appareil.

— Elle est bizarre, cette voix, quand même ! s'esclaffe-t-elle.

Les trois pleurent et rigolent de bon cœur avec elle. Une énergie de bonheur intense et rare relie ces trois êtres dans une profonde communion. C'est un moment de famille presque mystique. Madeleine reprend un peu ses esprits et plonge soudainement son regard usé par les âges dans celui de Jean.

— Maintenant que tu peux me comprendre, dit-elle, j'ai quelque chose que je veux te dire depuis l'autre jour.

Jean, devinant que sa grand-mère va lui parler de Dévora, est pris d'un inconfortable sentiment de honte.

— C'est pas ce que tu crois, Mamie, s'avance-t-il.

— Laisse-moi parler, dit-elle en levant la main pour le stopper. Il y a des choses impor... ent, e incip ki o pa oubié !

Soudain, l'appareil ne fonctionne plus. Madeleine se tourne vers Sylvain en quête d'explication ou de solution, mais ce dernier, après avoir regardé la tablette et la petite enceinte connectée, annonce qu'il n'y a plus de batterie et qu'il faut tout mettre en charge.

— On arlera u ta ! prévient Madeleine en levant un doigt vers Jean.

— De quoi ? demande-t-il, frustré de ne plus comprendre, mais en même temps soulagé d'éviter un sermon.

— Elle te dit que vous parlerez plus tard, traduit Sylvain, amusé par la conversation.

— Allez, va te changer, j'amène Mamie chez les vieux, ajoute-t-il en poussant le fauteuil roulant à l'extérieur de la maison.

21 – Le rejet

Encore touché par la vive émotion qu'il vient de ressentir, Jean regarde un instant son frangin et la mamie s'éloigner sur le chemin qui mène à la maison de ses parents. Quel beau cadeau a fait Sylvain à leur grand-mère ! Quelle joie et quel bonheur il a vus dans ses yeux, lorsque la voix railleuse est sortie du haut-parleur ! Parfois, la bienveillance et la pertinence des attentions dont son petit frère est capable le sidèrent au plus haut point. C'est une personne extrêmement sensible, presque toujours sous-estimée, bien trop souvent moquée pour son côté rêveur et artiste, mais dont la générosité et l'altruisme en font, sans aucun doute, le plus humain du lot. Il est d'ailleurs le seul membre de la famille à n'être fâché avec personne.

L'agriculteur referme la porte, perdu dans ses pensées, et sursaute en se retrouvant presque nez à nez avec Dévora dans le salon. Elle a dormi d'un trait depuis la veille. Jean, quant à lui, a sommeillé dans le canapé pour ne pas risquer de la réveiller. Elle est vêtue d'un jogging et d'un tee-shirt trop grand pour elle, probablement déniché dans l'armoire de la chambre.

Jean la contemple un moment. Même ridiculement accoutrée de la sorte, elle est tout aussi désirable que lorsqu'il l'a sortie de son emballage, trois jours plus tôt. Décidément, tout lui va bien à cette jeune femme.

— Tu es bel, lâche-t-elle, pleine d'admiration.

Tout autant exaspéré que flatté par le raisonnement, Jean va se servir un café à la cuisine, sans répondre au compliment, pour ne pas donner suite à la conversation.

— Mon Dieu, qu'est-ce que je vais en faire ? se dit-il tout bas, tandis que la tasse se remplit du noir breuvage.

Dévora observe le moindre de ses mouvements.

Soudain, emportée par une lascivité apparemment chronique, elle porte les mains à son entrejambe comme pour en contenir l'ardeur.

— Prends-moi sur la table… *ahora mismo*[46], ordonne-t-elle.

Jean crache presque la gorgée qu'il vient de boire. La jeune femme fait quelques pas de flamenco en se tortillant de façon aguicheuse pour exciter les sens de son agriculteur.

— Tu veux du café ? demande Jean, tentative maladroite pour dévier l'attention de Dévora sur quelque chose de plus banal.

— Prends-moi et amène-moi avec toi chez tes parents !

— Pas question, je te l'ai déjà expliqué.

— Je veux connaître mes beaux-parents.

— Ce ne sont pas tes beaux-parents !

— On va se marier, balance-t-elle du tac au tac.

Voyant que son amour ne réagit pas, la jeune femme devient nerveuse et commence à chanter la même chanson espagnole que la veille.

Jean la stoppe sur le champ.

Il est hors de question qu'il lui permette de monter sur ses grands chevaux, elle serait intenable et il devrait peut-être la droguer à nouveau pour être tranquille. Après autant d'heures de sommeil, elle est revenue en super forme.

— Arrête ça tout de suite ! Ne me fais pas regretter de t'avoir laissée entrer, hier.

Dévora cesse de chanter et se fâche un peu, nouvellement désabusée et choquée par les propos de Jean. Décidément cet homme est un puits de déceptions.

— Pourquoi tu me *trates*[47] comme ça ?

— Quoi ? C'est quoi ce mot, encore ?

— Pourquoi tu me craches à ta famille ? continue-t-elle, sans faire cas de sa remarque.

---

[46] *Ahora mismo* : tout de suite.
[47] *Tratar* : (verbe) traiter. *Me trates* (tu me traites).

— Comment ? s'étonne à nouveau Jean ne saisissant pas ce que veut dire la jeune femme. Ça y est, elle devient *cabourde*, marmonne-t-il.

Soudain, le sens de la phrase se révèle dans la tête de l'agriculteur, il en comprend brusquement la signification.

— Ah ! Me « cacher » tu veux dire !

— Oui, me cracher, c'est ce que j'ai dit.

— Pas « cracher », « cacher ».

— Pourquoi tu veux que je te cache ?

— Mais non…

Conversation absurde, pense Jean.

— Je te crache pas, ajoute-t-il, euh, cache pas.

— Tu vas me laisser ici, non ?

— Oui.

— Alors, ça veut dire quoi ?

— Je ne vais pas te présenter à mes parents, c'est tout, répond Jean voyant où souhaite en venir Dévora. Je suis encore marié, je te rappelle.

La fureur s'empare soudain de la jeune femme, elle se rapproche de la table, prend un verre qui s'y trouve posé et le jette à la figure de Jean qui l'esquive de justesse.

— Tu es à moi !

Le verre va finir sa vie sur le mur du salon, éclatant en morceaux, tandis que la poupée cherche déjà autre chose à lancer.

— L'autre *puta*, elle est partie, je te signale !

— Dévora, arrête tes conneries, maintenant. Je t'interdis de parler d'elle comme ça !

La chipie ramasse une prune dans la corbeille à fruits et la jette sur Jean qui la reçoit en pleine poitrine, tachant tout le haut de son tee-shirt.

— Je parle comme je veux ! hurle-t-elle en cherchant son prochain projectile.

Jean profite de ce petit répit pour se précipiter vers la cuisinière sur laquelle traîne une grosse casserole. Il s'empare du couvercle pour se protéger avec.

— C'est moi la femme de ta vie, continue Dévora, visiblement en prise avec une douleur intérieure que seule la violence de ses actes peut apaiser.

Elle lui balance maintenant tout ce qui lui passe sous la main. Jean s'approche d'elle très doucement, s'abritant comiquement derrière son bouclier de fortune. Il décide de changer de tactique en entrant dans son jeu.

— Oui, d'accord, c'est vrai… C'est toi la femme de ma vie… mais calme-toi.

Dévora s'apaise instantanément. La banane qu'elle allait lui lancer au visage glisse de ses mains et tombe par terre dans une lenteur surréaliste. Tout est soudain paisible. Jean profite de cet heureux moment de quiétude pour prendre Dévora par les épaules afin de maîtriser ses mouvements au cas où elle s'exciterait de nouveau. Ce contact inespéré réveille en elle une pulsion subite et ancestrale, inexplicable. Comme un besoin incontrôlable qui part du fond de ses entrailles et la pousse à se blottir contre la poitrine de son homme.

— Je t'aime tellement, je veux juste faire partie de ta vie, se confie-t-elle dans un touchant murmure.

Jean, l'air soucieux, lui caresse les cheveux pour qu'elle reste calme. Malgré l'hystérie qu'est capable de déployer Dévora, elle peut également faire preuve d'une émouvante tendresse qui le bouleverse et lui rappelle étrangement sa douce Charlotte. En dépit de leur différence de caractère, il y a quelque chose de ressemblant dans les conséquences qu'ont leurs actions et leurs propos sur les sentiments qu'il peut éprouver. Les deux femmes peuvent le déranger de la même manière, une sensation d'obligation ou de pression. Il ne saurait le définir avec exactitude. Ce dont il est sûr, c'est qu'elles tentent pareillement de le contraindre à marcher dans leur sens alors qu'il n'en a pas envie. Est-ce par manque d'envie ou bien par peur d'affronter sa vie ? *Il faudra que j'en parle à une psy.*

Quelle que soit la réponse à cette question, il ne comprend toujours pas par quelle diablerie mystique la poupée qu'il a reçue par la poste a pu se transformer en être humain. Il commence néanmoins à avoir la certitude que cet être humain a de graves problèmes psychologiques. La magie qui a opéré cette métamorphose a été forcément foireuse à un moment donné. Jean prend une profonde inspiration.

— Il faut que tu aies de la patience, dit-il en la décollant de son torse pour la regarder en face. Je te les présenterai un jour, mais pas aujourd'hui.

— Pourquoi tu ne veux pas aujourd'hui ? Quelle différence avec demain ?

D'un mouvement étrangement flexible et rapide, Dévora se dégage de l'emprise de son homme pour se diriger vers la porte de la maison.

— Allez, tu vas voir, ça va bien se passer, dit-elle, tandis que Jean l'attrape par le poignet pour l'attirer à lui et l'embrasser sur la bouche.

C'est le premier truc qui lui est venu en tête pour la retenir et la faire taire. Il faut absolument contenir cette obsession de connaître toute sa famille. Dévora fond littéralement dans ses bras, l'émotion du baiser lui donne la chair de poule sur l'intégralité des pores de son corps. De petites lumières pétillent derrière ses paupières fermées, une onde de plaisir la réchauffe jusque dans son âme. Après quelques secondes, Jean s'écarte doucement, pensant qu'il vient de faire la plus grosse connerie de la journée.

— Assieds-toi sur la chaise, je reviens, dit-il, visiblement perturbé.

Aux anges, Dévora obtempère sans poser de questions. Elle ne sait trop ni pourquoi ni comment, mais il semblerait que la coque de protection de son agriculteur soit enfin percée. Une puissante vague d'amour submerge tout son être, la poussant à chantonner une ballade espagnole décrivant une idylle parfaite entre deux êtres d'une autre époque. Savourant le moment, elle laisse les vibrations de sa propre voix s'épandre dans tout son corps et ferme les yeux pour profiter pleinement des sensations.

Soudain, une solide corde entoure son torse et l'écrase fermement sur le dossier de la chaise. Il est trop tard lorsque Dévora se débat comme une folle, l'emprise est trop forte pour qu'elle s'en défasse.

Elle se met à crier.

— Je suis désolé, mais tu ne me donnes pas le choix, s'excuse pathétiquement Jean en resserrant considérablement les liens pour être sûr que la jolie diablesse ne s'échappe pas.

— Lèche-moi ! hurle-t-elle.

— Calme-toi un peu.

— DÉTACHE-MOI, *JODER*[48] !

Tandis qu'elle vocifère de plus belle, l'insultant dans sa langue natale, Jean va chercher en courant un torchon à la cuisine qu'il enroule rapidement en saucisson pour la bâillonner. La pauvre femme gesticule davantage pour tenter de se libérer de la corde, pendant que Jean recule doucement vers les escaliers sans la quitter des yeux. Décidément, il a vraiment été capable du pire, cette semaine. Dévora pose sur lui un regard triste et poignant. Touché dans l'âme, il se sent soudainement très sale.

---

[48] *Joder* : exclamation de mécontentement. Par exemple : putain !

22 – Surprise !

Changé et peigné, Jean s'éloigne de chez lui en se passant la main sur le visage pour essayer vainement de chasser le dégoût que son propre comportement lui a laissé dans le corps. L'immense chagrin qu'il vient de lire dans le regard de Dévora lui a rappelé celui de ces chiens enfermés dans les cages de la société protectrice des animaux et dont le destin dépend de notre choix. Nous déambulons une promesse de liberté devant eux et les considérons l'un après l'autre, nous les jugeons l'un après l'autre. Eux ne nous considèrent pas, ils nous voient. Ils sont complètement dans le moment présent avec, au fond des yeux, ce profond désarroi provoqué par leur situation et l'incompréhension totale de leur abandon. Une incommensurable tristesse qui transperce l'âme d'une lame acide, qui retourne les entrailles et serre la gorge d'indignation.

Ce soir, Dévora est l'un de ces animaux et Jean se sent comme l'un de ces maîtres qui larguent leur plus fidèle compagnon au bord de la route. Une larme de honte coule sur sa joue. Mais, bon sang, qu'a-t-il fait pour mériter pareil châtiment ? Il faut vraiment qu'il règle cette situation, qu'il amène cette jeune Espagnole à la gendarmerie. Il décide intérieurement d'y aller le lendemain. Le dimanche, il y aura moins de monde.

— Alors ? le questionne Charlotte qui vient juste d'apparaître à ses côtés, le faisant encore une fois sursauter de surprise.

— Putain, Charlotte ! s'exclame-t-il en frottant la larme pour que son ex-femme imaginaire ne la voie pas.

— Tu es fier de toi, j'espère ?

— Non, répond-il tristement en reprenant sa marche vers la maison de ses parents.

— Tu lui as demandé d'être patiente, c'est ça ?

— Oui, mais elle ne comprend pas, rétorque-t-il comme pour défendre pathétiquement sa position.

— Oh… Pauvre chou ! compatit-elle ironiquement. Ça te rappelle rien ?

Charlotte marque un moment de pause pour laisser à Jean le temps de saisir le sens véritable de sa question.

— Un peu de patience, Charlotte, ça leur passera, ils viennent juste de prendre leur retraite, continue-t-elle en imitant la voix de son ex-mari qui ne bronche toujours pas. Tu sais, je la comprends, moi, la pauvre fille que tu as attachée à une chaise dans ton salon, ajoute-t-elle tandis qu'ils arrivent déjà chez les parents.

L'agriculteur appuie piteusement sur la sonnette en guise de réponse. Louise, tout sourire, ouvre presque instantanément la porte, le tire à l'intérieur et referme au nez de Charlotte qui reste à l'extérieur.

— Je me sentais exactement comme elle, murmure-t-elle tristement.

Louise est aux anges tandis qu'ils pénètrent dans le salon. C'est enfin le moment de la surprise qu'elle prépare depuis si longtemps. Le bonheur de son fils, le début de son plan démoniaque, deux sensations opposées qui se mélangent. Elle a presque envie de vomir, tant l'excitation est intense.

— SURPRISE ! explose, en applaudissant, toute la tribu qui patientait sans faire de bruit.

La stupeur fait bondir violemment le cœur de Jean dans sa poitrine. Sur le mur trône la banderole « On n'a pas tous les jours 40 ans ! ». Il n'en revient pas. Après les événements des deux journées passées, un repas réunissant toute la famille, dont quelques membres sont fâchés depuis des années, est la dernière chose à laquelle il s'attendait pour son anniversaire.

Tout le mal-être dont il est victime est en train de disparaître à mesure que l'effet de surprise s'estompe, laissant place à une sensation de joie qui chasse les souvenirs de ses déboires et lui remplit le cœur d'allégresse.

Tout en applaudissant, il prend conscience du beau cadeau que lui a fait sa mère. Les efforts que cela représente pour elle, l'orgueil qu'elle a dû avaler pour inviter tonton Pierre et tatie Marinette. Il se demande ce qu'elle a bien pu leur dire pour les convaincre de venir, mais décide de mettre ces pensées de côté pour le moment. Il commence une ronde de salutations en démarrant par la matriarche de la famille, Madeleine, qui pleure tout autant qu'elle rigole.

— Tu m'as bien camouflé tout ça, hein, vieille bourrique, va ! plaisante-t-il, ému jusqu'à la moelle, tandis que sa grand-mère hoche la tête en larmoyant. Ne pleure pas, va, lui dit-il en lui essuyant tendrement la joue.

— Ummf ! couine-t-elle.

Il se tourne vers Sylvain qui se trouvait juste derrière pour lui faire la bise.

— Cachottier ! lui dit-il avant d'embrasser une souriante tatie Sylvette qui vient de se rapprocher.

— T'as vu ce qu'a organisé ta mère, quand même ! dit-elle, pleine d'admiration devant la tâche accomplie.

— Oui, c'est impressionnant ! Ça va, tatie ?

Sylvette, les larmes aux yeux, ouvre les bras pour montrer toute la famille réunie.

— Ça ne pourrait pas aller mieux, ça fait des années que j'attends ça !

Jean, riant de bon cœur, se tourne maintenant vers Fanny et Mathieu pour les embrasser chaleureusement l'un après l'autre.

— Vous avez réussi à vous réveiller !

— Mais c'est quoi, cette réputation de merde qu'on a ? s'exclame Fanny, feignant l'indignation.

— Une bonne réputation est un second patrimoine, comme on dit, ajoute Mathieu en faisant la bise à Jean. Au moins on parle de nous.

— Ça, c'est bien vrai, répond l'agriculteur en rigolant.

Il se tourne alors vers Marinette et Pierre, dont les rancœurs semblent avoir déserté le cœur momentanément.

— Tonton et tatie ! Vous êtes descendus de la montagne ! Ça fait longtemps qu'on se voit pas.

Jean leur fait la bise.

— Pourtant on habite pas loin ! ironise Marinette.

Louise, qui a relevé la remarque de sa belle-sœur, lui jette un regard noir sans que cette dernière s'en aperçoive. Sylvette lui donne un petit coup de coude amical pour l'inciter à laisser couler. Jean, quant à lui, embrasse Pierre.

— Alors tonton, comment ça va depuis le temps ?

— Ça va bien, on survit et on vieillit.

Pris par une émotion soudaine, de celles qu'il ne ressent plus depuis des lustres, Pierre tapote tendrement la joue de son neveu.

— Je suis content de te voir, tu sais.

— Moi aussi ! réplique Jean avant de continuer sa tournée de salutations. On parlera tout à l'heure.

— Alors ! Comment ça va à Gaja-La-Selve ? demande-t-il à Claire et Raymond.

— On fait aller, répond ce dernier en mentant très mal.

— Ne l'écoute pas, ça va très bien, corrige Claire en l'embrassant sur les joues.

Raymond, ennuyé au plus haut point par le discrédit systématique de sa femme lorsqu'il émet une opinion, fait tout de même l'effort de sourire chaleureusement tandis que Jean s'approche pour lui faire la bise.

— Ça fait plaisir de vous voir, merci d'être venus.

Jean se tourne alors vers Françoise, qui rougit d'un coup des pieds à la tête.

— Bonjour, voisine ! s'étonne-t-il, quelle surprise !

— Oui, ta mère a eu la gentillesse de m'inviter, répond-elle timidement.

— Elle a bien fait, ment-il en jetant un coup d'œil furtif à Louise pour lui signifier qu'il a compris sa manigance.

Fanny se penche vers Mathieu.

— On se demande pourquoi, lui susurre-t-elle à l'oreille ce qui provoque immédiatement des frissons de plaisir dans tout le corps du jeune homme.

— Pourquoi donc ? la questionne-t-il, en secouant énergiquement la tête pour s'en remettre.

— D'après toi ? répond Fanny en montrant discrètement Françoise du menton.

Cette dernière est effectivement éblouie par Jean et ne le quitte pas des yeux tandis qu'il lui parle.

— Si elle pouvait le manger, elle le ferait, remarque Mathieu.

— Exactement !

— Merci, Françoise, pour les madeleines et la confiture, c'était excellent comme d'habitude, mais il ne fallait pas te donner cette peine.

— Oh, ce n'est rien du tout, ça me fait plaisir, répond l'amoureuse mielleusement.

Jean se tourne alors vers Gustave, son cousin, qui n'a pas perdu une miette de la conversation. Il ne comprend pas cette passion que voue Françoise à cet imbécile.

Tandis que Jean s'apprête à lui faire la bise, Gustave lui tend la main, le menton haut.

— On n'a plus 10 ans pour s'embrasser, balance-t-il, sérieux comme un pape.

— Ça, c'est vrai, on en a trente de plus, répond Jean en lui serrant la paume et se demandant pourquoi son cousin tente de lui broyer les doigts.

Louise, voyant que son fils a salué tout le monde, frappe dans ses mains pour attirer l'attention de l'assemblée.

— Bon ! On va passer officiellement à l'apéro, quand même !

Le bruit d'une bouteille de champagne ouverte par Bertrand ponctue la phrase de sa femme et soulève un murmure d'approbation dans l'assistance.

— Qui veut des bulles ? demande-t-il tout haut. Ou un kir peut-être ?

— C'est vraiment super, ce que tu as organisé, félicite Jean en s'avançant vers sa mère pour l'embrasser. Merci beaucoup, ajoute-t-il, très ému.

— Mais avec plaisir, mon fils, et attends de voir la fin du repas, je vais mettre le cassoulet au four.

Tandis que tout le monde s'approche de la table sur laquelle attendent les boissons et les petits toasts apéro, Jean se dirige vers Sylvain, Fanny et Mathieu qui parlent en rigolant.

— Alors, il est content, le frangin ? demande Fanny.

— Oui très ! Quelle mouche l'a piquée, notre mère ? dit-il en la montrant du doigt, tandis qu'elle s'éloigne vers la cuisine.

— Je sais pas, mais, en tout cas, elle a fait un effort colossal, répond Sylvain, plein d'une admiration exagérée pour la génitrice de la famille.

Tout en écoutant son beau-frère, Mathieu observe Marinette qui regarde les toasts d'un air mauvais.

— Oui, nous allons bien nous amuser, souligne-t-il en pressentant la suite des événements.

— Ou bien maman manigance quelque chose d'énorme ou bien elle est en train de changer avec l'âge, ajoute Sylvain pour essayer de justifier les actes de leur mère.

— En attendant, ça fait bien plaisir de voir tout le monde réuni et ça mérite bien un petit jaune, balance Jean.

— Enfin un peu de raison dans une société déraisonnable, s'exclame Mathieu en se dirigeant vers la table, tout sourire.

L'odeur anisée du mythique breuvage, son goût légèrement caramélisé et sa fraîcheur désaltérante le font sentir chez lui, dans le sud-ouest de la France, et l'aideront à supporter les intempéries familiales qui ne tarderont très certainement pas à arriver.

*

Chez Jean, dans le salon, tout est paisible, aucun bruit, rien ne bouge. Dévora est toujours prisonnière de la chaise, fortement ligotée par la rugueuse corde de son bourreau.

Elle respire calmement tout en regardant fixement devant elle. Après quelques secondes de concentration, elle remue lentement les épaules pour essayer de délier un peu l'emprise des cordes qui lui coupent presque le souffle.

**

Dans le salon des Charançon, Sylvette laisse exploser son enthousiasme devant les hôtes de la maison.

— Je suis tellement contente que nous soyons enfin réunis de nouveau, les trois frères et sœur.

Elle s'approche de Pierre pour lui déposer un fraternel bisou sur la joue, mais il a l'air légèrement irrité.

— Moi aussi, je suis content de te voir, dit-il, un peu gêné.

— Toutes ces différences, ces souffrances, ces conflits, continue Sylvette en secouant tristement la tête, il y a de quoi attraper un cancer si on ne fait pas attention.

— N'exagère pas quand même.

— Non... non... détrompe-toi ! La plupart des cancers sont déclenchés par des problèmes familiaux qui rongent de l'intérieur, tu comprends ?

Marinette, qui écoutait la conversation, se tourne vers Jean en levant les yeux au plafond pour mettre en évidence l'absurdité de ce que vient d'expliquer Sylvette.

— Elle est toujours aussi *fadorle*, celle-là, balance-t-elle sans retenue aucune.

— Elle est gentille, rétorque Jean comme pour excuser sa tante.

— J'ai pas dit le contraire, je remarque simplement qu'il lui manque un petit boulon, c'est tout.

— Ça va chez vous ? la questionne Jean pour changer de sujet.

Non loin de là, Louise se sert un verre tout en prêtant l'oreille à la discussion. Elle veut glaner le plus d'informations possible sur ses ennemis, avant de passer à l'attaque.

— Oui, ça va, continue Marinette, il faudra que tu montes un de ces quatre, ça fait longtemps que t'as pas vu la maison. Elle a beaucoup changé depuis qu'on a fait des travaux.

— Avec l'argent de la vieille, c'est facile, marmonne ironiquement Louise.

— Quoi ? Qu'est-ce que t'as dit ? lui demande Claire, qui s'approchait d'elle à ce moment-là.

— Pardon ?... Euh... non rien, lui répond maladroitement Louise en buvant une gorgée au verre qu'elle vient de se servir tandis que Raymond, non loin de là, prend un canapé qu'il s'enfourne goulûment dans la bouche.

— En tout cas, merci pour l'invitation et félicitations pour l'initiative !

Voyant que sa sœur ne réagit pas, elle demande sur un ton de confidence :

— C'est pas trop dur à supporter ?

Pour illustrer sa question, Claire fait un signe de tête discret en direction de Marinette. Louise ne répond pas, mais l'expression de son visage en dit long.

— Je m'en doutais, conclut Claire.

— Mais bon, on va laisser ça de côté, dit Louise pour se motiver.

Raymond, qui écoutait d'un air distrait leur conversation avec un verre de pastis dans une main et un petit four dans l'autre, décide d'aller voir Fanny qui est plongée dans la contemplation de son portable.

— Tous des faux-culs dans cette famille de merde, dit-il entre ses dents.

Lorsqu'il arrive au niveau de Fanny, il se racle exagérément la gorge pour détourner son attention du téléphone. *Probablement Facebook ou une connerie du genre*, songe-t-il.

— Hé ! Tonton Raymond ! s'exclame Sylvain, qui revient des toilettes.

— Ne m'appelle pas comme ça.

— Je sais, c'est parce que ça rime.

— Je vais t'en foutre des rimes, moi.

— Eh ben, t'as bouffé gargamelle ce matin ou quoi ? l'interroge Fanny en rigolant.

— C'est quoi, gargamelle ?

— Laisse tomber, se moque Fanny en souriant.

— En tout cas « Tonton Raymond » ça ferait un bon titre de chanson, continue Sylvain en posant chaleureusement la main sur son épaule.

— Allez, arrête de dire des conneries, va, conclut l'intéressé avant de demander à Fanny où se trouve Mathieu.

— Il est allé fumer, répond-elle.

Tandis que Raymond se dirige déjà vers la porte, Fanny le rappelle tout de suite comme si elle voulait le retenir.

— Il va revenir !

— T'inquiète, je sais ce qu'il fume le Mathieu, lui rétorque Raymond avec un clin d'œil, avant de fermer sa bouche avec ses doigts pour lui faire comprendre que le secret est bien gardé avec lui.

Chez Jean, dans le salon tout est calme, le chat ronronne sur le canapé. La chaise sur laquelle était attachée Dévora est maintenant vide. Seule la corde en entoure le dossier, comme si la jeune femme s'était soudainement évaporée.

Par la fenêtre, on peut voir une fine silhouette s'éloigner rapidement en direction de la maison des parents.

Gustave profite de toute l'attention portée sur son abruti de cousin pour entreprendre une approche avec Françoise. C'est pour cela qu'il est venu et rien ni personne ne le détournera de son objectif. Il lui a galamment resservi un verre d'apéritif, excuse facile pour entamer une conversation dont le sujet, bien qu'argumenté avec enthousiasme par Gustave, n'a pas l'air d'intéresser la jeune femme qui n'a d'yeux que pour son Jean, à quelques mètres d'elle.

— Tu comprends ? demande-t-il pour attirer son attention. Il fallait changer l'embrayage et ça réglait le problème de ronronnement qui, apparemment, n'avait rien à voir. Il n'y a pas beaucoup de mécanos qui auraient trouvé ça, ajoute-t-il fièrement.

Comme l'objet de sa convoitise ne lui prête qu'un semi-intérêt, pollué par la présence de Jean non loin de là, Gustave enchaîne.

— Et l'autre jour, j'ai eu un cli…

Après une profonde inspiration, Françoise prend son courage à deux mains et profite d'un moment de solitude de son agriculteur pour se jeter sur lui, laissant Gustave en plan au milieu de sa phrase.

— Bon anniversaire, Jean, lui dit-elle timidement en levant son verre pour trinquer.

Jean, qui se servait un pastis, se tourne vers elle tout sourire en maudissant sa mère de l'avoir invitée. Bien conscient de l'intérêt qu'elle lui porte, il n'a jamais eu d'attirance pour cette fille. Il est peut-être agriculteur, un peu rustre sur les bords, mais pas aveugle. Il l'apprécie néanmoins et la tient en grande estime. Toutes les attentions dont Françoise fait preuve envers lui le touchent, mais le retranchent également dans une zone inconfortable où la politesse entre en conflit avec la sincérité. Tous les petits cadeaux de sa voisine, les madeleines, pâtés et divers plaisirs culinaires qu'elle lui prépare l'empêchent effectivement d'être complètement honnête avec elle. Par courtoisie, il ne peut se résigner à lui faire du mal en lui disant qu'elle ne lui plaît pas.

— Ah ! Merci, Françoise, répond-il après avoir mis de l'eau et des glaçons dans son Ricard.

Remarquant sa gêne, Jean lui demande si elle désire quelque chose à boire ou à grignoter.

— Non merci, enfin oui, s'il te plaît !

— Qu'est-ce que tu veux ?

— Un martini rouge, je te prie, dit-elle en posant discrètement le verre presque plein que Gustave vient de lui servir.

À quelques mètres de là, ce dernier fulmine en voyant la pathétique attitude mielleuse de la femme qu'il admire.

— Mais quel connard, cet abruti, se dit-il en vidant son jaune d'un trait, s'étranglant presque de rage.

**
* *

Dévora marche d'un pas ferme. Dans ses yeux brille le feu d'une détermination sans failles. Adossé au mur de la demeure, Mathieu regarde tranquillement le défilement de petits essaims cotonneux dans le ciel auxquels il tente d'ajouter la fumée de son joint. Il fait de curieux mouvements de bouche pour façonner les déjections brumeuses qui sortent de ses poumons en minuscules nuages. Soudain, la porte d'entrée s'ouvre sur Raymond. Dans un réflexe, Dévora saute derrière une plante pour se cacher et Mathieu planque le pétard dans son dos.

— Te fatigue pas, va ! Je viens fumer avec toi, lui dit Raymond, conciliant.

Soulagé, Mathieu lui tend le joint en souriant. Il sait parfaitement que tout le monde est au courant de ses pratiques illicites et que son influence sur Fanny n'est pas toujours appréciée au sein de la belle-famille, mais il n'aime pas être pris en flagrant délit de liberté. Même s'il considère son péché comme inoffensif, il ne veut pas l'exposer aux yeux de tous et préfère le cocon moelleux de son intimité pour assouvir ses vices.

— Elle est intéressante, cette herbe, tu vas voir.

— Je n'en attendais pas moins de toi ! répond Raymond, qui porte déjà le joint à sa bouche.

— Je la fais pousser moi-même, c'est du bio !

— Le bio, c'est surfait.

Raymond tire sur le pétard une profonde bouffée qu'il garde une seconde dans ses poumons avant de la souffler en toussant.

— Fais attention quand même, le prévient Mathieu, elle est forte.

— J'ai pas fumé depuis le lycée.

C'était une autre époque, pense-t-il, *d'autres circonstances, d'autres préoccupations.* Il se rend compte soudain qu'il a la nostalgie de ce temps-là, la joie des moments vécus se mélange avec la tristesse de l'instant présent. Il avait les cheveux longs et n'avait pas encore rencontré Claire. Il méconnaissait la peur, la perte, la servitude. Il était libre d'elle et de la culpabilité qu'il éprouve depuis qu'ils ont décidé de ne pas avoir d'enfants par sa faute. C'est le sacrifice qu'a fait Claire pour être avec lui. C'est la seule raison pour laquelle il est toujours avec elle. Comment peut-il quitter la femme qui a renoncé à sa maternité pour lui ? Ce chantage émotionnel qui les relie secrètement est le ciment de leur mariage. C'est pathétique.

— Elle est forte, dit-il après avoir aspiré un peu plus de l'épais fumet qu'il rejette lentement par les narines.

Mathieu lui fait un clin d'œil complice. Il voit clairement que Raymond n'est pas au top de sa forme et qu'il fume par dépit, pour fuir le moment présent. Il va de soi que ce n'est pas la meilleure des raisons pour se droguer. C'est toujours mieux d'être dans des dispositions festives et joviales, mais il faut admettre que cela amènera peut-être le pauvre homme sur des chemins inattendus et résolutifs, quels que soient les démons qui le tourmentent.

— J'en avais besoin ! remarque Raymond en soufflant la fumée comme s'il se libérait d'un gros poids, j'en peux plus de Claire, j'en peux plus de cette famille de malades, j'en peux plus de cette vie de merde.

Prise au piège derrière sa plante, Dévora observe comment Raymond fond en pleurs. Surpris par la soudaineté de cette expression de douleur, Mathieu ne sait trop que faire. Il pose une main amicale sur l'épaule du pauvre bougre.

— Eh ! Tranquille, tout va bien !

— Non, rien ne va bien justement… J'ai l'autre conne sur le dos toute la journée à donner des ordres et à me fermer ma gueule, ajoute-t-il en sanglotant. Ça fait vingt ans que j'existe plus, vingt ans de culpabilité… Je suis loin d'être heureux.

Le constat est terrible. Raymond tire une grosse bouffée sur le joint. Il tousse et reprend un peu le contrôle de ses émotions avant de continuer. Il ne pleure plus.

— J'étouffe ! J'en peux plus.

— Je ne sais pas quoi dire, répond Mathieu gêné par la brutale honnêteté de son interlocuteur.

Raymond regarde soudain Mathieu, comme s'il découvrait à peine sa présence à ses côtés. Se rendant compte de la situation, son visage s'adoucit.

— Y'a rien à dire, va, lui dit-il en esquissant un timide sourire, t'en fais pas pour moi.

— Je m'en fais pas, ça fait chier de te voir triste comme ça, c'est un constat terrible que tu viens de faire !

— En tout cas, ça fait du bien, ajoute Raymond en inspirant une profonde et libératrice bouffée d'air frais, j'en avais jamais parlé à personne.

Il se tourne alors vers Mathieu pour se placer face à lui. Il plante un regard soudain sérieux dans celui du jeune homme et le prend par les épaules.

— Fais attention à cette famille, Mathieu ! Ne te laisse pas bouffer par leur connerie, ne fais pas comme moi ! Mais bon, t'es pas si mal, toi, ta Fanny elle est gentille, au moins, continue-t-il après un moment de réflexion. C'est pas comme la mienne.

Après lui avoir tapoté amicalement une épaule et tendu le joint, Raymond s'adosse au mur pour reprendre une grosse bouffée d'air.

— Allez, on finit ça et on rentre, sinon ils vont penser qu'on est pédés en plus de drogués.

Mathieu se cale à ses côtés en riant. Tous deux regardent le ciel en silence. Dévora profite de leur inattention pour se faufiler le long de la paroi et disparaître à l'angle de la maison.

23 – Les parallèles fous

Dans le salon, l'ambiance est à la discutaille. Comme la plupart des présents ne se sont pas vus depuis longtemps, de petits groupes de conversations ont démarré, remplissant la pièce d'un léger brouhaha qui résonne agréablement aux oreilles.

Jean tend le verre de Martini qu'il vient de servir à Françoise.

— Merci, Jean, dit-elle en l'attrapant timidement.

— Ah ! Celui-là, tu le prends, eh, salope ! fulmine doucement Gustave, qui ne perd rien de la scène et rejette sur la jeune femme toute la faute de son malheur.

— Mais de rien, répond l'agriculteur à sa voisine. Alors, comment vont les choses aux Endibats ?

— Bien, on a beaucoup de travail, et, avec mes parents qui vont bientôt partir à la retraite, je suis très occupée.

— La retraite, déjà ?

— Eh oui ! Ça passe vite.

— Ça ne nous rajeunit pas, tout ça !

Conversation stérile, de circonstance. Françoise est nerveuse, elle parvient quand même assez bien à le dissimuler. C'est le moment de briller, un de ces moments qu'elle convoite depuis si longtemps, qu'il ne faut pas gâcher, et elle est secrètement préoccupée par la sueur qu'elle sent couler sous ses aisselles. Elle serre les bras contre son corps en espérant que son habit ne dévoile aucune tache et que sa posture ne soit pas trop ridicule. Ce serait une honte qu'elle aurait du mal à supporter, elle le sait très bien et cela la rend encore plus nerveuse.

**

Dans le jardin, Dévora s'est cachée derrière un petit palmier qui peine à pousser afin d'évaluer la situation à l'intérieur de la maison. En voyant Jean en compagnie de Françoise, l'expression de son visage se durcit soudainement. Elle se redresse, droite comme un « i », sous l'effet de la colère. Le moment n'est plus à la délicatesse et elle n'a que faire d'être découverte de la sorte. Il est temps de mettre fin à cette amourette naissante qu'elle détecte dans les yeux de cette pétasse.

— C'est qui, cette *puta* ? Je vais la tuer !

*
* *

Malgré toutes ses gênes intérieures et l'extrême nervosité qui ne la quitte pas, Françoise décide de se lancer dans une déclaration d'amour. C'est le moment ou jamais.

— Tu sais, Jean, il y a quelque chose qu'il faut que je te…

— Oh putain ! J'y crois pas à ça ! la coupe-t-il avant de se diriger en courant vers la porte de sortie.

Il vient de voir Dévora dans le jardin, debout au milieu des plantes, les poings serrés avec cette folie dans le regard qu'il commence à reconnaître trop bien. La poupée va faire une admirable connerie, il le sait et il n'avait pas d'autre choix que de laisser Françoise en plan.

La pauvre femme paraît déçue. C'était son moment, elle allait s'ouvrir, avouer l'amour secret qui la ronge depuis l'enfance et se retrouve seule comme une imbécile, son verre à la main, humiliée une fois de plus.

À quelques pas de là, Gustave observe d'un air ahuri l'indélicatesse de son cousin envers la belle de ses rêves.

— Mais quel *tabanard*[49], ce connard ! articule-t-il à voix haute.

En sortant de la maison comme une furie, Jean renverse presque Mathieu et Raymond, qui reviennent tranquillement de fumer leur joint.

— Eh ! Où vas-tu si vite ! lui demande Mathieu.

— J'ai oublié un truc sur le feu chez moi, ment l'agriculteur. Je suis là dans cinq minutes, ajoute-t-il en s'éloignant avant qu'ils n'aient le temps de réagir.

---

[49] *Tabanard* : brute, qui agit sans réfléchir.

— Un truc sur le feu ? s'étonne Mathieu en se tournant vers Raymond.

— Il fuit cette famille de dingues, oui ! s'écrie ce dernier en levant un bras vers le ciel sans trop savoir pourquoi.

Il se sent tout mou, agréablement mou d'ailleurs. Définitivement, cette petite fumette lui a fait du bien.

— Cours, Jean ! Cours ! crie-t-il en paraphrasant théâtralement *Forrest Gump*.

Tandis qu'il rigole bêtement de sa propre blague, visiblement touché par les effets du cannabis, Mathieu le tire à l'intérieur.

— Allez, viens, tonton Raymond ! Tu vas boire un coca, sinon tu ne tiendras pas le repas.

— Tonton Raymond... C'est vrai que ça rime, c'est joli.

Dévora, ne contenant plus sa fureur, se dirige vers la fenêtre du salon. C'est le moment d'agir, la pétasse est maintenant toute seule.

— C'est mon homme, tu le touché pas ! hurle-t-elle presque.

Jean apparaît à ce moment-là au coin de la terrasse arrière de la maison et l'attrape par l'épaule pour la tirer violemment vers lui, hors de vue de ceux qui sont à l'intérieur.

— Tu fais quoi, là !

— C'est quoi cette fille ? répond-elle furieuse en montrant Françoise du doigt.

— Quoi ? Allez, viens, on rentre.

— C'est pour ça que tu ne voulais pas que je sois ici ?

— Mais ça va pas, non ! Allez, viens avant que quelqu'un te voie, ajoute-t-il en la prenant par la main.

Dévora retire sa main de celle de Jean.

Elle refuse de le suivre, d'accéder à toutes ses interdictions et répressions.

— Et si j'ai envie que quelqu'un me voie ? lance-t-elle avec provocation.

Le regard plein de braise de la jeune femme soutient quelques secondes celui de l'agriculteur. Comme il ne réagit pas, Dévora fait demi-tour et se dirige vers la porte-fenêtre du salon. Jean lui saute dessus, la prend par la taille pour la soulever plus aisément et la pose sur son épaule avant de s'éloigner prestement tout en pensant à la facilité avec laquelle il l'a décollée du sol. Elle lui paraît beaucoup moins lourde que ce soir maudit où il l'a chargée dans le coffre de sa voiture.

— Arrête ! Lèche-moi tout de suite ! s'écrie Dévora en martelant le dos du pauvre homme de ses poings. C'est qui cette *puta*, réponds !

— C'est la voisine, merde !

**

À des années-lumière de tout ce tintouin, dans le salon, les conversations vont bon train. Sylvain est accoudé à la bordure de la fenêtre qui donne sur la ferme de Jean. Il écoute distraitement son père.

— C'est pour ça que si la musique ne fonctionne pas, tu dois avoir un plan de sécurité, tu comprends ? dit-il d'un ton solennel tandis que Sylvain écarquille soudain les yeux en apercevant Jean traverser le no man's land qui sépare les deux maisons, lesté de Dévora sur son épaule. La vision a été furtive, mais a-t-il bien vu la poupée frapper le dos de son frangin ou est-ce le fruit de son imagination ? Non, c'est absolument impossible ! *Je n'ai pourtant bu que deux jaunes,* s'étonne-t-il mentalement.

— Travailler avec ton frère et faire marcher l'exploitation, continue le père sans rien remarquer de ce qu'il se passe dans son jardin. Il a du mal, le Jean, tout seul. Je le vois bien, en plus, il a pas l'air dans son assiette dernièrement, conclut-il.

— Non, ça, c'est clair ! acquiesce Sylvain se remémorant la brève scène dont il vient d'être le témoin.

— Ça te paierait les factures, tu peux toujours avoir la musique comme seconde activité… Considère-le au moins, d'accord ?

Sylvain, distrait par ses propres pensées, prend conscience que son paternel attend une réponse de sa part.

— Merci, dit-il en posant amicalement la main sur l'épaule de son vieux, je sais que tu le dis pour mon bien… Mais non, conclut-il en se dirigeant vers la table pour se resservir un verre. Ça mérite un petit jaune tout ça, ajoute-t-il sous le regard effaré de son père.

Décidément, j'ai deux inutiles en guise de fils, pense-t-il. *Il n'y en a pas un pour rattraper l'autre,* millo-diòus *! Et moi qui voulais partir tranquille, je vais m'inquiéter jusque dans mon lit de mort,* macarel *!*

*
* *

Dans le hangar de sa ferme, Jean, toujours encombré de Dévora qui s'est résignée à ne plus bouger, ouvre la porte de la cave avec sa main libre. Il entre et dépose la jeune femme au fond de la charmante petite pièce remplie de vieux tonneaux.

À l'époque, le grand-père faisait son propre vin. Une espèce de breuvage quasiment imbuvable et surchargé de soufre qu'il s'enorgueillissait de servir à tous ses invités. Le pinard les répugnait tous, mais ils n'osaient l'avouer au patriarche d'antan.

— Qu'est-ce que tu fais ? demande Dévora.

— Je t'enferme à la cave.

— Non, ne fais pas ça, j'ai peur dans le noir !

— Je laisserai la lumière allumée, répond-il sèchement du tac au tac.

— Je resterai avec elle, annonce Charlotte qui vient d'apparaître dans l'embrasure de la porte.

Jean sursaute comme chaque fois que son ex-femme se manifeste de la sorte.

Malgré la conscience qu'il s'agit d'une construction de son esprit, il se plante face à elle tandis qu'elle s'assoit tranquillement sur l'un des tonneaux présents dans la cave.

— C'est aussi ma place, après tout, non ? ajoute-t-elle ironiquement.

Dévora regarde Jean avec un mélange de tristesse et de mécontentement. Ne voyant pas Charlotte, elle ne saisit pas pourquoi il lui tourne le dos.

— Je n'aime pas comment tu me *trates*, je ne suis pas un chien.

— Écoute, je ne te dois rien, je ne veux pas que tu fasses partie de ma vie, tu le comprends, ça, une bonne fois pour toutes ? *Comprende*[50], ajoute-t-il dans un espagnol maladroit.

Un éclair d'agacement passe dans les beaux yeux de Dévora. L'entêtement de son homme devant l'évidence de leur relation la met hors d'elle.

— Regarde-moi quand je te parle !

Jean obtempère.

— Je suis ta poupée, je fais partie de ta vie !

— Mais non, tu n'es pas ma poupée ! C'est même pas moi qui t'ai achetée ! C'est une erreur !

Charlotte, assise sur son tonneau, observe la discussion d'un air amusé.

— C'est toi qui as réveillé mon amour. Tu es responsable… On a la responsabilité de le garder en vie.

— Mais j'en veux pas de ton amour, moi ! J'en aime une autre, tu vas le comprendre, ça ?

— Une autre qui est partie et qui reviendra pas.

— Quoi ? s'étonne Jean. Comment tu sais ça, toi ?

— J'ai *bousqué*[51] dans ton bureau et j'ai « rencontré » des papiers où tu pleurais.

Jean reste bouche bée, sans voix. Il se tourne tristement vers Charlotte, qui ne dit toujours pas un mot et le regarde en haussant les épaules, comme pour donner raison aux propos de Dévora.

— Je suis désolée, continue la poupée, mais tu m'as enfermée dans la chambre toute la journée, je n'avais rien d'autre à faire.

— Elle ne m'a pas quitté, elle est partie, c'est pas pareil, elle reviendra, rétorque Jean, les yeux rivés à ceux de Charlotte.

— Si, je t'ai quitté, répond sérieusement cette dernière.

— Elle te le dit, ajoute Dévora, surprenant l'agriculteur qui se tourne vers elle, interloqué.

---

[50] *Comprende* : tu comprends.
[51] *Bousqué* : déformation venant du verbe « buscar » (chercher) en espagnol.

— Tu la vois ? demande-t-il en montrant son ex-femme du doigt.

— Qui ?

— Charlotte, pardi !

Charlotte balance doucement la tête de droite à gauche en signe de désespoir devant l'attitude de son ex-mari.

— Je n'existe pas.

— Si je la vois, je la tue ! s'exclame Dévora, soudain prise d'une rage profonde.

— Je suis le fruit de ton imagination, ajoute Charlotte.

— Comment tu sais qu'elle m'a dit qu'elle m'a quitté ? demande Jean à la poupée.

— Sur la lettre.

— Va rejoindre ta famille, lui dit Charlotte en posant une main rassurante sur son épaule.

Jean se frotte énergiquement le visage, comme pour faire disparaître ce cauchemar.

— Putain ! Vous me rendez *fadorle* !

— Laisse tes femmes dans la cave, va, conclut Charlotte.

— Arrêtez ! hurle Jean en fuyant cet endroit.

Dévora se précipite pour essayer de sortir avant que la porte claque, comme un chien qui ne supporte pas que son maître parte. Trop tard. Elle frappe avec les poings sur le vieux pan en bois tandis que Charlotte la regarde d'un air triste, toujours assise sur un tonneau.

Jean ferme à clef et s'éloigne tout honteux, ignorant les cris et les coups de la pauvre fille.

*

Dans le salon des Charançon, toute la famille est encore à l'apéro. Voyant que les visages commencent à rougir sous l'effet de l'alcool et avant de perdre le contrôle de la situation, Louise tape des mains pour attirer l'attention de tous.

— À table, tout le monde ! Installez-vous où vous voulez, mais on laisse Jean en bout de table, c'est lui le roi, aujourd'hui !

— Le roi d'mes couilles, oui ! marmonne Gustave entre ses dents.

— D'ailleurs, il est où, Jean ? demande Louise en le cherchant du regard dans toute la pièce.

— Il avait oublié un truc chez lui, il va arriver tout de suite, répond Sylvain pour le couvrir.

— Un truc sur le feu, précise Mathieu.

— Cours, Jean ! Cours ! se rappelle Raymond en rigolant bêtement.

— On s'assoit et ça le fera venir, intervient joyeusement Sylvette. Pierre, tu veux bien avancer maman à la table, s'il te plaît ?

Sous le regard satisfait de l'amatrice de yoga, Pierre se tourne vers sa mère avec gêne.

Madeleine l'observe à son tour avec beaucoup de tendresse, visiblement enchantée par la bonne idée de sa fille. Même si elle est de constitution fragile, Sylvette a toujours été la plus douce et la plus avenante des trois, pense-t-elle. Il est dommage qu'un caractère aussi aimable se soit fait écraser par celui de ses deux frères durant toutes ces années.

— Mets-la à côté de Jean, ajoute Sylvette tout en s'avançant vers la table tout sourire, contente de sa propre initiative.

Il est temps de soigner la famille et Sylvette sait très bien que cela serait impossible sans un coup de pouce de sa part.

C'est la seule des trois enfants qui ait réussi à rester plus ou moins neutre malgré le clair désavantage qu'elle a eu au moment du partage des biens. Elle a toujours été la cinquième roue du carrosse, de toute façon, mais son caractère affable lui a permis de passer l'éponge. Par contre, la douleur de ne pas être considérée l'égale de ses frères aînés de la part de son propre père lui a transpercé le cœur à maintes reprises. Mais il faut pardonner dans la vie. Ses frangins n'y sont pour rien, même s'ils ne l'ont jamais défendue ni n'ont protégé ses intérêts.

Sylvette est souvent prise pour une illuminée un peu idiote qu'il est facile d'embobiner, mais cela est loin d'être le cas. Elle encaisse tout simplement et digère les injustices familiales comme elles viennent. Elle a étudié des techniques naturelles, a fait beaucoup de thérapie et suffisamment d'introspections pour pouvoir maintenant extrapoler son savoir et manipuler à son tour le clan des Charançon dans le bon sens.

Pierre passe timidement derrière le fauteuil roulant de sa mère pour le pousser en direction de la table. Madeleine pose alors sa main valide sur celle de son fils qui est ému par ce geste simple. Parfois, il n'y a pas besoin de paroles. Les mots estropient souvent les sentiments par leur fréquente mésinterprétation et polluent les moments privilégiés de connexion entre êtres humains. Pierre n'a pas les moyens intellectuels nécessaires à ce genre de réflexion, mais il est suffisamment sensible pour savoir qu'il doit se taire et profiter de ce sobre contact avec sa maman. Il pensait qu'elle lui tiendrait rancœur pour l'argent qu'il lui a extorqué, mais le geste de Madeleine lui prouve le contraire. Après tout, ce repas pourrait effectivement être le début d'une possible réconciliation.

Au moins, avec sa propre mère, car il remarque bien le regard furieux que son frère Bertrand plante sur lui. Les liens semblent bel et bien cassés avec le frangin. Une partie de lui en est triste, mais l'autre est enragée par le comportement injuste de son aîné à la mort de leur père. Les héritages sont de véritables révélateurs de condition humaine. En attendant, rien que par cette main que sa maman a posée sur la sienne, il a compris qu'un vide énorme s'était créé dans son for intérieur depuis ce fameux héritage. Une douleur refoulée, bannie, cachée sous une tonne de paraître vient brutalement de réapparaître et le besoin de guérison devient soudainement une évidence.

Pierre laisse Madeleine à sa place autour de la table avant de rejoindre sa femme qui est déjà assise et le regarde d'un œil désapprobateur. Elle connaît son mari et ne va pas permettre qu'il soit attendri par ce piteux chantage émotionnel orchestré par la belle-famille. Il en est hors de question. Elle est persuadée qu'ils sont tous de mèche contre eux. Surtout ne pas baisser la garde ! En tout cas, elle ne perdra pas de vue le but de sa visite ici, aussi sûr qu'elle s'appelle Marinette ! *Il en faut bien une avec des couilles dans cette famille.*

24 – Le début de la fin

Comme l'avait prédit Sylvette, c'est lorsque tous sont assis que Jean fait son apparition par la porte de la cuisine. Il souhaitait se faire discret en évitant l'entrée principale, mais c'est chose ratée. Un silence s'installe, tandis que tous les regards se posent sur lui, demandant secrètement la même chose : « où étais-tu, *macarel* ? »

— Pardon… euh… J'avais oublié un truc sur le feu, s'excuse-t-il maladroitement en prenant place en bout de table, à côté de sa grand-mère.

— Ah ! Vous voyez ! confirme Mathieu.

Sylvain lui fait un clin d'œil complice.

— C'est pas toi qui avais le feu quelque part ? le taquine-t-il, en se remémorant la course effrénée de son frangin avec la poupée sur l'épaule.

Jean semble gêné par l'intervention de son petit frère, la journée est déjà bien assez compliquée sans que Sylvain en remette une couche. À sa droite, Françoise est tout émue d'avoir été placée à côté de son bien-aimé. Décidément, Louise a envie de les voir ensemble. *C'est très bien d'avoir la belle-mère de son côté*, pense-t-elle.

— Bon ! On n'attendait que toi pour faire les honneurs au repas, annonce Louise, toute contente, tandis que Bertrand se lève pour servir une tournée de vin aux invités.

— Allez ! On va bien le goûter, ce rouge ! dit-il d'un ton faussement enjoué.

— Jean, tu vas dire quelques mots quand même pour ouvrir le festin, non ? demande Fanny, mesquine, sachant très bien que son frère déteste cela.

— C'est vrai, ça, Jean ! ajoute Sylvain. Un discours !

Jean, qui n'aime pas être sous le feu des projecteurs, semble gêné et contrarié. Son regard s'enfuit souvent vers la fenêtre. La peur d'y voir apparaître Dévora le ronge secrètement. La cave est fermée à clef, il n'a aucune raison de s'inquiéter, mais il en était de même chaque fois qu'il l'a laissée seule. Enfermée, attachée ou abandonnée quelque part, elle a toujours trouvé le moyen de revenir mystérieusement jusqu'à lui.

— Mais non, c'est pas la peine.

— Couille molle, marmonne Gustave dans sa barbe en baissant la tête dans une grimace de dégoût.

Le mécanicien est assis à côté de Sylvette, qui ne s'est heureusement pas aperçue de cet élan de haine. Elle est aux anges. De les voir tous enfin réunis autour d'un repas lui file les larmes aux yeux.

Bien loin des bons sentiments qui animent cette bienveillante tatie, Bertrand a servi du vin à toute la tablée, excepté Marinette et Pierre. Ce dernier, l'œil noir, attrape la bouteille pour remplir lui-même leur verre.

— Euh, commence Jean, je ne sais pas quoi dire.

Tout le monde le regarde. Sylvain décide de l'encourager. Il prend son couteau et marque un rythme en frappant son assiette.

— Un discours… un discours…

Il est bientôt suivi par Mathieu et Fanny, puis par tous les membres de la famille qui tapent avec leurs couverts sur ce qu'ils ont à leur portée, exigeant une harangue.

Voyant que cela ne fait qu'accroître la gêne de Jean, Françoise se permet de poser une main hésitante, mais qui se veut rassurante sur celle de l'agriculteur. Ce dernier la retire immédiatement sans la regarder, alors qu'il se lève pour parler. La jeune femme baisse la tête, honteuse, tandis que Gustave fulmine de rage à l'autre bout de la table, serrant le poing sur son couteau.

Jean signale la banderole suspendue au-dessus des convives et commence son discours.

— 40 ans, ça se fête ! C'est vrai… Merci, mes parents, d'avoir organisé ce repas… Ça fait trop longtemps que nous n'avons pas été réunis à la même table… Je ne m'en souviens même plus, en fait !

Petit malaise dans l'assistance, trop de sous-entendus dans ces quelques paroles, chacun sachant très bien pourquoi ces rassemblements familiaux ont cessé d'exister depuis des lustres. Jean regarde affectueusement sa grand-mère assise à ses côtés.

— C'était avant que papi meure, je crois.

Madeleine est très touchée par l'évocation de son défunt mari. Louis lui manque énormément. Même si la vie n'a pas toujours été tendre avec eux, ils ont réussi à braver toutes les tempêtes jusqu'à la fin. Il est parti le premier, provoquant un ouragan familial impossible à maîtriser. Elle s'est retrouvée seule, tellement triste et apeurée qu'elle n'a su gérer l'avarice de ses propres enfants. *Si Louis, où qu'il soit, pouvait voir ce qu'il est advenu de ses deux garçons, il se retournerait dans sa tombe*, pense-t-elle tandis que Jean respire profondément pour continuer son petit discours.

— En tout cas, ça fait chaud au cœur de vous avoir tous ici pour mon anniversaire. Je ne sais pas comment ma mère a réussi cette prouesse, mais je l'en remercie !

D'un œil mauvais, Marinette regarde Louise glousser de plaisir sous le compliment que lui fait son fils. Elle déteste véritablement cette femme. Est-elle la seule à remarquer que tout ce tintouin, tout ce beau petit repas n'est qu'une piteuse farce pour cacher la réelle nature de ses motivations ? Sont-ils vraiment tous idiots dans cette famille ?

— Vous savez que ces derniers mois ont été très... compliqués pour moi, continue Jean d'une voix tremblante. La séparation... c'est toujours dur, en fait... mais de vous voir ici comme ça, tous ensemble, ça me donne de la force.

Il est rare que Jean s'ouvre de la sorte, c'est plutôt quelqu'un de pudique. Tatie Sylvette pleure déjà et se sèche délicatement les joues avec un coin de serviette.

— Voilà, conclut Jean avant de se rasseoir.

Louise, les larmes aux yeux, se lève pour applaudir. Elle est suivie par tous les autres. Seul Raymond, visiblement défoncé, n'a pas prêté forcément attention au discours et reste assis sur sa chaise.

La bouche pâteuse et la faim au ventre, il observe son verre plein de vin comme si c'était la première fois qu'il en voyait un. Madeleine regarde son petit-fils, son œil valide noyé de larmes et d'orgueil. Content du succès de son speech, Jean porte un toast.

— À la bonne vôtre !

Tous brandissent leur breuvage, sauf Raymond.

Claire lui donne un léger coup de pied dans le tibia comme pour le ramener à la raison.

— Qu'est-ce que tu fais, voyons ? Lève-toi et lève ton verre !

Le mari brimé se tourne lentement vers sa femme. *C'est curieux comme l'image devient floue lorsque je bouge la tête.* Il remarque également comment les traits de Claire se déforment pour façonner le visage d'une espèce de chose défigurée et moche. *Ah ! Je vois enfin sa vraie nature de connasse !* explose-t-il au fond de lui-même. Il porte le verre de vin à sa bouche.

— Ça fait beaucoup de trucs à lever, dit-il, comprenant juste à l'instant ce que vient de lui dire Claire.

Cette dernière est debout en train de trinquer avec le reste de la famille. Parfois, son mari l'exaspère. Pourquoi n'est-il pas normal ? Pourquoi faut-il toujours le recadrer lorsqu'ils sont en société ? Malgré la douleur que cette pensée lui provoque, elle se félicite souvent de ne pas avoir enfanté. Elle serait maintenant chargée d'un trop lourd fardeau.

— C'est malpoli de boire avant tout le monde, lui reproche-t-elle à voix basse sans même le regarder. Et lève-toi ! On va te remarquer.

Raymond tourne à nouveau ses yeux enfumés vers sa femme. Des traînées multicolores emplissent son champ de vision. *C'est dingue, cet effet visuel, quand même ! Il n'avait pas tort, le Mathieu, elle est vraiment très bonne, cette herbe.*

— Quoi ? Pourquoi tu me regardes comme ça ? lui demande Claire. Mais qu'est-ce que t'as, aujourd'hui ? Pourquoi tu as les yeux injectés de sang ? Tu es malade ? Tu as bien choisi ton jour, dis donc !

— Si tu savais comme tu m'emmerdes.

Raymond retourne à la contemplation de son verre sans se rendre compte qu'il vient de parler à voix haute. Sa femme, la bouche ouverte, est restée immobile, choquée.

— Pardon ?

— Tu m'emmerdes, dit-il plus fort sans réfléchir.

Raymond boit son vin en la regardant comme un enfant qui défierait l'autorité.

Claire observe furtivement les convives qui trinquent joyeusement. Heureusement, personne ne semble avoir entendu cet écart de langage, cela aurait été un désastre sans nom.

— On va en reparler de ça, crois-moi ! dit-elle doucement en serrant les dents.

— Oui, oui… bien sûr, on en parlera aux chiottes, répond Raymond, qui se lève en titubant légèrement. Ça me donne envie de déféquer, tout ça, ajoute-t-il en s'éloignant de la table. Je penserai à toi, ça va m'aider !

Pour ne pas faire de scandale, Claire ravale sa fureur. Elle est tellement stupéfaite de la vulgarité dont vient de faire preuve son mari qu'elle lâche presque son verre lorsque Gustave trinque avec elle. Il ne manquerait plus que cela, que ce soit elle qui salisse cette belle nappe !

<center>*</center>

Dans la fraîcheur aux senteurs vinicoles de la cave, Dévora inspecte les lieux. Elle se frotte les bras pour se réchauffer, pensant que Jean aurait pu lui laisser un petit gilet. Décidément, il n'est vraiment pas doué avec les femmes.

Soudain, son attention est attirée par une grosse clef en fer pendue au mur juste à côté de la porte, à moitié dissimulée par quelques toiles d'araignée. Son visage s'illumine tandis qu'elle se précipite pour la prendre et l'essayer sur la serrure. Le grand battant en bois s'ouvre doucement dans un grincement.

— *Que tonto*[52], murmure-t-elle en se jetant à l'extérieur.

---

[52] *Que tonto* : quel idiot.

Le repas commence bien. Louise et Fanny ont posé sur la table une énorme salade, quelques plateaux de charcuterie et un morceau de beurre suffisamment imposant pour faire saliver tous les gourmands. Chacun a dans son assiette un demi-melon vidé de ses graines et rempli d'un délicieux porto *spécial réserve*. Bertrand coupe en tranches une volumineuse miche de pain du boulanger d'Avignonet, le village voisin. Sylvette paraît ravie. Elle est végétarienne, la salade et le melon feront son affaire et l'alcool n'est pas un problème. À peine revenu des toilettes, Raymond se jette sur son entrée sous le regard de braise de sa femme qu'il ignore complètement. Le THC qu'il a dans le sang est en train de le vider de son glucose et il a vraiment la dalle. Il sait que cela ne se fait pas, mais, après tout, il les emmerde tous. Sauf les jeunes et la grand-mère.

Cette dernière observe tristement Pierre, Louise, Bertrand et Marinette qui ne s'adressent la parole que par pure courtoisie et ne se contemplent que pour se jauger. Elle n'est pas idiote et remarque qu'ils sont tous les quatre sur la défensive. Si seulement il y avait quelque chose qu'elle puisse faire. Gustave ne quitte pas Françoise du regard et se demande pourquoi il est venu. La femme de ses rêves est clairement obsédée par Jean. Malgré les divers rejets dont elle a souffert, elle n'a pas l'air de se rendre compte de leur incompatibilité. L'amour ne va pas en sens unique et doit être partagé. Si seulement elle pouvait se voir à travers ses propres yeux à lui, elle constaterait qu'il se meurt de passion pour elle. Il aurait peut-être une chance.

Profitant d'un silence et craignant que les conversations ne dérapent vers des sujets délicats, Fanny se lance dans le récit d'une histoire rocambolesque dont elle a été témoin à son travail. Tous entament le melon qu'ils ont dans l'assiette, sauf Raymond, qui a déjà presque fini le sien et se jette maintenant sur le pâté comme un morfal.

— Vous connaissez tous Francis Bélanchon ? commence-t-elle.

Assentiment de l'assemblée.

— L'autre jour, il était au bar complètement bourré, et il s'est mis à chanter *Love on the beat* de Gainsbourg.

Se remémorant la suite de la scène, Fanny se marre d'avance.

— C'est quoi, cette chanson ? demande Claire.

— Tu connais pas ça ? s'étonne Jean.

— Elle connaît rien, intervient Raymond.

Sylvain fredonne alors le refrain du célèbre morceau en imitant Serge Gainsbourg d'une façon cocasse.

— Ah oui, je vois ! s'exclame-t-elle, blessée par la remarque de son mari.

— Attends ! continue Fanny, on parle de Francis Bélanchon, là, quand même !

— C'est lui qui s'était pissé dessus à l'école, non ? Quand la maîtresse l'a fait réciter une poésie devant toute la classe, intervient Jean.

— Il a grandi maintenant, mais, oui, c'est le même !

— Et bé, il s'est lâché le Francis.

— Attends, je te dis ! Laisse-moi raconter, tu vas voir !

Fanny se lève de sa chaise pour imiter Francis.

— Et là, il s'enlève lentement la chemise, il se promène dans le bar, il retire ses chaussures, baisse son froc devant tout le monde… Il pète complètement un plomb, le type.

Fanny s'arrête une seconde pour accorder le temps nécessaire à son auditoire de mesurer l'ampleur de ce qu'elle relate.

— Et là, il embrasse Serge Martel devant sa femme !

Murmure d'étonnement autour de la table.

— Avec la langue ! rajoute Mathieu, pour donner un peu plus de salacité à l'histoire.

Petit mouvement de dégoût autour de la table.

— *Macarel !* Il y a pas foutu sur la gueule, le Serge ? demande Pierre.

— Justement ! s'esclaffe Fanny.

— Nooooon ! s'abasourdit Sylvain, prévoyant ce que va annoncer sa sœur, tandis que Mathieu fait un signe affirmatif de la tête.

— Il l'embrassait avec envie, le bougre ! On aurait dit qu'il voulait lui enlever un truc au fond du gosier !

Autre mouvement de dégoût général autour de la table.

— Le Francis, il a même eu une érection.

Françoise porte la main à sa bouche dans une exclamation scandalisée, mais tout de même amusée.

— La pauvre femme ! s'indigne Marinette.

— Elle en revenait pas, c'est le moins que l'on puisse dire ! Elle a commencé à les frapper, on aurait dit qu'elle essayait de séparer deux chiens en train de copuler.

— Il s'en passe des choses à Montferrand, dis donc, intervient Pierre en prenant son verre de vin pour y boire une gorgée.

— Et oui, il s'en passe des choses, répond Bertrand sèchement. Si tu venais plus souvent voir ta mère, tu le saurais.

Un froid glacial passe sur la table, paralysant l'assistance.

— Tu viens pas trop du côté de la montagne Noire voir ton filleul non plus, rétorque Pierre.

— C'est pas à maman d'aller te voir.

Louise balance un coup de pied dans le tibia de son imbécile d'époux qui se tait derechef en étouffant sa douleur, se rappelant soudain la promesse qu'il lui a faite. Tout le monde est gêné par cette petite explosion de rancœurs.

— Comme si tu t'en occup…

C'est le coup de pied de Marinette qui coupe maintenant la parole à son propre mari.

Elle lui jette un furtif coup d'œil furibond, tandis que Fanny n'apprécie pas leur intervention.

— Si ça ne vous intéresse pas, ce que je raconte, vous pouvez aller vous battre dehors !

Pierre et Bertrand ne répondent pas, ils regardent la tristesse de leur mère, un peu honteux d'en être la cause.

— Aaété ! s'exclame cette dernière si doucement que personne ne l'entend.

— Et ils sont toujours ensemble, Francis et sa femme ? demande Marinette pour faire oublier le petit incident.

— Apparemment, ils sont en train de divorcer. La femme garde la maison et Serge part vivre avec Francis.

— C'est dégueulasse ! s'indigne Claire.

Raymond éclate d'un rire exagéré, tout le monde le contemple avec étonnement.

— Dégueulasse ? répète-t-il en s'esclaffant de plus belle sous le regard abasourdi de sa chère épouse. Mais qu'est-ce que t'en sais, toi ? Tu ne connais pas leur vie !

— J'en sais suffisamment pour me mettre à sa place.

— Évidemment, continue-t-il soudain sérieux, tu crois que ça aurait été mieux qu'il supporte sa pauvre vie avec sa pauvre femme, c'est ça ?

Claire ne répond pas.

— Alors qu'il aime la bite ! ajoute Raymond en éclatant de rire.

Françoise crache presque le vin qu'elle était en train de boire. Fanny et Mathieu ne peuvent retenir un petit sourire, malgré la tension apparente qu'il y a dans le couple. Claire, ne comprenant pas les arguments de son mari, s'emporte davantage.

— Eh bien, moi, j'y pense à la pauvre femme qui a dû subir cette humiliation devant tout le monde… Je me mets à sa place, c'est tout… Et c'est dégueulasse, ce qui lui arrive, il n'y a rien de marrant là-dedans… Et ne sois pas vulgaire, s'il te plaît !

Raymond arrête de rire.

— Et le pauvre homme, qui pense à lui ? Il a eu les couilles de pas continuer sa mascarade au moins, celui-là, et je suis vulgaire si je veux !

— Mais qu'est-ce que t'as, toi, aujourd'hui ?

— Aujourd'hui ? répond Raymond avec une ironie extrême.

Silence dans l'assistance. Furtivement et par chance, Jean voit Dévora dans le jardin. Le sang déserte son visage tandis qu'un frisson électrique parcourt sa colonne vertébrale. Il ne manquait plus que cela maintenant. La jeune femme se dirige vers la cuisine. Elle va tenter une entrée par-derrière !

— Oh putain ! s'exclame-t-il tandis qu'une sonnette retentit, créant une diversion bienvenue.

— Ah ! Ça, c'est le cassoulet qu'il faut sortir du four ! annonce Louise en se levant.

— Je vais le chercher, explose Jean en se précipitant vers la cuisine.

— Mais non, voyons, j'y vais, reste assis.

— J'y vais, je te dis ! répond-il sèchement.

Jean s'engouffre dans la cuisine et ferme la porte derrière lui.

— Je sais pas ce qu'il a, celui-là, dernièrement, demande Louise sincèrement préoccupée.

— Il est triste, c'est tout, explique Fanny.

— Ça fait deux mois, *macarel* ! intervient Bertrand, visiblement agacé. Il faut pas déconner quand même, y en a un *sadoul*[53] de ça maintenant.

— Attends, deux mois, c'est rien ! Ça lui a brisé le cœur, cette séparation, conteste Sylvain pour défendre son grand frère.

— Ton père, il en a pas de cœur, alors, il peut pas comprendre, lance Pierre avec véhémence.

Bertrand regarde son frangin comme s'il allait le tuer. Madeleine contemple ses deux enfants avec une infinie tristesse. Un autre ange glacé retraverse la pièce.

**

Dans la cuisine, Jean s'aperçoit avec horreur que Dévora est littéralement coincée dans la porte qui donne sur l'extérieur. Cette dernière devait probablement être fermée à clef, elle a donc tenté de se faufiler par la trappe étroite originairement prévue pour les chiens et chats. Elle est maintenant prise au niveau de la ceinture abdominale et pousse fort sur ses bras pour essayer de faire passer la partie basse de son corps. Jean observe, bouche bée, le spectacle qui s'offre à lui. Il n'en croit pas ses yeux ou plutôt refuse de croire ce qu'il voit, tellement c'est surréaliste.

---

[53] *Sadoul, sadoule* : rassasié, -ée. « J'en ai un sadoul » : j'en ai marre.

— Ne reste pas là à rien faire ! lui crie-t-elle. J'ai le cou coincé, aide-moi !

Jean reprend ses esprits. Il se précipite pour bloquer la porte qui donne sur le salon avec le dossier d'une chaise qu'il flanque sous la poignée. De cette manière, il condamne l'entrée dans cette pièce et conserve ainsi son secret intact. En se hâtant pour secourir Dévora, il ne remarque pas le cassoulet qui roussit dangereusement dans le four.

— Mais comment t'as fait pour passer le haut du corps ?

Par précaution, Jean actionne alors la poignée de la porte qui s'ouvre sans inconvénient, laissant apparaître comiquement l'autre moitié du corps de la poupée.

— Mais pourquoi t'as pas essayé d'ouvrir avant de te foutre dans ce trou ? demande-t-il, abasourdi par la stupidité de la jeune femme.

— Je ne sais pas, moi, répond-elle en tendant les bras vers l'homme de sa vie. Sauve-moi !

Jean se précipite sur elle, mais au lieu de la tirer vers l'intérieur, il la pousse vers l'extérieur.

— Tire ! Laisse-moi rentrer !

— Non ! Tu dois sortir !

Jean appuie de toutes ses forces sur les épaules, mais Dévora se retient à la porte avec les mains. Voyant qu'il ne sert à rien d'insister, il prend un peu de recul pour analyser la situation.

— Mais comment t'as fait pour te foutre là-dedans ?

— Je ne sais pas, je te dis, je suis « soupliste ».

— Et pourquoi t'es pas « soupliste » pour ressortir ?

— Parce que je veux entrer !

Toute la partie supérieure du cassoulet est en train de noircir sans qu'aucun des deux ne s'en aperçoive.

*

Autour de la table dans le salon, le calme est revenu. L'attention est maintenant portée sur la qualité du pâté qu'est capable de produire Jean-Jacques, le boucher du coin.

Profitant de la diversion, Louise décide de mettre son plan machiavélique en marche. Elle se lève solennellement de sa chaise.

— Vu que Jean est à la cuisine, j'aimerais qu'on parle de son cadeau.

Ce qu'elle va dire ensuite déterminera le futur de la famille, en tout cas du repas. Louise prend donc un moment pour bien peser les mots qu'elle va utiliser, tandis que Marinette se penche sur l'épaule de son mari pour lui souffler ses pensées.

— Nous y voilà, chuchote-t-elle.

Pierre, comprenant ce que sa femme sous-entend, plisse les yeux. Il ne souhaite pas se faire avoir et doit être attentif à tout.

— Vous savez que notre famille a été ravagée par plein de rancœurs, ces dernières années, continue Louise, sentencieuse.

Tatie Sylvette acquiesce d'un mouvement de tête presque religieux.

— Depuis la mort de mon beau-père, en fait.

— Depuis le partage, tu veux dire, la corrige Marinette, sur un ton plus provocateur qu'autre chose.

— Oui, exactement, depuis le partage, consent Louise avec une pointe d'irritation.

Marinette semble satisfaite de sa petite victoire. Elle ne pèsera probablement que dalle dans la guerre à venir, mais c'est tout de même bon à prendre. L'agacement de sa rivale est une friandise qu'il ne faut pas hésiter à se mettre sous la dent. Comme les bonbons dans les salles d'attente de notaires ou d'avocats.

— Pierre et Bertrand ne se parlent plus pour des raisons qu'il n'est pas la peine de rappeler ici, précise Louise en regardant son ennemie sans sourciller.

Madeleine observe ses deux fils. La tristesse la submerge en voyant les flammes du mépris briller dans leurs yeux. Une tristesse paralysante dont le seul remède existant est apparemment impossible à atteindre. Cette histoire d'héritage est allée bien trop loin et a brisé des liens qui ne sont visiblement plus réparables entre les deux frères. Le reste de l'assistance semble un peu gêné par les propos de Louise, excepté Raymond. L'enivrement brumeux des vapeurs de « shit » dans lesquelles il navigue lui procure un amusement distant et déformé qui a sculpté un large sourire béat sur son visage.

— Il est temps d'arrêter de se chamailler, et, pour ça, nous avons eu une idée.

Moment de pause, l'attention est captée, tout le monde l'écoute, Louise peut poursuivre.

— Nous avons pensé que nous devrions donner les terrains de Campanet que nous avons en commun à Jean comme cadeau d'anniversaire et nous débarrasser par là même de nos querelles.

— Quoi ? De quoi ? Et pourquoi ? s'indigne Pierre, qui n'est pas sûr d'avoir compris ce qu'il vient d'entendre.

— Ça fait des années qu'il y a ce problème et c'est une façon de le régler. Nous sommes tous présents aujourd'hui, même Mamie, les papiers sont prêts, il n'y a plus qu'à les signer.

— Ah ! C'était ça, alors, ton traquenard ! se révolte Marinette en se levant de sa chaise. Tout ce tintouin avec le repas de famille et la réconciliation, c'est juste pour nous amadouer en pavanant la mamie sous le museau de son fils et soutirer notre part du terrain, faire du chantage émotionnel. On passerait pour des connards insensibles devant tout le monde si on refusait et donc on serait obligés d'accepter !

Madeleine s'agite sur son fauteuil roulant. Elle sait très bien comment va finir toute cette histoire.

— Aeettezz ! s'écrie-t-elle de sa voix de moineau blessé.

Sylvain, qui est le seul à l'avoir entendue, pose tendrement une main sur son épaule pour la rassurer.

— Qu'est-ce que tu insinues là ? s'insurge à son tour Louise.

Marinette ne daigne même pas répliquer. Elle pousse bruyamment sa chaise en arrière sans détourner le regard de sa rivale et sort insolemment de table.

— Où tu vas ? J'ai pas fini ! continue Louise en montant le ton.

— Je vais aux chiottes ! répond la large femme sans même se retourner.

Devant une telle repartie, Raymond rigole franchement. Ses yeux rougis pivotent vers Sylvette, qui tente une intrusion.

— Attendez, ne vous énervez pas, Marinette, tu…

— Ne te mêle pas de ça, Sylvette, la coupe sèchement Louise.

Fanny se cache le visage de dépit tandis que Mathieu tend le nez pour renifler l'air ambiant.

— Ça sent le cramé, non ? lui demande-t-il discrètement.

— C'est pas le moment, là.

Mathieu n'insiste pas. Après tout, rien de tout cela ne le regarde et il a pour philosophie de ne pas prendre sur lui les problèmes d'autrui.

— Je vais fumer, dit-il en quittant lentement la table.

Raymond, qui l'observait de ses yeux nébuleux, profite de l'occasion pour se lever aussi.

— Je t'accompagne.

*
**

Dans la cuisine, un mince filet de fumée noire s'échappe doucement du four. Jean, qui tire de toutes ses forces sur les bras de Dévora, ne s'en rend pas compte.

— Tu me fais mal ! s'écrie-t-elle.

Comprenant qu'il pourrait effectivement lui déboîter les épaules, il arrête. Une sourde angoisse s'empare alors de tout son être, le faisant prisonnier d'une incapacité de réflexion plutôt paralysante. Il s'écarte un peu de la porte dans laquelle est coincée la jeune femme et prend une grande bouffée d'air pour tenter de se calmer. Soudain, une idée affleure.

— Je vais te sortir de là, ne bouge pas ! ordonne-t-il en s'éloignant comme un éclair après s'être faufilé à l'extérieur.

— Ça m'étonnerait que je bouge, dit-elle ironiquement.

*
**

Raymond respire profondément et pleinement. Malgré la chaleur, il sent comme un vent frais de liberté débouler sur ses épaules.

— Ça m'a fait du bien de lui fermer son clapet.

— Vas-y mollo, quand même, c'est déjà bien tendu à l'intérieur, ce n'est peut-être pas la peine d'en rajouter, conseille Mathieu.

Raymond lui donne le joint après avoir pris une dernière bouffée.

— Ouais, mais c'est tellement bon.

— J'imagine.

— Et puis, tu admettras que c'est marrant.

— De quoi ? Les disputes ?

Soudain, Jean passe en courant comme un dératé devant eux. Ils ne le savent pas, mais il va chercher les outils nécessaires pour débloquer Dévora de sa porte-prison.

— Tu le vois bien comme moi, pas vrai ? demande Raymond, qui commence à douter de la réalité.

— Oui, oui… Enfin, je crois.

Les deux hommes se regardent. L'espace d'un instant, le temps se congèle. N'y tenant plus, ils explosent de rire.

**

Marinette ouvre discrètement la porte du bureau. Elle n'est pas allée aux toilettes. C'était un leurre pour pouvoir gagner quelques minutes et glaner de précieuses informations confidentielles qui mettraient un peu de lumière sur les motivations profondes de cette connasse de Louise. Il est impossible qu'elle ait cru qu'ils acceptent de signer des papiers les dépouillant de leur bien par pure bonté de cœur. Elle ne peut se résigner à penser que son ennemi soit devenu si ingénu, si bête. Elle a forcément un plan alternatif en tête, une issue de secours, quelque chose de diabolique qui va les foutre dans la merde jusqu'au cou.

Une fois passée derrière le bureau, elle ouvre les tiroirs l'un après l'autre. Le dernier est visiblement verrouillé.

— Bingo ! exulte-t-elle tout bas.

Il suffit de trouver la clef, maintenant. Elle ne doit pas être bien loin, pense-t-elle. *Louise et Bertrand ne sont pas le genre de personnes à se la trimbaler partout où ils vont au risque de l'égarer. Ils ne se lesteront pas de cette responsabilité. Elle doit forcément être quelque part dans cette pièce.* Marinette se met à genoux dans une grimace, se disant qu'il va vraiment falloir qu'elle songe à perdre du poids. Merde ! La clef n'est pas collée sous le bureau. Elle se redresse en gémissant et prend un moment pour scruter le mobilier avec beaucoup d'attention.

Son regard tombe sur un cadre suspendu au mur face à elle. C'est une photo d'une cinquantaine de centimètres par trente, plus ou moins, représentant Bertrand assis sur un tracteur aux côtés de Louis son père. Vestige de jours heureux, comme c'est mignon. Elle se hâte de décrocher l'objet de la cloison et de le retourner. Le petit objet métallique tant convoité y est pendu à un clou minuscule. Contenant difficilement son allégresse, Marinette s'en empare, remet le cadre à sa place et se précipite vers le bureau tout en remarquant l'ironie d'une telle cachette. La clef de tous les secrets qui déchirent la famille est dissimulée derrière la photo de celui dont la mort en fut le détonateur.

Et là, dans le tiroir, la preuve qu'elle recherchait pointe le bout de son nez, la narguant de malveillance et de malhonnêteté. À ce moment précis de la soirée, Marinette sait qu'elle vient de prendre le dessus sur ses adversaires.

*
* *

À table, la tension monte. Madeleine pleure en regardant comment Bertrand et Pierre scellent de béton armé la triste tombe de leur fraternité.

— Et qu'est-ce que vous allez en faire de ce terrain ? demande Bertrand à son frère.

— Le vendre, peut-être, non ? répond ce dernier avec effronterie.

— Mais c'est un terrain de culture, argumente Louise, Jean le cultive tous les ans, il…

— Et bien, on le lui vendra, la coupe Marinette qui entre juste dans la salle.

— Tu vendrais le terrain à ton propre neveu ! s'indigne Bertrand.

— Et le tien de neveu, tu y penses, toi ? contre-attaque Pierre.

— Qu'est-ce qu'il y gagne, Gustave, dans l'histoire ? interroge tranquillement Marinette.

Tous les regards se tournent vers Gustave. Soudain, un vacarme se fait entendre, interrompant les conversations. Comme un son de marteau, répétitif et violent. Tous les regards pivotent vers la cuisine.

— C'est quoi, ça ? demande Fanny, qui se réjouit presque de l'heureuse diversion.

— Ça doit être Jean qui démoule le cassoulet, répond Sylvain dans une piètre tentative d'humour.

— Ça sent le brûlé ! s'exclame Louise.

— Il est en train de démonter la maison, oui ! s'écrie Bertrand en hurlant presque pour couvrir le désagréable boucan.

Louise est la plus vive. Elle se dirige vers la cuisine, mais s'aperçoit que l'accès en est bloqué de l'intérieur.

Jean est en train de taper sur un burin avec un gros marteau pour casser une partie de la porte qui détient Dévora prisonnière. Charlotte est assise sur le plan de travail à côté du four qui évacue maintenant une épaisse fumée noire.

— Ça ne va pas plaire à ton père, ça, dit-elle d'un ton amusé.

— Oh ! C'est pas le moment, là ! répond Jean sans se retourner.

Alors qu'il s'acharne de plus belle sur son burin, des coups retentissent sur la porte.

— Jean qu'est-ce que tu fous ? Ouvre ! Ça pue le cramé ! hurle Louise depuis le salon.

— Ça, c'est ta mère qui s'inquiète pour son cassoulet, souligne Charlotte, et tu sais comment elle est pointilleuse avec son plat préféré.

Au mot « cassoulet », Jean se redresse d'un coup, comme frappé par la foudre. Il se retourne immédiatement vers le four en se maudissant intérieurement de ne pas l'avoir arrêté à temps. La fumée noirâtre rejetée par cette succulente spécialité lauragaise flotte dans la pièce. Sa mère va le trucider.

Sans grands espoirs, il se précipite pour mesurer l'ampleur des dégâts tandis que Dévora se libère peu à peu de son entrave.

— J'aimerais être là pour voir leurs gueules, tiens, balance Charlotte, de plus en plus amusée par la situation.

— Moi, j'aimerais être ailleurs, je te le dis ! répond l'agriculteur tout en cherchant quelque chose pour ne pas se brûler en attrapant la *cassole*[54].

— Ouvre-moi tout de suite ! hurle sa mère.

— Oui, une minute ! braille-t-il en retour, tout en sortant du four un cassoulet desséché et noirâtre qu'il pose sur la table.

Dévora se défait complètement de son entrave et, sans plus attendre, se précipite vers la porte qui donne sur le salon. C'est l'occasion pour elle d'enfin connaître sa belle-mère. Même si les circonstances ne sont pas optimales, c'est toujours bon à prendre. Jean se jette sur elle avant qu'elle ne parvienne à ses fins. La jeune femme se débat comme une furie dans ses bras.

— Lèche-moi ! Je veux rencontrer ta famille !

— Ça suffit tes conneries maintenant, arrête !

Louise cesse de tambouriner à la porte.

— Avec qui tu parles ? demande-t-elle.

Pris en porte-à-faux, Jean entre en panique. Il contraint Dévora au silence en lui posant une main sur la bouche tout en la poussant à l'extérieur de la maison. Une fois dehors, il la charge sur son épaule avant de détaler tel un voleur, laissant derrière lui un cadavre de porte, le courroux de sa mère et un cassoulet cramé. Fuyant comme un malpropre, fuyant ses responsabilités. Comme il l'a toujours fait avec les femmes.

Devant la porte des Charançon, Mathieu donne le joint à Raymond après avoir pris une profonde bouffée de la substance psychotrope. Ils fument en silence, les yeux rivés au ciel qui étale à l'ouest en cette fin de

---

[54] *Cassole* : plat utilisé pour cuisiner le cassoulet.

journée l'un des plus beaux dégradés de couleurs de l'été. Les tons magnifiques d'oranges violacés calment les deux hommes et contrastent avec le drame qui se déroule à l'intérieur. Ce n'est pas leur histoire, ils ne veulent pas en faire partie. Quel foutoir !

Soudain, Jean passe sur le chemin qui mène chez lui avec une femme sur l'épaule qui lui bourre le dos de coups de poing.

— Y en a marre, maintenant, de tes conneries ! gueule-t-il en s'éloignant. Tu vas rester à la maison bien tranquille jusqu'à ce que je revienne et on verra ce que je fais de toi, bordel !

Mathieu et Raymond se regardent, éberlués.

— C'est qui, celle-là ?

— Non ! Je suis pas ton mari ! continue Jean. Je suis déjà marié, MERDE !

Raymond prend une taffe sur le joint en observant l'agriculteur s'engouffrer chez lui.

— Je te l'ai dit, c'est une famille de dingos, souligne-t-il comme si cela était maintenant une évidence.

— Putain ! Elle est bonne, cette beuh.

La porte d'entrée s'ouvre violemment, s'écrasant presque sur le visage de Mathieu. Louise sort de la baraque, furibonde et se dirige vers la cuisine par l'extérieur, sans prêter attention aux deux fumeurs. Elle a des problèmes bien plus importants à régler.

— S'il a ruiné le cassoulet, il va m'entendre, ce con ! peste-t-elle toute seule avant de disparaître au coin de la maison.

— On vient de perdre notre repas, remarque Mathieu.

Raymond lève les bras pour souligner une fois de plus l'évidence.

25 – Raymond ou la déclinaison de l'amour

Autour de la table, l'ambiance est à son comble. Madeleine pleure, Sylvain la réconforte, Fanny est dégoûtée, Bertrand et Pierre s'engueulent, Tatie Sylvette essaie de les calmer, Françoise est extrêmement mal à l'aise, Marinette a les yeux aussi mauvais que ses pensées, Gustave se demande comment sortir sa princesse de cet enfer et Claire se gratte nerveusement le cou. Elle est probablement allergique à la vérité et ne se sent bien qu'en naviguant dans les eaux boueuses de l'apparence et de la bienséance.

— C'est quand même toi qui as volé l'argent de l'héritage ! lance Bertrand à son frère.

— Pardon ? C'est maman qui a décidé toute seule… Tu crois que c'est mieux, ce que t'as fait, toi ?

— Arrêtez ! intervient Sylvette.

Intervention stérile.

— Tu abandonnes ta propre mère à ton fils, continue Pierre, ignorant sa petite sœur.

— Et toi, t'as fait mieux ? contre-attaque Bertrand.

— Moi, j'ai fait mieux quoi ? Je ne suis pas hypocrite, moi, au moins, et je ne manipule pas la famille pour leur soutirer des signatures, moi !

— Ce n'est pas la journée pour parler de ça ! intervient de nouveau Sylvette. On est venus ici en paix, pour profiter de l'anniversaire de Jean, pour réconcilier tout le monde, faites un effort, quand même, merde !

— Ta gueule, Sylvette ! éclatent Pierre et Bertrand de concert, sans même la regarder.

La cadette, blessée comme un petit animal fragile qui serait chassé d'un nid où il n'est plus le bienvenu, se rassoit en retenant ses larmes.

— Qu'est-ce que tu es naïve, ma pauvre ! ajoute Marinette d'un air méprisant à son égard.

Cette dernière attaque fait l'effet d'une décharge électrique dans le corps de la frêle tatie. Elle se relève de sa chaise comme un ressort que l'on aurait trop comprimé. Concentre son ch'i dans une seule direction, un seul but : fermer son clapet à cette grosse vache. Ses poings se serrent, les muscles de ses bras se tendent et les veines de son cou enflent subitement, palpitant au rythme frénétique de la colère, tandis que ses sourcils se froncent et se touchent presque, jusqu'à former un « v » au milieu de son visage.

— Toi, ta gueule ! explose-t-elle.

C'est à ce moment que Jean arrive dans le salon, suivi de Mathieu et Raymond qu'il a rencontrés sur le perron. Les deux fumeurs, les yeux rougis par la drogue et l'oreille collée à la porte, ne savaient quelle attitude adopter, entrer ou rester dehors.

— Vous devriez avoir honte de vous ! continue Sylvette, ignorant l'interruption et pointant ses deux frères du doigt. Devant votre propre mère ! Merde !

— Qu'est-ce qu'il se passe ici ? demande Jean, soudain préoccupé.

— Qu'est-ce que tu crois ? On dirait deux vieux chiens qui se chamaillent autour d'un os, se désole Sylvette, visiblement altérée par son excès de colère.

Jean regarde son père et son oncle à tour de rôle. Une grosse déception pointe le bout de son nez au plus profond de son être.

— Vous ne pouvez pas faire un petit effort, pour une fois ? demande-t-il, consterné, tandis que Sylvette inspire et expire profondément de l'air tout en faisant des gestes de taï-chi avec les bras pour se calmer.

— C'est facile à dire pour toi ! C'est toi qui vas tout y gagner ! intervient Marinette pour défendre son mari.

— De quoi tu parles ?

La porte de la cuisine s'ouvre violemment sur Louise. Elle est tellement furieuse qu'elle en est hirsute.

Quelques mèches hérissées de rage sur sa tête donnent un air presque ridicule à tout le personnage. Elle ramène le plat de cassoulet brûlé, encore fumant.

— Eh bé, tiens, interroge ta chère maman puisqu'elle daigne se joindre à nous, continue Marinette, en voyant Louise jeter la cassole sur la table.

— Bon appétit ! Il a ruiné le repas, ce con ! Et tu expliqueras à ton père pourquoi t'as découpé la porte.

Sylvette se rassoit de dépit.

— De quoi elle parle, Marinette ? demande Jean à sa mère sans prêter la moindre attention à ses accusations.

— Il a découpé quoi ? questionne Bertrand, qui a tardé un moment avant de comprendre ce que sa femme venait de dire.

— Ton fils… Il a bousillé la porte extérieure de la cuisine à coups de burin, articule-t-elle.

Bertrand jette un regard plein d'incrédulité à Jean.

— Mais *noundidiou,*[55] pourquoi t'as fait ça ? Qu'est-ce qu'il te passe par la tête à toi, en ce moment ?

— De quoi elle parle, Marinette ? insiste Jean en prononçant lentement chaque mot de sa requête.

Bertrand le contemple sans réagir. Quelque chose vient de se casser en lui. Dans son regard, un clair sentiment de déception affleure. Une désillusion profonde. La certitude que tous les espoirs qu'il nourrissait envers l'unique enfant de la famille capable de faire perdurer la dynastie des Charançon n'étaient que pure fantaisie. Bertrand est la consternation incarnée.

— Qu'est-ce qui m'a foutu un fils comme toi ?

— Et tu veux lui donner les terrains ? attaque Marinette qui ne lâche rien, tandis que son interlocuteur court déjà vers la cuisine pour mesurer l'ampleur des dégâts.

— Quels terrains ? s'étonne Jean, malgré la peine que son géniteur vient de lui infliger.

---

[55] *Noundidiou* : nom de Dieu.

Profitant d'un bref moment de froid silence, Raymond se lève en se raclant la gorge pour attirer l'attention de tous. Le sang lui montant d'un coup à la tête le fait tituber légèrement.

— Bon ! Je m'excuse d'interrompre cette plaisante conversation familiale, mais…

Tous les regards se tournent vers lui presque à l'unisson. Mathieu, prévoyant la suite des événements, s'enfonce dans sa chaise comme pour se protéger de la tempête à venir.

— Vous m'emmerdez… Vos terrains et vos histoires, vous savez où vous pouvez vous les foutre !

Se grattant de plus belle, Claire décide d'intervenir et de fermer le clapet à son mari. Elle lui tire la manche de la chemise vers le bas pour tenter de le faire rasseoir.

— Raymond ! Arr…

— Je te quitte, très chère, la coupe-t-il d'un ton exagéré. Toi et ta famille de dégénérés, je vous quitte tous !

Le silence est maintenant glacial, tous les regards sont rivés sur le couple. Comme attiré par une force invisible, mais inéluctable, Raymond s'éloigne de la table à reculons, lentement. On dirait une scène de western, tous sont sur le qui-vive, dans l'attente d'une excuse pour dégainer les flingues.

— Reste ici ! ordonne Claire d'une voix étonnamment haut perchée qui fait sursauter tout le monde.

— Non ! Vingt ans que je te supporte, que je supporte tes reproches continus, tes frustrations… Vingt ans que tu pourris mon existence, que tu m'infectes de tes mauvaises humeurs et que je ferme ma gueule comme un lâche tous les jours en me sentant coupable de pas t'avoir fait de mioches, en me persuadant que c'est ça la vie, que c'est comme ça.

Claire est maintenant défigurée par un mélange de honte, de colère et de tristesse. Un lointain et puissant vertige la soulève, tandis que Raymond revient vers elle pour qu'elle comprenne ce qu'il va dire, pour que ça lui rentre bien dans le crâne.

— Et tu sais quoi ? Ce n'est pas ça, la vie, continue-t-il en se rapprochant tellement près d'elle qu'il pourrait presque l'embrasser. La vraie vie, c'est loin de toi.

La main part toute seule. Comme poussée par une force intérieure dont Claire ne soupçonnait même pas l'existence. Elle vient finir sa course sur le visage de son futur ex-mari qui reçoit la spectaculaire baffe sans presque sourciller. L'onde de choc provoque un festival de couleurs dans sa tête, un mandala multicolore et ésotérique s'étale devant ses yeux, l'aveuglant l'espace d'un moment.

— Excuse-toi tout de suite !

Raymond se masse la joue. Le mandala se dissout, sa femme réapparaît devant lui. Elle se gratte frénétiquement de colère. Il comprend alors combien il la méprise.

— Ça, on va en parler à la maison ! lui crie-t-elle, tandis que Raymond se dirige sans un mot vers la sortie.

— Oui, c'est ça, on en parlera à la maison, répète-t-il sereinement sans se retourner.

En sentant la froide poignée de la porte au creux de sa main, Raymond se tourne une dernière fois vers la table et pose sur l'assemblée son regard brumeux. Tous l'observent bouche bée. Seul Mathieu semble triste, son compagnon de fumette. *Pauvre Mathieu*, pense-t-il, *au milieu de tous ces malades, il va devenir fou.*

— Adieu, tout le monde, dit-il théâtralement en sortant de la maison.

La porte claque sur son passé, sur cette famille, sur un silence de mort qui règne dans le salon. Tous les regards se tournent maintenant vers Claire à l'unisson. Elle se gratte violemment le bras, morte de honte. Une boule au fond de la gorge compresse ses cordes vocales, projetant sa voix encore plus haut dans les aigus.

— Excusez-le, je ne sais pas ce qu'il a en ce moment… Ça doit être l'andropause.

Elle regarde une dernière fois derrière elle, souhaitant que son mari réapparaisse avec cet air désolé et docile qu'elle lui connaît si bien.

Mais il ne revient pas. La boule presse davantage, elle réprime une envie de pleurer.

— Ce soir, je ne vais pas le rater ! s'exclame-t-elle en feignant une colère qui n'est qu'un masque à la tristesse qu'elle éprouve.

Tous l'observent, sachant très bien qu'elle ne le verra pas, ce soir, à la maison… Ni demain, d'ailleurs.

Ne supportant plus une telle pression, Françoise se lève soudainement.

— Jean, je t'aime ! s'écrie-t-elle, nerveuse à l'extrême.

26 – Françoise

Tous les regards se tournent vers Françoise dans une synchronicité impeccable. En voyant l'extrême émotion qui agite sa voisine, Jean se prend la tête dans les mains. La situation devient incontrôlable.

Un petit rire nerveux s'échappe de la bouche de Sylvain qui n'en croit pas ses yeux. Ce repas est en train de dépasser les craintes qu'il avait. Il s'attendait au pire, eh bien, là, il est servi ! Gustave, quant à lui, ne tient plus, il ne peut plus se taire. Depuis le début, il est le témoin de cette mascarade, de ces faux sentiments qui bousculent sa dulcinée et la poussent dans les bras de cet abruti qui ne veut pas d'elle. Il se lève à son tour, déterminé à exprimer sa pensée.

— Mais comment tu peux aimer ce connard ?

Toutes les têtes pivotent, chorégraphie parfaite. Le problème d'héritage est passé au second plan. Mathieu échange un regard entendu avec Fanny avant de se caler dans sa chaise. Il est clair que la situation part en vrille et il décide donc de se laisser aller pour profiter au maximum du spectacle. C'est encore mieux qu'à la télé, pense-t-il, une sitcom de bas étage, un vaudeville campagnard. Jean observe son cousin, cherchant à comprendre la raison de son mépris.

— Il te regarde pas, il te voit pas ! Tu n'existes pas pour lui ! explique Gustave d'une voix étonnement douce.

N'y tenant plus, Françoise fond en larmes, lâchant toute l'émotion contenue depuis son arrivée. Tout son amour, ses frustrations, ses rejets et son passé. Une soupape de sécurité vient de s'ouvrir. Tout le monde tourne la tête dans sa direction. Décidément, on dirait un match de tennis.

— S'il savait voir la femme que tu es !

Les visages pivotent maintenant vers Gustave.

— Tellement belle que ça en fait mal aux yeux… On se sent con à côté de toi, tu es douce, tendre… Il faut pas te regarder longtemps pour voir que tu es une femme parfaite… Mais l'autre abruti, là, il ne le voit pas ça, non ! Il pense qu'à sa Charlotte qu'il n'a même pas su garder !

Sylvain se lève à son tour, sautant sur l'occasion pour remettre son cousin à sa place. Les têtes se tournent vers lui.

— Oh ! C'est bon là, Gustave ! T'es pas obligé de manquer de respect, non plus !

— Il a raison, Sylvain, intervient Jean en posant une main sur le bras de son petit frère pour le calmer. Je suis un abruti et je n'ai même pas su garder ma femme.

— Ex-femme, précise Louise.

Jean ne relève pas la remarque de sa mère et plonge son regard dans celui de Françoise. Deux personnes tristes qui se contemplent.

— Je n'ai rien contre toi, tu es toujours pleine de gentillesses envers moi, mais je ne peux pas aimer d'autres femmes… Je suis encore amoureux de la mienne… Tu comprends ? Je suis cassé à l'intérieur.

Françoise acquiesce d'un mouvement de tête en sanglotant. Jean lui parle franchement, elle a réussi à capter son intérêt, il la regarde réellement, à présent. Après tout, c'est ce qu'elle voulait depuis le début. Même si ça ne prend pas la direction qu'elle aurait souhaitée, c'est mieux que rien.

— Tu es une fille super, tu es belle et attentionnée, mais… Je suis vraiment désolé, conclut-il avant de se tourner vers Gustave. Tu devrais la raccompagner chez elle, cousin, elle n'aurait jamais dû venir ici, et toi non plus, visiblement.

Le mécanicien regarde sa dulcinée, soudain plein de douceur.

— Tu veux bien ?

Françoise acquiesce de la tête. Les conflits sont suspendus dans le temps. Tous observent en silence comment Gustave enveloppe la jeune femme de son bras pour la réconforter. Ils sortent sans dire un mot.

— Voilà tes projets de mariage qui fichent le camp, raille amèrement Fanny à l'adresse de sa mère.

Tous les visages se tournent alors vers Louise.

— Oh, c'est bon toi, hein ! Occupe-toi de tes soûlards et laisse-nous tranquilles.

— Oui, c'est ça, et toi, retourne à tes manigances.

— C'est quoi, cette histoire de terrains ? demande Jean avec gravité, ignorant l'altercation des deux femmes.

27 – Les terrains

Pierre se lève pour expliquer la situation à son neveu. Il est clairement en colère.

— Ta chère mère a décidé, sans nous consulter, de t'offrir les terrains de Campanet.

Jean, incrédule, regarde Madeleine.

— C'est quoi, cette histoire, Mamie ? lui demande-t-il.

— Je refuse ! continue Pierre sur sa lancée. On est toujours les dernières roues du carrosse, dans cette famille !

— La cinquième roue du carrosse, imbécile, marmonne Bertrand.

— Là, tu y vas fort quand même ! s'offusque Louise. Vous étiez les premiers pour vous servir sur l'héritage avant que le papi meure !

— Qu'est-ce qu'ils racontent, Mamie ? insiste Jean.

Sa grand-mère trépigne d'indignation, de colère et de tristesse sur son fauteuil roulant. Marinette se lève à son tour.

Mathieu la regarde, tout enfumé qu'il est, se demandant pourquoi les gens se mettent debout dans cette famille, lorsqu'ils veulent parler. On se croirait à l'Assemblée nationale. Peut-être est-ce un moyen de montrer sa supériorité ?

— On s'est servis avant que d'autres le fassent, c'est tout !

— Qu'est-ce que tu insi…

Madeleine tape de sa main valide sur la table avec une force surprenante, elle coupe Louise.

— Aaaeeez !

Tous les regards se tournent vers elle, mais Louise ne compte pas se taire et décide d'ignorer la vieille.

Comme toujours, d'ailleurs.

— Tu insinues quoi, au juste ? Qu'on allait voler l'argent à ta place ?

Voyant la déception de sa grand-mère, Sylvain s'éclipse pour aller chercher l'appareil vocal. La charge devrait maintenant être terminée. Le moment est venu de permettre à la matriarche de s'exprimer.

— Ah oui ! Tu crois vraiment que c'est nous, les malhonnêtes de la famille ? répond Marinette.

— On le signera pas, ton papier, n'insiste pas ! intervient Pierre, catégorique.

— T'es qu'un con et tu l'as toujours été ! attaque Bertrand.

Tous les quatre sont debout à se crier dessus.

— Tu peux parler, toi, tiens ! On les signera pas, tes papiers de merde, on te dit !

— De toute façon, on n'a pas besoin de votre accord, tranche Louise, on voulait juste être polis et tenter de faire la paix.

C'est le moment que choisit Marinette pour brandir, aux yeux de tous, les documents trouvés dans le bureau.

— La voilà, son offre de paix ! Elle a falsifié nos signatures, regardez !

Tout le monde se penche sur la preuve accusatrice pour vérifier.

— T'as fouillé dans notre bureau, espèce de connasse ! s'exclame Louise, prise sur le fait.

— C'était ça, son plan, depuis le début, continue Marinette en ignorant l'insulte. Essayer de nous avoir à la bonne tout en sachant que, de toute façon, les papiers sont déjà signés et falsifiés. La signature est parfaite, d'ailleurs, tu t'es trompée de voie, tu aurais dû faire faussaire.

— Je n'ai rien falsifié du tout, c'est Pierre qui a signé, pauvre cloche !

Le désagréable souvenir de son odieux chantage au postier revient à la mémoire de Louise. Il est vrai qu'elle est allée bien trop loin dans l'élaboration d'un subtil stratagème pour soutirer le précieux autographe à son beau-frère. Le facteur lui a présenté un courrier recommandé, alors qu'il ne l'était pas. Pierre a signé sans s'en rendre compte l'actuel acte de cession de ses parts concernant les terrains de Campanet, pensant qu'il s'acquittait d'une vulgaire formalité administrative. Imparable !

— Peu importe, répond Marinette.

La grosse femme écarte son mari pour rapprocher sa masse graisseuse du petit corps fibreux de Louise.

— T'as dépassé les bornes, ma vieille ! Tiens, regarde !

Elle soulève les documents sous les yeux exorbités de sa rivale et fait mine de les déchirer. Louise, rapide comme l'éclair, lance une main pour les lui retirer et éviter le drame. Elle empoigne, elle aussi, les papiers. Les deux femmes tirent dessus, tels des gosses qui ne voudraient pas se prêter un jouet.

— Salope !

— Pétasse !

Les frauduleux contrats se déchiquettent. Les deux rivales tombent presque à terre. Voyant que la rixe dégénère, Jean se lève de sa chaise pour intervenir, mais il est trop tard. Rapide comme l'éclair, Louise attrape un bout de saucisse carbonisé dans le plat de cassoulet pour le lancer furieusement au visage de Marinette. D'un mouvement surprenant de vélocité, cette dernière esquive l'objet volant, qui va finir sa course en travers de la figure de tatie Sylvette. Quelle ironie, la seule végétarienne de la salle !

Alors que Louise empoigne déjà un manchon de canard calciné pour réitérer son attaque, Pierre la prend par les épaules et la repousse violemment en arrière pour protéger sa femme. Louise tombe sur son arrière-train, la chute est terrible, son coccyx se fêle. Bertrand, qui n'y tient plus d'en claquer une à son frère, le saisit par le col et lève le bras pour le frapper quand soudain, une voix métallique et masculine résonne à grand volume dans la pièce.

— Arrêtez !

C'est Madeleine qui vient de parler, grâce à l'appareil que lui a offert Sylvain. Le ridicule de cette voix robotisée sortant du corps paralysé de la grand-mère contraste fortement avec le drame dans lequel se noie la famille. L'interruption est presque comique. Tous cherchent l'origine de cette étrange voix dans la salle.

— Vous me fatiguez tous ! On dirait des vautours sur un cadavre.

Toutes les têtes se tournent vers la matriarche. N'y tenant plus, Mathieu s'esclaffe. Plus pour libérer de la tension qu'autre chose. Soudainement honteux, il enfonce son visage entre ses jambes afin d'étouffer le fou rire dans l'œuf. Tatie Sylvette sanglote. Mais personne ne sait si c'est à cause d'un bout de saucisse traînant dans son œil qui l'irrite fortement ou bien pour la joie d'entendre enfin sa mère s'exprimer.

— Ça fait dix ans que cette famille tombe en lambeaux… Dix ans que je pleure de voir mes enfants déchirés.

Madeleine prend un moment pour retenir l'extrême émotion et ne pas fondre en larmes. Bertrand lâche doucement le col de son frère et le repousse avec dégoût loin de lui. Jean aide sa mère à se relever, car elle n'y arrivait pas toute seule.

— Ça suffit ! continue la voix métallique. C'est l'anniversaire de Jean et j'ai la chance d'avoir enfin mon fils Pierre sous notre toit. (Une larme de tendresse glisse de son œil valide) J'ai revu mon petit-fils Gustave qui me manque tellement.

Madeleine n'y tient plus. Les pleurs qui inondent maintenant son visage plein de rides émeuvent toute l'assistance. Ses propres enfants se rendent compte qu'ils considéraient leur mère comme un objet faisant partie des meubles. Une vieillerie que l'on garde dans un coin. À cause de son handicap et de sa discrétion, ils en sont presque arrivés à croire qu'elle n'avait plus de conscience ni de sentiments.

— On fête les 40 ans de Jean, on est enfin réunis, tous à la même table, et mes petits se battent comme des charognards sur mon corps… Comme si je n'étais pas là… Comme si j'étais déjà morte !

Pierre et Bertrand sont comme des gosses pris en flagrant délit de bêtise.

— Vous n'avez plus de respect ? Vous avez oublié qui je suis ?

Madeleine observe comment un sentiment de malaise envahit ses deux enfants. Son discours fonctionne.

— Regardez-moi.

Les deux fils lèvent la tête presque en même temps.

— Je suis votre mère !

Madeleine plante ses yeux pleins de sagesse dans ceux des deux hommes.

— Votre mère ! insiste-t-elle. Honte à vous !

Maintenant que Pierre et Bertrand sont couverts d'opprobre, la matriarche dresse son bras valide et accusateur vers leurs femmes respectives.

— Et vous deux, là ! Les vipères empoisonneuses d'esprits, vous avez fait ça à vos parents ? À votre propre mère ?

Louise et Marinette se regardent un instant. Tous les yeux sont posés sur elles. Elles sont gênées, mais ne répondent pas.

— Tout ça pour un terrain, pour voir si vous pouvez soutirer encore quelques miettes à la vieille, avant qu'elle crève.

La matriarche secoue la tête d'indignation. Personne ne parle, tous les présents sont touchés par le discours. Même Claire ne se gratte plus.

— Sans la famille, on n'est rien, on n'a plus rien. On part dans la tombe avec nos souvenirs, pas avec nos possessions. Quand on est vieille et paralysée comme moi, c'est tout ce qu'il nous reste... Les souvenirs. On passe ses journées à les revivre et les ressasser, et je vais vous dire... Mieux vaut qu'ils soient bons et non pleins de tristesses et de rancœurs. Je vais mourir en voyant deux de mes enfants fâchés pour de l'argent... Et moi... Je vous aime quand même... On n'emporte pas son argent ni ses possessions dans la tombe, croyez-moi, on emporte le regard de ses proches, on emporte les souvenirs... Vous êtes mes petits... Mes enfants...

Ressentant le profond chagrin de sa mère, Sylvette éclate bruyamment en sanglots. Pierre et Bertrand s'observent pudiquement, furtivement. Le discours les a touchés. Même si les choses sont allées trop loin entre eux pour envisager une totale réconciliation, ce coup d'œil rapide et plein de réserve peut être le signe d'un nouveau départ dans la relation entre les deux frères. Enterrer la hache de guerre, commencer à se supporter et peut-être partager des moments familiaux en toute cordialité serait un début.

Madeleine inspire profondément avant de conclure son règlement de comptes.

— J'ai déjà donné le terrain à Jean et à Charlotte. Comme cadeau de bienvenue et pour leur projet biologique.

Marinette ouvre la bouche pour contester, défendre ses intérêts, mais c'est Pierre qui lui file maintenant un coup de pied dans le tibia pour l'en empêcher. Quelque chose dans son regard a changé. Marinette comprend alors qu'elle ne doit pas insister, au risque de mettre en péril son propre mariage. Madeleine a soudain l'air extrêmement fatiguée. Toutes ces émotions violentes ne sont plus de son âge. Elle fait un signe à Sylvain comme pour l'inviter à poursuivre son discours.

— Explique-le, toi.

— Avant de *s'emboucaner* [56] davantage, commence Sylvain en considérant avec sévérité ses oncles et tantes, sachez que Charlotte a proposé de donner un loyer à Gustave, basé sur la valeur de la moitié des terrains pour le compenser de l'héritage qu'il n'aura pas.

— Tu étais au courant ? se surprend Louise, presque indignée.

— Comme ça, tout le monde est content, conclut Sylvain, ignorant sa mère.

---

[56] *Emboucaner* : fumer, emboucaner une viande, ou se faire embrouiller par une personne.

28 – La libération de Dévora

Un peu plus tôt

Dévora est suspendue dans le vide, accrochée à bout de bras, jaugeant la hauteur qu'il y a entre le sol et ses pieds. Après avoir été de nouveau enfermée à double tour dans la chambre par Jean, elle a essayé d'ouvrir la porte sans succès avant de se laisser glisser par le rebord de la fenêtre, inconsciente du danger qu'elle allait encourir. *Il doit bien y avoir deux mètres,* pense-t-elle, *rien de bien inquiétant, juste un mauvais moment à passer.* La force commence à lui manquer, ses doigts, ne pouvant soutenir plus longtemps son propre poids, se décrochent un à un. Dévora décide de tout lâcher. La chute dure moins d'une seconde, mais semble s'éterniser. Elle retient sa respiration en attendant l'impact qui tarde étrangement à arriver. Soudain, une intense douleur remonte dans sa jambe jusque dans sa nuque. Ses vertèbres se tassent une par une. La jeune femme s'affale alors sur le sol, la cheville tordue par le choc. Après quelques secondes de récupération, elle se relève difficilement et boite en direction de la maison des Charançon.

Il lui faut cinq bonnes minutes pour parcourir les cent mètres qui séparent les demeures. Avant d'entrer, elle décide de jeter un œil à l'intérieur afin de voir ce qu'il s'y passe. Si elle doit se présenter pour faire une déclaration d'amour devant toute la famille, elle veut savoir dans quoi elle va mettre les pieds. Elle boitille une paire de mètres jusqu'au rebord de la fenêtre et observe avec horreur la scène qui se déroule dans le salon. La maman de Jean lance une saucisse qui va finir sa course sur le visage d'une femme maigrichonne et pâle. Tous sont hystériques, ça braille dans tous les sens. Dévora s'assoit un moment au pied du mur, incrédule.

Que familia de locos ![57] se dit-elle.

Elle décide alors d'attendre. Quand tout sera calme, elle frappera à la porte et fera une entrée triomphante, surprenant tout le monde. Les secondes de deux longues minutes s'égrènent avant que les esprits ne s'apaisent dans le salon. Dévora se relève pour regarder rapidement ce qu'il s'y passe. Tous écoutent la grand-mère parler. C'est le moment.

La belle poupée monte le perron. Elle est nerveuse, une boule d'angoisse mêlée à de l'excitation lui retourne le ventre. Après avoir pris une profonde inspiration, elle lève le bras pour frapper à la porte...

---

[57] *Que familia de locos* : quelle famille de fous.

29 – Une visite inespérée

Dans le salon, tandis que tous écoutent Sylvain expliquer en détail la donation des terrains à Jean et Charlotte, Madeleine lève le bras pour signaler quelque chose.

— Jean ! s'exclame-t-elle de sa voix de robot.

L'agriculteur regarde sa grand-mère et tarde une seconde avant de comprendre qu'elle veut attirer son attention sur la porte d'entrée. Dans le soudain silence, trois petits coups retentissent pour la deuxième fois. Suffisamment fort, cette fois-ci, pour que tout le monde les entende. Claire se redresse vivement et recommence à gratter toutes les extrémités de son corps qui tombent sous ses ongles. C'est sûrement son Raymond qui revient, la queue entre les jambes. Jean se dépêche d'aller accueillir la mystérieuse personne. Encore pleins de l'émotion provoquée par le discours de la grand-mère, tous regardent l'agriculteur dans un silence presque religieux. Il prend la poignée dans sa main et l'actionne. La porte s'ouvre lentement. Le visage de Jean s'illumine d'un pur sentiment de bonheur, pour la première fois depuis le début de la journée. Pour la première fois depuis plusieurs mois, en fait.

— Bonsoir, Jean, bon anniversaire !

30 – Une retraite à temps n'est pas une défaite

évora s'apprête à toquer lorsque les phares d'un véhicule illuminent toute la façade de la maison l'espace d'une seconde. La poupée se baisse instinctivement, tout en se retournant pour appréhender ce nouveau danger. Une voiture s'est garée devant la ferme de Jean.

Une femme, dont elle ne distingue pas le visage, en sort pour aller frapper à la porte. Comme personne ne répond, la mystérieuse inconnue décide de venir jusque chez les parents en marchant. Dévora se cache, aussi vite que sa cheville blessée le lui permet, derrière un gros laurier rose planté non loin de là. L'énigmatique personne, de modeste stature et légèrement rondouillarde, arrive bientôt à sa hauteur. Elle n'est pas à plus de deux mètres, mais, à cause de la pénombre, Dévora ne discerne pas son faciès. Elle tient quelque chose dans les mains, un petit paquet-cadeau, semble-t-il.

L'étrangère lève le poing et toque timidement à la porte. Comme il n'y a pas de réponse, elle réitère et frappe trois coups secs bien plus forts. Au bout de quelques longues secondes, Jean ouvre. La lumière venant de l'intérieur éclaire le visage de la mystérieuse inconnue. Dévora la reconnaît instantanément.

C'est Charlotte.

— Bonsoir, Jean, bon anniversaire !

Une pulsion destructrice s'empare soudain de la jalouse poupée, une envie de démolir cette femelle, de faire disparaître cette personne qui menace son bonheur.

— C'est toi ? C'est bien toi ? Tu es réelle ?

— Oui, c'est moi ! répond-elle, prise par une émotion intense.

Dévora se lève pour intervenir juste au moment où Jean se précipite pour envelopper Charlotte de ses bras et la serrer très fort contre lui en inhalant le parfum de ses cheveux. Il inspire à pleins poumons, voulant s'enivrer de cette odeur qui lui a tant fait défaut. Il respire à s'en faire exploser les sens, comme si c'était la dernière fois.

— Tu m'as tellement manqué !

Voyant pareil bonheur sur le visage de son agriculteur, Dévora s'explique soudainement toutes les réactions de ces jours passés. Les refus systématiques de ses avances, toute la tristesse qu'elle lisait dans son regard de petit chien battu, tous ces discours sur sa femme, sur son amour pour elle. En une seconde, elle saisit tout, en une seconde, elle comprend que cet agriculteur ne sera jamais à elle. Qu'il ne sert à rien de lutter. La rage déserte son corps, la colère disparaît, remplacée par l'inéluctable certitude que sa vie n'a plus de sens. Une seconde de plus et Dévora n'est déjà plus là, elle laisse la place au bonheur de ces deux-là, sacrifiant le sien propre.

31 – Jean

Avec la trace rouge laissée par la saucisse brûlante qui lui zèbre le visage, Tatie Sylvette pleure encore davantage. Ses émotions explosent, trop de sensations tout au long de cette folle journée qui a dépassé de loin tous ses espoirs. De véritables montagnes russes ! Le bonheur de son neveu qui retrouve Charlotte est une bénédiction inattendue.

Sylvain, tout sourire, pose une main victorieuse sur l'épaule de sa grand-mère qui larmoie de joie. Fanny applaudit en rigolant, enfin soulagée de la tournure que viennent de prendre les événements. Charlotte regarde tout le monde à table et remarque l'ambiance générale, les pleurs sur les visages, les tensions qui traînent encore comme un voile brumeux sur les consciences.

— J'arrive à un mauvais moment, peut-être ?

Louise se lève nerveusement. Elle est la seule mécontente de revoir cette rouquine écolo et destructrice d'empires agricoles qui a fait tant de mal à son fils.

— Au contraire ! Tu ne pouvais pas tomber mieux, se réjouit Jean.

— Tu n'es pas la bienvenue dans cette maison, Charlotte, le contredit Louise d'un ton autoritaire.

Toutes les têtes reprennent, avec lassitude, leur mouvement de balancier et se tournent vers la maîtresse des lieux, comme une remontrance collective. Après les chocs émotifs subis par tout le monde dans la dernière heure, personne ne souhaite repartir sur le chemin chaotique des reproches, critiques et autres sournoiseries.

— Oui, je le sais très bien, répond Charlotte, qui commence à se tendre.

Bertrand se lève à son tour.

— Laisse-les, Louise, pour une fois dans ta vie…

Toutes les têtes se braquent sur lui avec espoir, tandis qu'il marque un moment de pause, cherchant ses prochains mots avec soin.

— Ta gueule, dit-il tout simplement en plongeant son regard dans celui de sa femme.

Parfois, nul besoin de fioritures.

— Elle a abandonné notre fils, Bertrand ! Avec tout le mal qu'elle lui a fait, comm…

— Et le mal que je lui ai fait, moi ? la coupe Jean.

— Mais enfin ! Elle est part…

— Tu ne le comptes pas, celui-là ? la coupe-t-il à nouveau. Et le mal que vous lui avez fait, vous deux, là.

— Le mal qu'on lui a fait ? Ah ! C'est la meilleure, celle-là, tu devrais avoir honte de dire des choses pareilles.

— C'est toi qui devrais avoir honte ! Et toi aussi, tu devrais avoir honte, papa !

Charlotte pose une main sur l'épaule de son mari comme pour le rassurer, lui faire comprendre que tout va bien. Ce dernier la regarde un instant et lui sourit tendrement.

— Il faut que je leur dise, c'est le moment.

L'agriculteur se tourne vers sa mère. Il est déterminé, il n'a plus peur de la froisser.

— Ça fait quatre ans que tu me manipules pour mon soi-disant bien ! Tu crois que je suis trop bête pour le voir, mais je les comprends, moi, tes manigances de sorcière !

Louise paraît choquée. Elle exagère sa réaction pour essayer de le culpabiliser. On ne parle pas comme cela à sa propre mère. Cette même personne qui a tout fait pour lui depuis qu'il est né.

— Quoi ? continue Jean. Tout le monde vide son sac, ce soir, apparemment, je n'ai pas le droit, moi ? Ce n'est pas la peine de faire cette tête, c'est fini les chantages émotionnels, ça ne marchera plus avec moi.

L'agriculteur se dirige vers son père.

— Et toi, tu crois toujours que je suis incapable de gérer l'exploitation. Ça fait quatre ans que tu me prends pour un débile, quatre ans que je t'ai sur le dos à longueur de journée pour me dire ce que je dois faire ! T'es à la retraite, merde ! Vous ne pouvez pas aller voir ailleurs, un peu ? Voyagez, profitez de la vie… et laissez-nous vivre la nôtre !

Moment de pause. Un ange glacé passe dans la salle, probablement le grand frère de celui qui est déjà venu peu de temps auparavant. Jean prend la main de Charlotte dans la sienne.

— Depuis le premier jour, vous ne l'avez jamais supportée, la Charlotte. Mais je comprends, vous l'avez fait pour me protéger. Vous l'avez fait parce que vous m'aimez et c'est votre façon de me le montrer.

Louise et Bertrand se regardent sans broncher, sachant pertinemment au fond d'eux-mêmes que leur fils a raison.

— Voilà, c'est fini tout ça, continue Jean presque tendrement. Charlotte est la femme de ma vie… De MA vie, pas la vôtre ! Si vous m'aimez, vous respectez ça et acceptez Charlotte comme si c'était votre propre fille… Sinon, vous ne nous reverrez plus.

Jean se retourne vers Charlotte, qui s'essuie les larmes des joues. Elle est heureuse. Il a enfin compris pourquoi elle était si mal, pourquoi elle a dû partir. Tous ces mois, séparée de l'homme qu'elle adore, tous ces mois de souffrance, à sangloter sans consolations, à attendre qu'il grandisse.

— Je suis désolé, ma betterave… J'avais peur de les décevoir… Mais c'est fini… C'est toi, ma vie et mon futur. Si tu veux bien me pardonner, ajoute-t-il nerveusement après un petit moment de pause.

Charlotte fond alors en pleurs. Toute la tension accumulée au cours de leur séparation explose en mille morceaux, laissant place à un amour immense, contenu depuis trop longtemps. Elle colle sa bouche sur la sienne, leurs larmes se mélangent tout autant que leur salive, scellant le pacte inconscient de leur union. Sylvain, ému jusque dans ses os, se lève pour applaudir, pour exprimer sa joie.

Fanny, Mathieu, Sylvette, Marinette et Pierre font de même.

— Wouuuuuuuu ! s'extasie Sylvain.

— Tu es mon plus beau cadeau d'anniversaire, souffle doucement Jean à sa dulcinée.

— On rentre à la maison ?

— Oh, oui ! répond-il, radieux.

— Attendez ! intervient Louise alors qu'ils s'apprêtent à sortir.

Elle s'approche d'eux en boitant à cause de son coccyx fissuré. Elle est déstabilisée émotionnellement, tout autant que fatiguée par cette journée éprouvante. Elle prend la main de Charlotte dans la sienne.

— Je suis sincèrement désolée du mal qu'on t'a fait… Mais ne partez pas, s'il vous plaît. On a un repas d'anniversaire à finir et ça nous ferait vraiment plaisir que vous le partagiez tous les deux avec nous.

Les deux amoureux se regardent en souriant de soulagement, tandis que Gustave fait une entrée remarquée par la porte qui était restée ouverte.

— Je reviens, tout va bien ! dit-il de bonne humeur avant de constater la présence de Charlotte. Charlotte ! s'exclame-t-il.

Il prend un moment pour observer les visages de toute la famille et devine qu'il s'en est passé des « vertes et des pas mûres », dans ce salon, pendant son absence.

— J'ai encore tout raté !

— Le cassoulet était excellent ! plaisante Sylvain.

Tout le monde éclate de rire devant le regard incrédule de Gustave.

— Je suis content de te voir, Charlotte, lui dit-il en lui faisant la bise.

— Moi aussi, Gustave.

— Écoute, Jean, je suis revenu pour m'excuser de mon comportement. Je suis désolé de t'avoir insulté tout à l'heure, mais…

— Oublie tout ça ! le coupe l'agriculteur. De toute façon je l'avais bien mérité. Allez, viens, on va le bouffer ce cassoulet, même s'il est cramé !

— Finalement, il est comme nous.

— Putain ! C'est profond, ce que tu dis !

— Qu'est-ce tu crois, y'a pas que du muscle là-dedans, rigole-t-il en se tapotant le crâne.

Ils s'assoient à table. Tout le monde semble soulagé, à l'exception de Claire qui a perdu son mari, ce soir. Mais les événements dramatiques qui se sont déroulés sous ses yeux lui ont appris quelque chose. Un déclic viscéral, une leçon qui s'est ancrée au fond de ses entrailles. Les gens ne sont jamais ce qu'ils paraissent et se couvrent presque toujours d'un manteau d'élégance, d'un masque de circonstances. Alors que la beauté réside dans la vérité, pure, honnête et entière. C'est ça, la vie ! Son Raymond était insupportable, ce soir, il est sorti de tous les moules qu'elle avait fabriqués pour lui, dans lesquels elle l'avait catalogué, étiqueté, rangé. N'était-il pas magnifique, tout rebelle qu'il était ?

Qu'est-ce qu'elle a été sotte ! Elle avait enfin retrouvé le Raymond de sa jeunesse, celui qui avait de la personnalité, des émotions, qui la faisait rire. Celui qui l'avait sauvée d'elle-même, celui de qui elle était tombée amoureuse. Durant toutes ces années, elle l'a brisé, modelé, castré. Ses propres psychoses et sa rigueur ont eu raison de lui, elle l'a effrayé, repoussé. N'est-ce pas finalement ce que nous faisons tous ? Par peur, pour protéger ce petit lopin de soi-même, nous sommes prêts aux pires des comportements. La recherche d'amour pousse à la méfiance. Par peur d'être blessés, nous blessons en retour. Nous manquons de respect aux gens qui nous le donnent, à nos proches. Quelle connerie monumentale ! Sans réfléchir davantage, Claire prend son téléphone portable et écrit rapidement un court message qu'elle envoie en souriant. La reconquête vient de débuter.

— Bon ! Vous voulez pas savoir comment finit l'histoire de Francis Bélanchon ? s'écrie Fanny, soutirant un rire complice à toute la famille.

32 – Un dernier petit coup
de stress quand même

Jean tient Charlotte par l'épaule tandis qu'ils se dirigent d'un pas
tranquille vers leur maison. Il la serre avec force, de peur qu'elle ne
s'en aille. Charlotte adore se sentir maintenue de la sorte, un sentiment
de soulagement extrême, de sécurité et de plaisir s'empare alors d'elle.
Le ciel est clair, les étoiles brillent sur le village, ils sont amoureux. Mais
une inquiétude gâche le bonheur de l'agriculteur à mesure qu'il voit la
façade de sa ferme se rapprocher.

— Je suis tellement heureux que tu sois là ! Tellement heureux !

— Oui, moi aussi, on n'est pas passés loin de la catastrophe.

— Ces quelques semaines ont été un calvaire... Les pires de ma vie.

Arrivé devant la porte, Jean se place face à sa bien-aimée et
l'embrasse avec une tendresse infinie. Le baiser est long ; le flot
d'émotions, intense. Il s'écarte d'elle et la regarde avec gravité.

— Qu'est-ce qu'il se passe ?

— Écoute, Charlotte, commence-t-il après s'être raclé la gorge, à la
maison, tu vas voir quelque chose qui risque de ne pas te plaire.

— Quoi ? Tu as une autre femme ? demande-t-elle en plaisantant.

— Pas exactement, répond-il en riant nerveusement.

— Tu as une autre femme chez nous ? insiste-t-elle, soudain
sérieuse.

Voyant que son époux ne dément pas, Charlotte s'écarte de lui pour
ouvrir la porte sans qu'il ait le temps de l'en empêcher.

— Charlotte, attends, je...

Mais elle est déjà à l'intérieur. Jean s'engouffre derrière elle, la peur
au ventre. Il ne faudrait pas que toute cette histoire avec Dévora
détruise son mariage.

Avec tout ce qu'ils viennent de surmonter, cela serait vraiment stupide. Comment va-t-il pouvoir justifier le délire de ces derniers jours ? L'apparition inexpliquée d'une poupée sexuelle dans sa vie. Comment décrire sa soudaine transformation magique sans passer pour un fou, sans que cela ne paraisse une excuse minable pour justifier un adultère ?

Dans le salon, il retrouve Charlotte, immobile, les yeux ronds. Sylvain est assis à côté de Dévora qui a recouvré, par on ne sait quel miracle inversé, son état siliconé initial.

— Charlotte, je te présente ma nouvelle compagne, Dévora.

Charlotte éclate de rire en se tournant vers Jean, qui est resté bouche bée, mélange d'incrédulité, incompréhension et soulagement.

— C'est ça que tu voulais me dire ? lui demande Charlotte, visiblement apaisée.

— Euh… oui, c'est ça ! répond-il, totalement déstabilisé.

Sylvain fait un clin d'œil entendu à Jean. Il lui a sauvé la mise. Son petit frère a eu la présence d'esprit de se faufiler dans la maison avant eux pour faire croire que la poupée était à lui. Mais comment est-ce possible ? Pourquoi n'est-elle plus humaine ? Malgré l'extrême soulagement que cela représente, Jean va probablement avoir besoin de plusieurs semaines de convalescence pour digérer cette épopée incompréhensible et fantastique. Par quelle diablerie cela a-t-il pu se produire ? Était-ce vraiment réel ?

— Tu es adorable, lui dit Charlotte en l'enlaçant pour l'embrasser.

Toutes les questions sans réponse disparaissent alors, balayées par la puissance de leur union. À quoi bon chercher une explication ? Parfois, la vie est bien faite et le destin dépose sur ton chemin tout ce dont tu as besoin. Il faut tout simplement se laisser porter, avoir confiance en sa belle étoile. Peut-être tout ne s'est-il passé que dans sa tête, finalement. Peut-être que cette poupée n'a jamais été investie d'une vie propre et n'a été que le fruit d'une abracadabrante et préoccupante folie de sa part. Assise sur le canapé, Dévora observe le couple de ses yeux vitreux.

Personne ne le voit, mais une larme unique coule sur sa joue. Une larme contenant tout l'amour inassouvi qu'elle portait à son agriculteur, mais tout le bonheur qu'elle lui souhaite également. Sa mission est terminée.

— Bon ! C'est pas tout ça, mais la journée a été longue et éprouvante, intervient Sylvain. Il est temps d'aller se coucher.

Il se penche sur sa nouvelle compagne.

— N'est-ce pas, chérie ? On va les laisser se retrouver.

— Oui, nous aussi on va se retrouver, Maître, répond Dévora d'une voix synthétique et dont la repartie arrache un fou rire de surprise à Charlotte.

Épilogue

C'est ainsi que l'été, avec sa chaleur suffocante, ses odeurs de blé fraîchement moissonné, de tournesol cuit par un soleil implacable et sa poussière sèche qui s'accroche au vivant comme une seconde peau, laissa place aux couleurs chatoyantes de l'automne. Dégradés de tons jaunes, oranges et marrons qui font la splendeur de la saison et transforment nos paysages en peintures bucoliques propices aux réconciliations.

Le clan des Charançon, bien qu'agité de frêles secousses d'ego, était en pleine convalescence. La famille n'était plus ce squelette démembré et désarticulé. Elle tentait maladroitement de tisser les tendons qui allaient en rectifier la posture et restaurer les liens d'antan.

Pour des raisons personnelles autant qu'écologiques, Jean et Charlotte se lancèrent dans leur projet de réforme de l'exploitation agricole et entreprirent enfin la métamorphose radicale qu'ils s'étaient proposée. Ils abandonnèrent la production massive de céréales pour se consacrer, comme le faisaient les paysans du siècle passé, à une culture nourricière. Maraîchage en grande partie et seulement quelques hectares de blé et maïs dont ils vendaient une partie de la récolte à des magasins locaux.

Gustave et Françoise se fréquentèrent avec ardeur, forniquèrent intensément et se lièrent d'un amour véritable et réciproque. Le véhément garagiste ne tint plus rigueur à son cousin, bien au contraire. Après leur union, le jeune couple développa une relation courtoise et amicale avec leurs voisins. Ils prirent pour coutume de partager le couvert plusieurs fois par mois. Repas durant lesquels fusait une profusion d'idées sur le futur commun de leurs exploitations respectives.

Sylvain termina son album au début de novembre. Il rencontra un rapide petit succès qui lui emplit le cœur d'une jubilatoire satisfaction et lui permit d'étaler cette réussite sous le nez du paternel. Le plus jeune de ses enfants avait enfin prouvé la rentabilité de son talent. Il trouva également l'amour dans les bras d'une femme espagnole prénommée Anita, sortie de nulle part et qui ressemblait étrangement à Dévora. Sylvain prétendait l'avoir connue lors d'un concert à Perpignan, mais seul Jean savait secrètement qu'il n'en était rien.

Bertrand et Pierre ne se parlaient toujours pas, mais s'envoyaient régulièrement par email quelques burlesques cocasseries, glanées sur l'immense toile du Net. Cartes de vœux, blagues stupides, vidéos hilarantes, ou informations plutôt troublantes sur le futur de l'humanité, tout y passait. Une timide et pudique tentative de rapprochement digital. C'était un début. Leurs femmes, quant à elles, ne se supportaient pas plus que d'habitude. Elles firent cependant l'énorme effort d'abandonner les insultes systématiques l'une envers l'autre et apprirent à se tolérer.

La famille étant à l'aube d'une ère nouvelle, tatie Sylvette revint vivre à Castelnaudary où elle allait donner des cours de yoga à des gens nécessiteux de bienfaits holistiques. Le moment était venu de retourner aux origines. Son aide serait précieuse pour apaiser les nombreuses rixes qui allaient très certainement éclater entre ses deux frères. Devoir digérer tant d'années de haine du jour au lendemain est une tâche presque insurmontable, notre bonne tatie en savait quelque chose.

Claire décida de prendre une année sabbatique durant laquelle elle commença une thérapie pour soigner ses insupportables compulsions dominatrices et différents tocs existentiels. La reconquête de son mari et de son bonheur devait démarrer par là, disait-elle.

Deux ans auparavant, lors de la COP21, se ratifièrent les fameux accords de Paris. Les états s'engagèrent à limiter la hausse des températures mondiale en dessous du degré et demi et confiaient à la communauté scientifique le soin d'évaluer cette faisabilité par le biais du G.I.E.C (Groupe d'experts Intergouvernemental sur l'Évolution du

Climat). Le 13 novembre 2017, quinze mille trois cent soixante-quatre scientifiques signèrent un manifeste dans la revue *BioScience* intitulé « Il sera bientôt trop tard » dans lequel ils soulignèrent le danger et insistèrent sur la trajectoire « potentiellement catastrophique » d'un changement climatique provoqué par un comportement humain dont nous étions prévenus des conséquences désastreuses depuis la première conférence sur le climat à Genève en 1979.

Le gouvernement français déclare l'interdiction de l'utilisation du Glyphosate sous trois ans, en 2020 donc, créant une vague de mécontentement chez les plus puristes des agriculteurs dont la production était fondée sur l'usage du fameux poison.

Ce qui survint ensuite est une tout autre histoire qui mériterait un roman à part entière. Nous en relaterons ici les événements principaux qui affectèrent notre famille bien-aimée, par ordre chronologique.

*
* *

2019

Juste après la naissance de leur premier enfant nommé Jean-Yves, Gustave et Françoise se marièrent en toute simplicité, n'invitant que les proches. Le garagiste se recycla en agriculteur sous la houlette du beau-père, de Bertrand et de Jean, qui lui enseignèrent les rouages de la profession.

Raymond succomba finalement à la farouche reconquête de Claire. Ils vécurent enfin une romance bienheureuse. Le fonctionnaire prit une année de congés sans solde pour apprendre le métier de menuisier, la passion de sa jeunesse, sa vocation secrète. Il ne supportait plus la langueur misérable de son travail dans l'administration publique ni l'interminable inutilité des grèves auxquelles ses compagnons se donnaient corps et âme pour conserver des privilèges qui n'avaient plus de sens dans un système à l'aube d'un probable effondrement. L'énergie de chacun devait être focalisée ailleurs, pensait-il, là où cela était vraiment nécessaire : le climat, la responsabilité et le bonheur de chacun dans le respect des autres.

Le bien-être holistique n'ayant toujours pas de prise dans le Lauragais, Sylvette abandonna finalement ses cours de yoga. Elle s'installa dans la ferme familiale, aménagea des étables dans le hangar pour commencer un élevage de brebis afin de produire des fromages, de la laine et un peu de lait.

Le nombre d'incendies actifs au cours de l'année fut accablant. Trois cent huit mille kilomètres carrés en Amérique du Sud, presque onze millions d'hectares en Australie, douze millions d'hectares en Sibérie, presque autant en Afrique. Un cercle vicieux et morbide qui amplifia le réchauffement climatique. D'un autre côté, le chiffre horrifique de soixante pour cent était balancé comme s'il s'agissait d'un simple fait d'actualité supplémentaire. C'était le pourcentage des espèces vivantes officiellement éteintes. Désastreuse conséquence d'un mode de vie égoïste et dénué de sens commun.

Au milieu du Pacifique, un sixième continent naquit de nos déchets. Il n'y avait plus un seul poisson dans les océans et les mers qui ne contînt pas de plastique dans ses entrailles.

Le 5 novembre 2019, onze mille scientifiques se virent dans l'obligation morale d'avertir l'humanité des catastrophes auxquelles elle devait s'attendre et se préparer. Pour que la survie du genre humain soit envisageable, disaient-ils, les énergies fossiles doivent être remplacées le plus rapidement possible et les écosystèmes de la planète restaurés et préservés, sous peine d'un cataclysme tel que notre espèce n'y survivrait certainement pas.

*
* *

2020

Grosse avancée écologique, la paille à boire en plastique fut interdite sur les marchés internationaux. Le glyphosate, quant à lui, ne le fut finalement pas, l'État ne tint pas sa promesse.

Au cours du premier trimestre, une pandémie venant de Chine obligea le monde entier à un confinement qui allait perdurer plusieurs semaines.

Cette crise sanitaire du Coronavirus (Covid-19) et l'arrêt presque total de l'économie planétaire qui en résulta eurent des conséquences que beaucoup qualifièrent de désastreuses. Le krach boursier fut précipité, les marchés commencèrent à s'écrouler bien plus tôt que prévu, ce qui présageait d'une crise nettement plus importante que celle de 2008. Certains experts retinrent d'ailleurs la date de 2020 comme étant celle qui marqua le début de la fin de l'ultra capitalisme, la fin d'une ère.

*
**

2021

Sylvain acheva un deuxième et dernier album nommé *Espoir* et vint travailler à mi-temps avec son frère et Charlotte. Conscient des risques qu'encourait l'humanité, il voulait apporter son grain de sable à la construction d'une nouvelle économie locale. Sur la fin de l'année, il emménagea lui aussi à la campagne, en compagnie d'Anita qui s'était intégrée à merveille dans la famille. Tous et toutes appréciaient l'Espagnole pour sa gentillesse, sa générosité et sa bonne humeur contagieuse.

Pierre et Marinette, enfin à la retraite, louèrent la maison de Montolieu et s'installèrent dans la ferme des Endibats avec leur fils, Françoise et les beaux-parents. La bâtisse était suffisamment grande pour les accueillir sans déranger ceux déjà en place. Ils pourraient prêter main-forte pour les labeurs agricoles et différentes tâches ménagères, tant que la santé le leur permettrait.

Étrangement, celle de Madeleine s'améliorait avec l'âge. Non pas qu'elle recouvrât la mobilité, mais elle n'avait plus maintenant besoin de ses lunettes pour lire ou voir la télévision et les petits doigts de sa main valide agrippaient les objets avec plus de force. La soudaine proximité de ses trois enfants comptait très certainement pour beaucoup. Chaque premier et deuxième samedi du mois s'organisait un repas avec l'intégralité du clan. Cela mettait du baume au cœur de la vieille dame qui semblait rajeunir à chacune de ces rencontres.

*

2025

Par une belle matinée de printemps, Madeleine s'éveilla aux aurores et attendit que Sylvette, qui s'occupait dorénavant d'elle, vienne la sortir de sa couche. Ce jour-là, elle déjeuna plus que de coutume et demanda à revenir dans sa chambre. « Je vais faire une petite sieste », annonça-t-elle après avoir dit adieu à tous les présents dans la salle. Sylvette la coucha et elle ne se réveilla jamais. Madeleine s'était éteinte dans son lit à 92 ans, tranquillement, un peu comme elle avait vécu, sans faire de vagues.

Alors que la famille tout entière se recueillait sur la tombe de la douce matriarche, les gouttes de sueur se mélangeaient aux larmes et la cérémonie fut courte. Supporter de telles chaleurs et être exposé à un tel soleil de plomb était maintenant dangereux pour la santé. La mort de leur mère réconcilia définitivement Pierre et Bertrand, qui retrouvèrent enfin, dans leur vieil âge, la complicité de leur jeunesse.

Cette année-là, Claire et Raymond vinrent également s'installer à la ferme qui symbolisait à présent une espèce d'oasis dans ce désert de vice et de non-sens qu'était devenu le monde. Ils achetèrent quelques vaches et des cochons pour en faire un modeste élevage. En plus des talents de menuisier de Raymond, c'était leur contribution à la communauté.

Charlotte et Jean travaillaient alors plusieurs hectares en permaculture et pouvaient facilement nourrir en légumes la famille entière durant toute l'année. Avec l'aide de tous, ils creusèrent d'énormes rétentions d'eau souterraine sur tout le domaine afin de récupérer les rares pluies et survivre ainsi aux sécheresses de plus en plus abondantes.

Le degré et demi de réchauffement climatique fut atteint beaucoup plus tôt que prévu. La crise économique annoncée était à son comble, l'effondrement tant redouté était là. Une grande partie de la population se trouva dans une situation désespérée.

Une vague d'immigration, de pauvres gens fuyant la famine et le trépas de certaines latitudes, inonda l'hémisphère nord du globe qui ferma comme il le put ses frontières, condamnant des millions d'êtres humains à une mort certaine. L'Europe fut dissoute, la tension mondiale monta d'un cran. De nombreux conflits éclatèrent.

*
**

2030

Au village, un grand réseau d'entraide se forma, permettant de survivre aux changements qui bousculaient notre belle planète à tous les niveaux. Tous comprirent les enjeux, tous participèrent au bien-être général. Le défunt système capitaliste de surconsommation laissa place aux marchés de proximité et à la raisonnabilité. Les deux degrés de réchauffement climatique furent presque atteints. Malgré l'énormité de la tâche à accomplir pour redresser la barre d'un monde à la dérive, une formidable solidarité sociale vit le jour et permit de faire face à tous les déboires.

La population mondiale était enfin apte à relever le défi, enfin focalisée sur l'essence même de l'existence : cultiver le bonheur dans le respect de la nature qui nous a donné la vie et la possibilité de briller parmi les étoiles.

*
**

Il faut comprendre que nous étions le résultat d'une éducation sournoise, d'un objectif qui n'avait pas de sens. Nous fabriquions dans nos écoles et nos foyers de petits êtres humains prêts à la grande bataille de la vie, compétitifs, disposés à sacrifier, à écraser, à dilapider les richesses communes pour une réussite personnelle. Depuis le début de l'ère industrielle, nous produisions des individus régis par le profit. Nous voulions toujours plus, consommions à outrance des biens qui avaient épuisé les ressources de notre planète, de notre mère.

Aujourd'hui, dans ce malheur global, face à cet anéantissement du vivant d'une planète en colère qui tentait de soigner le cancer qui la rongeait, nous avions finalement compris que ce patrimoine merveilleux ne pouvait être gaspillé en chamailleries grotesques, puériles et égoïstes. À l'instar des Charançon, l'humanité comprit que la survie naîtrait du partage, de l'entente et du respect, que l'expérience et la sagesse étaient les clefs de l'évolution. L'humanité est une grande communauté, une grande famille à laquelle chacun doit apporter son savoir et sa personnalité, son unicité.

Après tout, la famille n'est-elle pas le ciment et le reflet de sa société ?

Remerciements

Ce n'est que peu après avoir emménagé dans la maison de mon enfance, après quinze années de vie en Espagne, que l'idée me vint d'écrire *Les bourriques*. Le village de Montferrand fut une grande source d'inspiration. Je remercie donc la commune et tous ses habitants qui m'ont soufflé cette histoire, un peu décalée, d'un agriculteur hanté par une mystérieuse poupée.

À ce propos, je tiens à signaler ironiquement que toute ressemblance avec des personnes existantes est purement fortuite et indépendante de ma volonté.

Bref, revenons à nos tournesols et enchaînons avec les remerciements officiels qui n'en sont pas moins sincères. Merci aux Éditions Hélène Jacob et à toute l'équipe d'avoir déposé leur confiance dans ce manuscrit, à un moment où ils n'en recherchaient pas. Ma fierté n'en est que plus grande ! Merci à Hélène pour sa sympathie, sa disponibilité et son savoir sur les choses éditoriales qui semble ne jamais tarir.

Un énorme bisou à Axel Air (il adore les bisous) qui a composé l'amusante chanson *Montferrand* dont le texte égaye le début du livre et donne une couleur toute particulière au personnage de Sylvain.

Une pensée pour ma grand-mère maternelle, décédée en 2014 et dont l'exemple a nourri la presque totalité des personnages de ce livre. Elle avait une personnalité complexe.

Merci à ma plus grande « fan », ma mère, dont le grand cœur, l'amour et les encouragements sont toujours d'une importance capitale pour moi. Je ne te remercierai jamais assez pour ce soutien inconditionnel et pour ce modèle d'empathie que j'absorbe depuis le premier jour de mon existence.

Merci à mon père dont l'exemple discret m'a inculqué des valeurs qui me sont si chères et qui me permettent à présent d'aller jusqu'au bout des objectifs que je me propose avec une opiniâtreté naturellement héritée de sa personne.

Merci, Simone, pour ces longues heures de labeur que je t'impose à corriger mes textes sans jamais te plaindre. Ton travail, ton soutien et tes conseils me sont précieux.

L'écriture d'un roman est une tâche colossale qui sollicite son auteur d'une façon bien particulière et le pousse régulièrement aux frontières de la vie réelle. Cela demande une implication, un dévouement et une volonté sans failles, bien souvent exigeante pour les gens qui l'entourent. Merci, donc, à tous les membres de ma clique qui ont dû supporter cet autisme passager. À tous ces compagnons de marche qui ont alimenté les longues conversations qui m'ont aidé à avancer dans la narration et la compréhension de mon propre récit.

Merci, Cycy, Zazou, Elia, Mathilde, Greg, Marion, Thierry, Jean-Christophe, Nathan, Patricia, Barbara, Nicolas, Kevin, Yannick, Alessandra, Stéphane, Lucille, Thamara et spécialement Mathieu, dont l'énorme patience et le judicieux jugement m'ont permis d'équilibrer mon épilogue.

Virgile, nos interminables conversations téléphoniques font avancer mes écrits de bien des façons, je ne te remercierai jamais assez pour cet intérêt que tu portes à mon travail.

Nino, pour le cadeau de ton talent dans la conception de cette magnifique couverture. C'est grâce à toi que le livre brillera au milieu de tous les autres.

Merci, Monica, à qui je dois une grande partie de ma stabilité mentale et qui a supporté mes errances créatives tant d'années durant. Nous avons grandi ensemble en tant que personnes, merci pour cet amour et ce soutien que je porterai toujours dans mon cœur.

J'ai également une pensée particulièrement émue pour toute ma seconde famille espagnole. Merci Kike, Rafa, Santi, Manu, Neus, Joana, David, Dany, Oliver, Kathy, Zouchie, Popi (et bien d'autres qui savent l'affection que je leur porte) avec qui je me suis épanoui dans l'inventivité constante et qui m'ont permis d'être l'artiste que je suis.

Gracias David Avila. Grâce à nos précieux échanges, Louise est devenue ce personnage démoniaque qui n'hésite pas à abuser de chantage pour parvenir à ses fins.

Et enfin Jérôme Dupouy, mon très cher ami et agent sans qui je n'aurais jamais osé me lancer dans l'écriture. Tes conseils avisés, ton soutien permanent et ton amitié me poussent constamment vers l'avant et je t'en suis extrêmement reconnaissant.

Je me rends compte, alors que je relis ces quelques lignes, que j'écris ces remerciements comme s'il s'agissait d'une lettre d'adieu interminable. Ce n'est évidemment pas le cas et je tiens à rassurer ceux d'entre vous qui souhaitent me voir vivre : mes intentions ne sont pas suicidaires ! Je compte rédiger, au fil des ans, bien d'autres livres qui se concluront très certainement tous par le même type de testament.

Pour finir et pas des moindres, une énorme gratitude et un grand merci pour toi, lecteur infatigable. C'est pour toi que les auteurs fabriquent des histoires incroyables, pour toi qu'ils décrivent les vies de mille personnages animés de sentiments magnifiques, parfois profonds, parfois austères, toujours sincères. Sans toi nous serions de bien tristes conteurs, perdus dans une solitude insupportable.

F.T.

À propos de l'auteur

Bien que né au siècle dernier, Frédéric Tort a toujours su rester jeune.

Après avoir survécu à quelques années de petits boulots dérisoires, il s'est lancé dans une carrière de réalisateur/producteur audiovisuel qu'il poursuit encore aujourd'hui.

Depuis toujours passionné de littérature, ce n'est qu'à l'aube de ses 45 ans qu'il écrit son premier roman. Il y a toujours dans ses créations cette urgence de réveiller un sentiment de plaisir dans le cœur de ses lecteurs. Une intrigue prenante, pour le transporter, un rythme calculé pour le faire basculer dans une fantaisie créée et matérialisée par un imaginaire qui lui est propre. Une envie également de pousser son public sur des pistes de réflexion, de le faire réagir sur des points de la réalité qui lui sont sensibles.

Qui ne se rappelle pas ses premières lectures ? Celles de Frédéric Tort ont été une succession d'aventures inimaginables, inconcevables, d'intrigues palpitantes, de retournements de situation, de voyages autour de la Terre, au centre de la Terre, sur la Lune ! L'envie que le lecteur reçoive ce plaisir est sa motivation première. L'irrésistible attrait de l'histoire qui nous fait tourner page après page.

Retrouvez tous les titres et l'actualité des Éditions HJ :

Sur notre site Internet :
editionshj-store.com

Sur Facebook :
facebook.com/EditionsHJ

Sur Twitter :
twitter.com/EditionsHJ